Deutsch von Guido G. Meister

ALBERT

CAMUS

Jonas oder Der Künstler bei der Arbeit

Gesammelte Erzählungen

ROWOHLT

Einbandgestaltung Peter Wippermann
unter Verwendung des Ölgemäldes
«Die Frauen von Algier (nach Delacroix)»
von Pablo Picasso, 1955
New York, Sammlung Mr. und Mrs. Victor W. Ganz

1.–157. Tausend
Juli 1966 bis Mai 1983
158.–161. Tausend März 1988

Gesamtherstellung Clausen & Bosse, Leck
Printed in Germany
ISBN 3 498 09063 1

Inhalt

Albert Camus
Gesammelte Erzählungen

Der Fall

Darf ich es wagen, Monsieur, Ihnen meine Dienste anzubieten, ohne Ihnen lästig zu fallen? Ich befürchte sehr, daß Sie sich dem ehrenwerten, über den Geschicken des Etablissements waltenden Gorilla nicht werden verständlich machen können. Er spricht nämlich nur Holländisch. Sofern Sie mich nicht ermächtigen, Ihre Sache zu vertreten, wird er denn auch nie erraten, daß Sie einen Wacholder wünschen. So, nun darf ich wohl hoffen, daß er mich verstanden hat; sein Kopfnicken scheint mir darauf hinzudeuten, daß meine Argumente ihn überzeugt haben. In der Tat, er setzt sich in Bewegung, er beeilt sich mit weiser Bedächtigkeit. Sie haben Glück, Monsieur, er hat nicht gebrummt. Weigert er sich nämlich, einen Gast zu bedienen, so genügt ein Brummen, und keiner bringt seine Bitte ein zweites Mal vor. Es ist das königliche Privileg der Großtiere, jeder Laune nachgeben zu dürfen. Aber ich will Sie nicht weiter stören, Monsieur. Es war mir ein Vergnügen, Ihnen behilflich zu sein. Tausend Dank; wenn ich sicher wäre, Sie nicht zu behelligen, würde ich gerne annehmen. Zu gütig von Ihnen. Ich werde mich also mit meinem Glas zu Ihnen setzen.

Sie haben recht, seine Einsilbigkeit ist geradezu ohrenbetäubend. Sie gemahnt an das pralle Schweigen des Urwalds. Ich wundere mich bisweilen darüber, wie hartnäckig unser wortkarger Freund es verschmäht, sich der Sprachen der zivilisierten Menschheit zu bedienen. Besteht doch sein Beruf darin, in dieser, übrigens aus unerfindlichen Gründen *Mexico-City* getauften, Amsterdamer Kneipe Seeleute aus aller Herren Ländern zu bewirten. Bei einer solchen Aufgabe läge doch wohl die Befürchtung nahe, daß diese negative Einstellung ihm hinderlich sein könnte, finden Sie nicht auch? Stellen Sie sich einmal den Menschen von Cro-Magnon als Kostgänger im Turm von Babel vor! Er würde sich, gelinde gesagt, verloren vorkommen. Wohingegen dieser hier nichts von seiner Fremdheit spürt, sondern unbeirrt seines Weges geht und sich von nichts anfechten läßt. Einer der wenigen Sätze, die ich aus seinem Mund vernommen habe, lautete: «Wer nicht will, der hat gehabt.» Worauf war diese Alternative gemünzt? Zweifellos auf unseren Freund selber. Ich muß offen zugeben, daß ich mich von solchen Geschöpfen aus einem Guß angezogen fühle. Hat man von Berufs wegen oder aus innerer Neigung viel über den Menschen nachgedacht, so verspürt man zuweilen eine gewisse Sehnsucht nach anderen Primaten. Sie wenigstens haben keine Hintergedanken.

Was unseren Gastgeber betrifft, so hegt er freilich deren mehrere, wenn er sich ihrer auch nicht klar bewußt ist. Da er das in seiner Gegenwart Gesagte selten versteht, hat sein Charakter etwas Mißtrauisches bekommen. Daher auch die argwöhnische Steifheit seines Gebarens, als habe er zumindest den Verdacht, daß bei den Menschen irgend etwas nicht ganz stimmt. Durch diese Eigenart wird jede Unterhaltung über nicht seinen Beruf betreffende Dinge einigermaßen erschwert. Sie sehen zum Beispiel über seinem Kopf auf der hinteren Wand ein leeres Rechteck, das die Stelle anzeigt, wo früher ein Bild hing. In der Tat befand sich dort ein Gemälde, ein ganz besonders interessantes sogar, ein wahres Meisterwerk. Nun, ich war dabei, als der Herr des Hauses es in Empfang nahm, und auch, als er es weggab. Beides erfolgte mit dem gleichen Mißtrauen und erst nach wochenlangem innerem Hin und Her. In diesem Punkt hat der Umgang mit den Menschen, das läßt sich nicht abstreiten, die unverbildete Einfalt seines Wesens etwas beeinträchtigt.

Wohlgemerkt, ich richte ihn nicht. Ich betrachte sein Mißtrauen als begründet und würde es gerne teilen, stünde dem nicht, wie Sie sehen, meine mitteilsame Natur im Wege. Ich bin leider ein redseliger Mensch und schließe leicht Freundschaft, wobei mir, obwohl ich den gehörigen Abstand zu wahren weiß, jede Gelegenheit recht ist. Als ich noch in Frankreich lebte, konnte ich nie einem Mann von Geist begegnen, ohne daß ich sogleich vertrauten Umgang mit ihm gepflogen hätte. Ach, ich sehe, daß diese etwas umständliche Formulierung Ihnen auffällt! Nun, ich bekenne meine Schwäche für eine gewählte Ausdrucksweise und eine gehobene Sprache überhaupt. Sie dürfen mir glauben, daß ich mir diese Schwäche selbst zum Vorwurf mache. Ich weiß natürlich, daß das Tragen feiner Wäsche nicht unbedingt schmutzige Füße voraussetzt. Immerhin, gepflegter Stil und Seidenhemden haben miteinander gemein, daß sie nur allzu oft einen häßlichen Ausschlag verbergen. Aber ich sage mir zum Trost, daß die Leute mit Zungenschlag letzten Endes ebenfalls nicht rein sind. Ja gerne, lassen wir uns noch einen Wacholder kommen.

Gedenken Sie längere Zeit hierzubleiben? Eine schöne Stadt, dieses Amsterdam, nicht wahr? Faszinierend, sagen Sie? Ein Wort, das ich lange nicht mehr gehört habe. Genau gesagt, seitdem ich aus Paris fort bin, also seit Jahren. Aber das Herz besitzt bekanntlich sein eigenes Gedächtnis, und ich erinnere mich unserer schönen Hauptstadt und ihrer Quais noch in allen Einzelheiten. Paris ist eine wahre Fata Morgana, eine großartige Kulisse, die vier Millionen Schatten beherbergt. So? Nach der letzten Volkszählung sind es nahezu fünf Millionen? Na, dann haben sie eben Junge gekriegt. Das wundert mich übrigens nicht. Es wollte mir schon immer scheinen, unsere Mitbürger frönten zwei Leidenschaften: den Ideen und der Hurerei. Kunterbunt durcheinander, möchte man sagen. Hüten wir uns übrigens, sie zu verurteilen; sie stehen keineswegs einzig da, in ganz Europa ist man heute soweit. Manchmal suche ich mir vorzustellen, was wohl die künftigen Geschichtsschreiber von uns sagen werden. Ein einziger Satz wird ihnen zur Beschreibung des modernen Menschen genügen: er hurte und las Zeitungen. Mit welcher bündigen Definition der Gegenstand, wenn ich so sagen darf, erschöpft wäre.

Die Holländer? O nein, die sind bei weitem nicht so modern! Sie lassen sich Zeit, wie ein Blick Sie belehren wird. Was sie tun? Nun, diese Herren hier leben von der Arbeit jener Damen dort. Sie sind übrigens allesamt, Männlein und Weiblein, recht bürgerliche Kreaturen, die, wie so oft in solchen Fällen, aus Mythomanie oder aus Dummheit hier gelandet sind. Mit einem Wort, aus einem Zuviel oder Zuwenig an Phantasie. Ab und zu lassen die Herren ihr Messer oder ihren Revolver spielen, aber glauben Sie ja nicht, daß sie besonders darauf erpicht wären. Das gehört einfach zu ihrer Rolle; doch fällt ihnen das Herz in die Hosen, wenn sie ihre letzten Patronen verschießen. Was nicht hindert, daß ich sie moralischer finde als jene anderen, die im Familienkreis durch allmähliche Abnutzung töten. Ist Ihnen nicht aufgefallen, daß unsere ganze Gesellschaftsordnung sich auf diese Art des Liquidierens eingestellt hat? Sie haben bestimmt schon von jenen winzig kleinen Fischen in den Flüssen Brasiliens gehört, die zu Tausenden über den unvorsichtigen Schwimmer herfallen und ihn mir nichts dir nichts sauberbeißen, so daß nichts übrigbleibt als sein blankes Gerippe. Sehen Sie, genauso verhält es sich mit ihrer Organisation. «Du willst ein sauberes Leben? Wie jeder andere auch?» Selbstverständlich sagt man ja. Wie denn auch nicht! «Schön, du sollst gesäubert werden. Da hast du deinen Beruf, deine Familie, deine organisierte Freizeit.» Und die scharfen Zähnchen machen sich über das Fleisch her und beißen sich bis zu den Knochen durch. Aber ich bin ungerecht. Nicht *ihre* Organisation hätte ich sagen sollen. Letzten Endes ist es ja die unsere. Die Frage ist nur, wer wen säubert.

So, da kommt auch endlich unser Wacholder. Auf Ihr Wohlergehen! Ja, Sie haben richtig gehört, der Gorilla hat den Mund aufgetan und mich Herr Doktor genannt. In diesen Breiten ist jedermann ein Herr Doktor oder ein Herr Professor. Man ist hier gern respektvoll, aus Gutherzigkeit, auch aus

Bescheidenheit. Hier wenigstens hat man die Bosheit noch nicht zur Landesinstitution erhoben. Im übrigen bin ich nicht etwa Arzt. Wenn Sie es durchaus zu erfahren wünschen: ehe ich hierher kam, war ich Rechtsanwalt. Jetzt bin ich Buß-Richter.

Aber gestatten Sie, daß ich mich vorstelle: Johannes Clamans, ergebenster Diener. Es ist mir eine Ehre, Sie kennenzulernen. Sie stehen wohl im Geschäftsleben? So ungefähr? Ausgezeichnete Antwort! Und wie richtig! Sind wir doch alles nur so ungefähr. Sie erlauben, daß ich ein wenig Detektiv spiele? Sie sind so ungefähr in meinem Alter, Ihr Auge verrät die Erfahrung des Vierzigjährigen, der so ungefähr in allem Bescheid weiß, Sie sind so ungefähr gut angezogen, das heißt so, wie man bei uns eben angezogen ist, und Sie haben gepflegte Hände. Also ein Bürger, so ungefähr! Aber ein verfeinerter Bürger! Daß Sie bei etwas umständlichen Formulierungen die Brauen zusammenziehen, ist in der Tat ein doppelter Beweis Ihrer Bildung: einmal, weil sie Ihnen auffallen, und zum andern, weil sie Ihnen auf die Nerven gehen. Und schließlich finden Sie mich unterhaltsam, was, ganz ohne Eitelkeit gesagt, eine gewisse Aufgeschlossenheit des Geistes voraussetzt. Sie sind also so ungefähr ... Aber was liegt schon daran? Mich interessieren die Sekten weit mehr als die Berufe. Erlauben Sie mir doch bitte zwei Fragen, aber beantworten Sie sie nur, wenn Sie sie nicht indiskret finden. Nennen Sie Schätze Ihr eigen? Einige? Gut. Haben Sie sie mit den Armen geteilt? Nein. Sie sind also, was ich einen Sadduzäer nenne. Wenn Sie nicht bibelkundig sind, wird Ihnen das kaum etwas sagen. Doch? Die Bibel ist Ihnen also nicht unbekannt? Sie sind ganz entschieden ein Mensch, der mich interessiert.

Ich für mein Teil ... Nun, urteilen Sie selber. Mein Wuchs, die breiten Schultern und das Gesicht, von dem mir oft gesagt wurde, es habe etwas Grimmiges, erinnern am ehesten an einen Rugbyspieler, nicht wahr? Aber nach meiner Konversation zu schließen, muß man mir schon einen gewissen Schliff zubilligen. Das Kamel, das die Wolle zu meinem Mantel geliefert hat, war zweifellos räudig; dafür sind meine Fingernägel manikürt. Ich habe gleich Ihnen meine Erfahrungen gesammelt; nichtsdestoweniger eröffne ich mich Ihnen unbedenklich, einfach weil Ihr Gesicht mir gefällt. Und schließlich bin ich trotz meiner guten Manieren und meiner gewählten Sprache ein Stammgast der Matrosenkneipen von Zeedijk. Nein, nein, raten Sie nicht länger. Mein Beruf ist doppelter Natur, wie der Mensch, weiter nichts. Ich habe Ihnen bereits gesagt, daß ich Buß-Richter bin. Einfach ist an meinem Fall nur dies eine: ich habe keinerlei Besitz. Ja, früher war ich reich. Nein, ich habe nicht mit den Armen geteilt. Was beweist das schon? Daß auch ich ein Sadduzäer war ... Hören Sie die Sirenen im Hafen? Heute nacht gibt es Nebel auf der Zuydersee.

Sie wollen schon aufbrechen? Verzeihen Sie, wenn ich Sie aufgehalten haben sollte. Mit Ihrer gütigen Erlaubnis lassen Sie die Zeche meine Sache sein. Im *Mexico-City* sind Sie mein Gast, es war mir eine ganz besondere Freude, Sie hier empfangen zu dürfen. Morgen bin ich bestimmt wieder hier anzutreffen, wie übrigens jeden Abend, und dann werde ich Ihrer Einladung gerne Folge leisten. Welchen Weg Sie einschlagen müssen? ... Nun ... Hätten Sie etwas dagegen, wenn ich Sie der Einfachheit halber bis zum Hafen begleitete? Von dort gehen Sie dann am besten um das Judenviertel herum und gelangen so zu den schönen Avenuen, auf denen die von Blumen und dröhnender Musik erfüllten Trambahnen fahren. Ihr Hotel liegt in einer dieser Straßen, dem Damrak. Bitte nach Ihnen. Ich selber wohne im Judenviertel; wenigstens hieß es so, ehe unsere hitlertreuen Brüder für Platz sorgten. Was für eine Säuberung? Fünfundsiebzigtausend deportierte oder ermordete Juden – das nennt man großes Reinemachen! Ich bewundere diese Gründlichkeit, dieses planmäßige, geduldige Vorgehen! Wer keinen Charakter hat, muß sich wohl oder übel eine Methode zulegen. Hier hat sie Wunder gewirkt, das steht ganz außer Zweifel, und ich wohne an dem Ort, wo eines der größten Verbrechen der Geschichte begangen wurde. Mag sein, daß gerade dieser Umstand es mir erleichtert, den

Gorilla und sein Mißtrauen zu verstehen, und mir ermöglicht, gegen jenen natürlichen Hang anzukämpfen, der mich unwiderstehlich zur Sympathie neigen läßt. Sooft ich ein neues Gesicht sehe, ertönt in meinem Inneren ein Warnsignal: «Achtung! Gefahr!» Selbst wenn die Sympathie sich als stärker erweist, bleibe ich auf der Hut.

Wenn Sie bedenken, daß in meinem Heimatdorf ein deutscher Offizier im Zuge einer Vergeltungsaktion eine alte Frau sehr höflich ersuchte, unter ihren beiden Söhnen denjenigen auszuwählen, der als Geisel erschossen werden sollte! Wählen sollte sie, können Sie sich das vorstellen? Diesen hier? Nein, den anderen. Und zusehen, wie er abgeführt wird. Lassen wir das; aber glauben Sie mir, Monsieur, man kann die unwahrscheinlichsten Dinge erleben. Ich habe einen Mann mit reinem Herzen gekannt, der sich weigerte, den Menschen zu mißtrauen. Er war ein Pazifist und Anarchist, seine unteilbare Liebe galt der gesamten Menschheit und der Tierwelt natürlich auch. Ganz fraglos eine erlesene Seele. Nun, während der letzten europäischen Glaubenskriege zog er sich aufs Land zurück. Über der Tür seines Hauses stand zu lesen: «Woher du auch kommen magst, tritt ein und sei willkommen.» Was glauben Sie, wer dieser hochherzigen Einladung Folge leistete? Ein paar Angehörige der französischen Miliz. Sie traten ein, ohne anzuklopfen, und rissen ihm die Gedärme aus dem Leib.

O Pardon, gnädige Frau! Sie hat übrigens kein Wort verstanden. – Wie viele Menschen zu so später Stunde trotz des seit Tagen anhaltenden Regens noch unterwegs sind! Ein Glück, daß es Wacholder gibt, er ist der einzige Lichtblick in all dieser Düsternis. Spüren Sie, was für ein goldenes, kupfriges Licht er in Ihnen anzündet? Ich liebe es, so wacholderdurchwärmt durch die abendliche Stadt zu schlendern. Ganze Nächte durchwandere ich so, träume vor mich hin oder führe endlose Selbstgespräche. So wie heute abend. Doch ich fürchte, ich schwatze Ihnen die Ohren voll. Danke, Sie sind zu liebenswürdig. Es ist dies eine Art Sicherheitsventil; kaum daß ich den Mund auftue, fließt die Rede über. Dieses Land inspiriert mich übrigens. Ich liebe das Volk, das sich da auf den Gehsteigen drängt, eingezwängt in einen kleinen Raum zwischen Häusern und Wasser, eingekreist von Dunstschleiern, kaltem Land und einem wie ein Waschkessel dampfenden Meer. Ich liebe es, denn es ist doppelt. Es ist hier, und es ist anderswo.

Gewiß doch! Wenn Sie die schleppenden Schritte auf dem glitschigen Pflaster hören, wenn Sie die Leute zwischen ihren von goldbraunen Heringen und herbstlaubfarbenen Schmuckstücken überquellenden Läden hin und her schlurfen sehen, sind Sie unwillkürlich überzeugt, all diese Menschen seien heute abend hier. Es geht Ihnen genau wie allen anderen, Sie halten diese guten Leute für ein Volk von Bürgermeistern und Krämern, die ihre Aussichten auf das Ewige Leben nach der Zahl ihrer Taler errechnen und deren einzige lyrische Anwandlung darin besteht, breitkrempige Hüte tragend Anatomielektionen beizuwohnen. Weit gefehlt. Sie gehen neben uns her, das stimmt, und doch – schauen Sie bloß, wo ihre Köpfe sich befinden! In diesem Dunst aus Neonlicht, Wacholder und Minze, der sich von den roten und grünen Reklamen herabsenkt. Holland ist ein Traum, Monsieur, ein Traum aus Gold und Rauch, bei Tag eher rauchig, bei Nacht eher golden, und Tag und Nacht ist dieser Traum von Lohengrins bevölkert, gleich jenen Gestalten dort drüben, die versonnen auf ihren schwarzen Fahrrädern mit den hohen Lenkstangen vorüberhuschen – Trauerschwäne, die ohne Rast noch Ruh im ganzen Land den Kanälen entlang die Meere umkreisen. Sie träumen, den Kopf in ihren kupfrigen Nebelschwaden verborgen, sie ziehen ihre Kreise: wie Schlafwandler beten sie im goldenen Weihrauch des Dunsts und sind nicht mehr hier. Über Tausende von Kilometern streben sie Java entgegen, der fernen Insel. Sie beten zu jenen fratzenhaften Göttern Indonesiens, die in allen ihren Schaufenstern prunken und die im gegenwärtigen Augenblick über uns dahinschweben, ehe sie sich, prachtliebenden Affen gleich, an die Schilder und Treppengiebel hängen, um diesen von Fernweh geplagten Kolonisten in Erinnerung zu rufen, daß Holland nicht nur das Europa der

Krämer ist, sondern zugleich auch die See, die See, die einen nach Zipangu trägt und zu jenen Inseln, wo die Menschen im Wahnsinn und im Glück sterben.

Aber die Gewohnheit geht mit mir durch, ich plädiere! Verzeihen Sie. Ja, die Gewohnheit, Monsieur, die Berufung, und nicht zuletzt auch mein Wunsch, Ihnen diese Stadt – und das Herz der Dinge nahezubringen. Denn wir befinden uns hier im Herzen der Dinge. Finden Sie nicht, daß die konzentrischen Kanäle von Amsterdam den Kreisen der Hölle gleichen? Der bürgerlichen, von Albträumen bevölkerten Hölle natürlich. Je mehr Kreise man von außen kommend durchschreitet, desto undurchdringlicher, desto finsterer wird das Leben und mit ihm seine Verbrechen. Hier stehen wir im letzten Kreis. Dem Kreis der ... Ach! Das wissen Sie? Teufel auch, es wird immer schwieriger, Sie einzuordnen. Aber dann verstehen Sie, warum ich sagen kann, der Mittelpunkt der Dinge sei hier, obgleich wir uns am Rande des Kontinents befinden. Aufgeschlossene Menschen begreifen solche Wunderlichkeiten. Auf jeden Fall können die Hurer und Zeitungsleser hier nicht weiter. Aus allen Ecken und Enden Europas strömen sie herbei und bleiben am farblosen Strand des Binnenmeeres stehen. Sie lauschen den Sirenen, sie suchen vergeblich im Nebel die Silhouetten der Schiffe zu erspähen, dann kehren sie über die Kanäle zurück und schlagen im Regen den Heimweg ein. Durchfroren kommen sie ins *Mexico-City* und bestellen in allen Sprachen der Welt ihren Wacholder. Dort erwarte ich sie.

Also bis morgen, Monsieur. Nein, jetzt können Sie den Weg nicht mehr verfehlen. Ich verabschiede mich bei dieser Brücke. Ich gehe nachts nie über eine Brücke. Ein Gelübde. Stellen Sie sich doch einmal vor, es stürze sich einer ins Wasser. Dann stehen Ihnen zwei Möglichkeiten offen: entweder Sie springen nach, um ihn herauszufischen, was in der kalten Jahreszeit die denkbar schlimmsten Folgen für Sie haben kann! Oder aber Sie überlassen ihn seinem Schicksal, doch nach unterbliebenen Kopfsprüngen fühlt man sich manchmal seltsam zerschlagen. Gute Nacht! Wie bitte? Die Damen hinter jenen großen Scheiben? Der Traum, Monsieur, der wohlfeile Traum, die Reise nach Indien! Diese Wesen parfümieren sich mit Spezereien. Man tritt ein, die Vorhänge werden zugezogen, die Fahrt beginnt. Die Götter steigen auf die nackten Leiber herab, und die Inseln treiben dahin, wahnergriffen, vom zerzausten Haar windgeschüttelter Palmen gekrönt. Versuchen Sie es.

Was ein Buß-Richter sei? Aha, dieser Ausdruck hat offenbar Ihre Neugier gereizt. Es war eine ganz arglose Bemerkung, glauben Sie mir, und ich bin gerne bereit, mich deutlicher zu erklären. In gewissem Sinn gehört das sogar zu meinem Amt. Zunächst muß ich Ihnen jedoch eine Reihe von Umständen darlegen, die Ihnen zum besseren Verständnis meines Berichts dienlich sein werden.

Bis vor ein paar Jahren war ich Rechtsanwalt in Paris, man kann wohl sagen, ein ziemlich bekannter Rechtsanwalt. Ich habe Ihnen selbstverständlich nicht meinen richtigen Namen genannt. Ich hatte mich darauf spezialisiert, die noblen Sachen zu vertreten, Witwen und Waisen zu verteidigen, wie man zu sagen pflegt, obwohl mir diese Redensart nicht recht einleuchtet, denn schließlich gibt es ja auch Witwen, die Mißbrauch treiben, und Waisen, die wahre Raubtiere sind. Indessen genügte es, daß ein Angeklagter im geringsten von Opferhauch umwittert war, um die Ärmel meiner Robe in Bewegung zu setzen. Und was für eine Bewegung! Der reinste Sturm! Ich trug das Herz auf den Ärmeln. Man hätte wirklich glauben können, Justitia lege sich jeden Abend zu mir ins Bett. Ich bin gewiß, daß auch Sie die Richtigkeit meines Tons, die genaue Dosierung meiner Gemütsbewegungen, die Überzeugungskraft und die Wärme, die beherrschte Empörung meiner Plädoyers bewundert hätten. Was mein Äußeres betrifft, so hat die Natur mich gut ausgestattet: die edle Haltung kostet mich keine Mühe. Zudem leisteten zwei aufrichtige Gefühle mir große Dienste: die Genugtuung, mich auf der richtigen Seite der Schranke zu befinden, und eine instinktive Verachtung der Richter im allgemeinen. Na, am Ende war diese Verachtung vielleicht nicht ganz so instinktiv. Ich weiß jetzt, daß sie ihre Gründe hatte. Aber nach außen hin hatte sie etwas von echter Leidenschaft. Es ist unbestreitbar, daß wenigstens vorläufig Richter vonnöten sind, nicht wahr? Und doch konnte ich nicht begreifen, daß ein Mensch sich freiwillig zu diesem merkwürdigen Amt hergab. Ich nahm die Tatsache hin, da ich sie ja schließlich vor Augen hatte, aber etwa so, wie ich die Existenz der Heuschrecken hinnahm. Mit dem Unterschied allerdings, daß die Einfälle dieser Schädlinge mir nie einen Pfennig eingetragen haben, während der Dialog mit Leuten, die ich verachtete, mir mein gutes Auskommen sicherte.

Aber eben, ich befand mich auf der richtigen Seite, das genügte für meinen Seelenfrieden. Das Bewußtsein des guten Rechts, der Genugtuung, recht zu haben, das Hochgefühl der Selbstachtung – das, Verehrtester, sind Triebfedern, mächtig genug, uns Haltung zu geben oder vorwärtszubringen. Berauben Sie die Menschen dagegen dieses Antriebs, und Sie verwandeln sie in wutschäumende Hunde. Wie manches Verbrechen wird doch begangen, bloß weil sein Urheber es nicht ertragen konnte, im Unrecht zu sein! Ich habe einen Industriellen gekannt, der eine von allen bewunderte, in jeder Beziehung vollkommene Frau besaß und sie dennoch betrog. Dieser Mann wurde buchstäblich rasend, weil er sich im Unrecht befand und keine Möglichkeit sah, sich ein Zeugnis der Tugendhaftigkeit auszustellen oder ausstellen zu lassen. Je größere Vollkommenheit die Frau an den Tag legte, desto rasender wurde er. Bis er schließlich sein Unrecht nicht länger ertrug. Was glauben Sie, daß er tat? Er hörte auf, sie zu betrügen? Keineswegs. Er brachte sie um. Auf diese Weise machte ich seine Bekanntschaft.

Meine Lage war da beneidenswerter. Nicht nur lief ich keine Gefahr, in das Lager der Verbrecher hinüberzuwechseln (insbesondere hatte ich als Junggeselle keinerlei Aussicht, meine Frau zu ermorden), sondern ich übernahm sogar die Verteidigung dieser Menschen, unter der einzigen Bedingung, daß sie gutartige Mörder waren, so wie andere gutartige Wilde sind. Schon allein meine Art, eine solche Verteidigung zu führen, erfüllte mich mit tiefer Befriedigung. In meinem Berufsleben war ich wirklich untadelig. Daß ich mich nie bestechen ließ, versteht sich von selbst; aber darüber hinaus habe ich mich auch nie dazu bereitgefunden, selber derlei Schritte zu unternehmen. Was noch seltener ist: ich habe mich nie dazu herbeigelassen, einem Journalisten zu schmeicheln, um ihn mir günstig zu stimmen, oder einem Beamten, dessen Freundschaft mir hätte nützlich sein können. Ich hatte sogar das Glück, zwei- oder dreimal diskret und würdevoll die Ehrenlegion ablehnen zu können, und eben darin fand ich meine wahre Belohnung. Und schließlich habe ich die Armen immer unentgeltlich verteidigt und dies nie an die große Glocke gehängt. Glauben Sie nicht, Verehrtester, ich wolle mich mit all diesen Dingen brüsten. Ich hatte gar kein Verdienst dabei, denn die Habsucht, die in unserer Gesellschaft an die Stelle des Ehrgeizes getreten ist, hat mich immer gelächert. Ich wollte höher hinaus. Sie werden sehen, daß dieser Ausdruck in meinem Fall genau zutrifft.

Wie Sie unschwer ermessen können, hatte ich allen Grund zur Zufriedenheit. Ich sonnte mich in meinem eigenen Wesen, und wir alle wissen, daß darin das wahre Glück besteht, obwohl wir zur gegenseitigen Beruhigung bisweilen Miene machen, diese Freuden als sogenannten Egoismus zu verdammen. Zumindest genoß ich jenen Teil meines Wesens, der so akkurat auf die Witwen und Waisen ansprach und so oft auf den Plan gerufen wurde, daß er schließlich mein ganzes Leben beherrschte. Ich liebte es zum Beispiel ungemein, den Blinden beim Überqueren der Straße zu helfen. Sobald ich von weitem den Stock eines Blinden an einem Randstein zögern sah, stürzte ich herbei, kam manchmal um Sekundenlänge einer schon hilfsbereit ausgestreckten Hand zuvor, entriß den Blinden jeder fremden Obhut und führte ihn mit sanfter, doch fester Hand über den Fußgängerstreifen, zwischen den Hindernissen des Verkehrs hindurch, zum sicheren Port des gegenüberliegenden Gehsteigs, wo wir uns gerührt voneinander trennten. Desgleichen war es mir immer ein Vergnügen, einem Passanten Auskunft oder Feuer zu geben, Hand anzulegen, wenn es einen zu schweren Karren oder ein stehengebliebenes Auto zu schieben galt, der Frau von der Heilsarmee ihre Zeitung abzukaufen oder bei der alten Händlerin Blumen zu erstehen, obwohl ich genau wußte, daß sie sie auf dem Friedhof Montparnasse stahl. Ich liebte es auch – dieses Geständnis will freilich nicht so leicht über die Lippen –, ich liebte es, Almosen zu geben. Ein höchst christlich gesinnter Freund gab einmal zu, daß man als erstes Unbehagen empfindet, wenn man einen Bettler auf sein Haus zukommen sieht. Nun, mit mir war es noch schlimmer bestellt: ich frohlockte. Aber lassen wir das.

Sprechen wir lieber von meiner Zuvorkommenheit. Sie war geradezu sprichwörtlich und trotzdem unleugbar. Das Höflichsein verschaffte mir nämlich nicht unbeträchtliche Freuden. Wenn ich hin und wieder das Glück hatte, morgens im Omnibus oder in der Untergrundbahn meinen Platz jemand abtreten zu können, der es offensichtlich verdiente, einen Gegenstand aufzuheben, den eine alte Dame fallen gelassen hatte, und ihn ihr mit einem mir nur allzu bekannten Lächeln zu überreichen, oder auch bloß meine Taxe einem Fahrgast zu überlassen, der es eiliger hatte als ich, so war mein ganzer Tag verschönt. Es muß auch gesagt werden, daß ich mich sogar über jeden Streik der öffentlichen Verkehrsmittel freute, denn an solchen Tagen bot sich mir Gelegenheit, an den Omnibushaltestellen ein paar meiner unglücklichen, am Heimkehren verhinderten Mitbürger in meinen Wagen zu laden. Im Theater meinen Platz zu wechseln, um einem Liebespaar das Nebeneinandersitzen zu ermöglichen, in der Eisenbahn einem jungen Mädchen das Gepäck im zu hohen Netz zu verstauen, das waren Taten, die ich deshalb öfter als andere Menschen vollbrachte, weil ich die Gelegenheiten aufmerksamer wahrnahm und ihnen ein bewußter genossenes Vergnügen abzugewinnen verstand.

Des weiteren galt ich als freigebig und war es auch in der Tat. Ich habe viele Geschenke gemacht, öffentlich und privat. Weit entfernt davon, über die Trennung von einem Gegenstand oder einer Summe Geldes Schmerz zu empfinden, war mir das Schenken eine ständige Quelle der Freude, nicht zuletzt, weil mich beim Gedanken an die Fruchtlosigkeit dieser Gaben und die zu erwartende Undankbarkeit manchmal eine Art Wehmut beschlich. Das Geben machte mir sogar so viel Spaß, daß ich es haßte, dazu verpflichtet zu sein. Genauigkeit in Gelddingen war mir ein Greuel, und ich bequemte mich nur widerwillig dazu. Ich wünschte Herr über meine Freigebigkeit zu sein.

Das sind lauter kleine Einzelzüge, aber sie sollen Ihnen zeigen, welchen nie versiegenden Hochgenuß ich meinem Leben und hauptsächlich meinem Beruf abgewann. In den Wandelgängen des Gerichtsgebäudes zum Beispiel von der Frau eines Angeklagten angehalten werden, den man einzig um der Gerechtigkeit willen oder aus Mitleid, also unentgeltlich verteidigt hat; diese Frau flüstern hören, daß nichts, aber auch wirklich nichts auf der weiten Welt je vergelten könne, was man für sie getan hat; antworten, daß dies doch selbstverständlich sei, daß jeder andere ebenso gehandelt hätte; ihr sogar Unterstützung anbieten für die kommenden schweren Zeiten; sodann, um den Ergüssen Einhalt zu tun und sie in angemessenen Grenzen zu halten, die Hand dieser armen Frau zu küssen und das Gespräch damit abbrechen – glauben Sie mir, Verehrtester, das bedeutet, daß man Höheres erreicht als der gewöhnliche Streber und sich zu jenem Gipfelpunkt aufschwingt, wo die Tugend in sich selber Genüge findet.

Halten wir einen Augenblick auf diesen Gipfeln inne. Sie verstehen jetzt, was ich mit dem *höher hinauswollen* meinte. Ich dachte an eben diese Höhepunkte, die für mich lebensnotwendig sind. Ich habe mich in der Tat immer nur in Höhenlagen wohlgefühlt. Dieses Bedürfnis nach Erhöhung offenbarte sich sogar in den Kleinigkeiten des Alltags. Ich zog den Omnibus der Untergrundbahn vor, die Kutsche der Taxe, die Dachterrasse dem Erdgeschoß. Ich liebte die Sportflugzeuge, wo man den Kopf frei in den Himmel erhebt, und auf Seereisen ging ich immer nur auf dem Bootsdeck spazieren. Im Gebirge entfloh ich aus den Talkesseln hinauf auf die Pässe und Hochebenen, oder sagen wir zumindest die Fast-Ebenen. Wenn das Schicksal mich gezwungen hätte, ein Handwerk zu erlernen, Dreher oder Dachdecker zu werden, so hätte ich, dessen können Sie gewiß sein, die Dächer gewählt und mich mit dem Schwindel befreundet. Schiffsbäuche, Untergeschosse, Grotten und Höhlen flößten mir Grauen ein. Den Höhlenforschern, die die Stirn hatten, sich mit ihren widerlichen Leistungen auf den Titelseiten der Zeitungen breitzumachen, galt mein ganz besonderer Haß. Der Ehrgeiz, den Punkt –800 zu erreichen, auf die Gefahr hin, sich den Kopf in einem Felskamin (einem Siphon, wie diese gedankenlosen Narren sagen!) einzuklemmen, schien mir von einem perversen oder gestörten Charakter zu zeugen. Das Ganze hatte etwas Verbrecherisches.

Eine von der Natur geschaffene Terrasse fünf- oder sechshundert Meter über einem lichtgebadeten Meer war hingegen der Ort, wo ich am freiesten atmete, besonders wenn ich allein und hoch über das Ameisentreiben der Menschen erhaben war. Ich begriff ohne weiteres, daß die aufwühlenden Predigten, die entscheidenden Verkündigungen, die Feuerwunder sich auf erklimmbaren Höhen vollzogen. Meiner Meinung nach konnte man in Kellern oder Gefängniszellen, sofern sie nicht in einem Aussichtsturm gelegen waren, nicht meditieren, sondern nur vermodern. Und ich verstand jenen Mann, der, kaum eingetreten, aus dem Kloster davonlief, weil seine Zelle nicht, wie er erwartet hatte, auf eine weite Landschaft ging, sondern auf eine Mauer. Doch seien Sie unbesorgt, ich für mein Teil vermoderte nicht. Innerlich und äußerlich schwang ich mich allezeit zur Höhe auf, entzündete weithin sichtbare Feuer, und freudiges Grüßen stieg empor zu mir. Dergestalt genoß ich das Vergnügen, zu leben und ein hervorragender Mensch zu sein.

Mein Beruf befriedigte zum Glück dieses Bedürfnis nach Höhe. Er benahm mir jede Bitterkeit gegenüber meinem Nächsten, den ich mir immer verpflichtete, ohne ihm je etwas schuldig zu sein. Er stellte mich über den Richter, den ich seinerseits richtete, und über den Angeklagten, den ich zur Dankbarkeit zwang. Wägen Sie das ganze Gewicht dieser Worte, Verehrtester: ich lebte ungestraft. Kein Urteil berührte mich je, befand ich mich doch nicht auf der Bühne des Gerichts, sondern irgendwo in den Soffitten, jenen Göttern gleich, die man von Zeit zu Zeit mit Hilfe einer Maschinerie herunterläßt, damit sie der Handlung die entscheidende Wendung und ihren Sinn verleihen. Schließlich und endlich ist das erhöhte Leben noch die einzige Art, von einem möglichst zahlreichen Publikum gesehen und beklatscht zu werden.

Manche meiner gutartigen Mörder hatten übrigens bei ihrer Tat ähnlichen Gefühlen gehorcht. In der mißlichen Lage, in der sie sich anschließend befanden, gewährte das Zeitunglesen ihnen zweifellos eine Art schmerzlicher Genugtuung. Wie viele Menschen hatten sie die Namenlosigkeit satt, und zum Teil war es wohl dieser Unmut, der sie zu fatalen Verzweiflungstaten trieb. Um bekannt zu werden, genügt es im Grunde, seine Concierge umzubringen. Unglücklicherweise handelt es sich um eine Eintagsberühmtheit, so zahlreich sind die Concierge, die das Messer verdienen und bekommen. Das Verbrechen steht immer im Rampenlicht, der Verbrecher jedoch tritt nur flüchtig auf und wird alsbald ersetzt. Überdies müssen diese kurzen Triumphe zu teuer bezahlt werden. Wohingegen die Verteidigung der vom Pech verfolgten Anwärter auf Berühmtheit erlaubte, zur selben Zeit und unter denselben Umständen, aber mit sparsameren Mitteln echte Anerkennung zu erlangen. Das ermutigte mich denn auch, verdienstliche Bemühungen zu entfalten, damit sie möglichst wenig zu bezahlen hatten: was sie bezahlten, beglichen sie ein bißchen an meiner Statt. Die Empörung, das Talent, die Rührung, die ich zu diesem Zweck verausgabte, entbanden mich dafür ihnen gegenüber jeder Schuld. Die Richter straften, die Angeklagten sühnten, und ich, jeder Verpflichtung ledig, vom Urteil und seiner Vollziehung gleichermaßen unberührt, herrschte frei in paradiesischem Licht.

Denn war nicht eben gerade dies das Paradies, Verehrtester: die Tuchfühlung mit dem Leben? Ich besaß sie. Ich habe es nie nötig gehabt, Lebenskunst zu lernen; dieses Wissen wurde mir in die Wiege gelegt. Es gibt Leute, für die die Schwierigkeit darin besteht, sich die Mitmenschen vom Leibe zu halten oder zumindest irgendwie mit ihnen zurechtzukommen. Für mich war das kein Problem. Ich war vertraulich zur rechten Zeit, schweigsam, wenn es not tat, der heiteren Ungezwungenheit ebenso fähig wie der würdigen Förmlichkeit, und traf immer den richtigen Ton. Ich war denn auch sehr beliebt und hatte zahllose gesellschaftliche Erfolge. Ich besaß ein angenehmes Äußeres, erwies mich sowohl unermüdlich beim Tanzen als auch unaufdringlich gebildet im Gespräch, ich brachte es fertig, gleichzeitig die Frauen und die Gerechtigkeit zu lieben, was gar nicht einfach ist, ich betrieb Sport und war den schönen Künsten zugetan, kurzum, ich will nicht weiterfahren, sonst könnten Sie mich am Ende der Selbstgefälligkeit zeihen. Stellen Sie sich also einen Mann in den besten Jahren vor, der sich einer ausgezeichneten Gesundheit erfreut und glänzend begabt ist, geschickt in den Übungen des Körpers wie in denen des Geistes, weder arm noch reich, der gut schläft und zutiefst zufrieden ist mit sich selber, ohne dies jedoch anders zu zeigen als durch eine heitere Umgänglichkeit. Dann werden Sie zugeben, daß ich in aller Bescheidenheit von einem geglückten Leben sprechen darf.

Wahrhaftig, ich besaß eine unvergleichliche Natürlichkeit. Mein Einklang mit dem Leben war vollkommen; ich bekannte mich zu allen seinen Erscheinungsformen, von der höchsten bis zur niedrigsten, und lehnte nichts ab, weder seine Ironie noch seine Größe, noch seine Knechtschaft. Insbesondere schenkte mir das Fleisch, die Materie, mit einem Wort das Physische, das so vielen Menschen in der Liebe oder in der Einsamkeit Verwirrung oder Mutlosigkeit bringt, ausgewogene Freuden, die mich nie versklavten. Ich war dazu geschaffen, einen Leib zu haben. Daher meine innere Ausgeglichenheit, diese zwanglose Überlegenheit, die die Leute spürten und von der sie mir manchmal gestanden, daß sie ihnen helfe, leichter mit dem Leben fertig zu werden. Man suchte deshalb, Umgang mit mir zu pflegen. Oft glaubte man zum Beispiel, mich schon zu kennen. Das Leben, seine Geschöpfe und seine Gaben strömten mir von selber zu, und ich nahm diese Huldigungen mit leutseligem Stolz entgegen. Da ich so rückhaltlos und mit solcher Selbstverständlichkeit Mensch war, kam ich mir im Grunde genommen ein wenig als Übermensch vor.

Ich stamme aus einer ehrbaren, aber ruhmlosen Familie (mein Vater war Offizier), und doch fühlte ich mich an manchen Tagen beim Erwachen, demütig sei es bekannt, als Königssohn oder als brennender Busch. Wohlverstanden meine ich damit nicht etwa die mir innewohnende Gewißheit, gescheiter zu sein als alle anderen, eine Überzeugung, die nebenbei bemerkt ohne Bedeutung ist, weil so viele Dummköpfe sie teilen. Aber da mir keine Erfüllung versagt blieb, fühlte ich mich – fast scheue ich mich, es auszusprechen – geradezu auserwählt. Persönlich vor allen Menschen für diesen beständigen und unfehlbaren Erfolg auserwählt. Im Grunde war das ein Ausdruck meiner Bescheidenheit. Ich weigerte mich, diesen Erfolg nur meinen Verdiensten zuzuschreiben, und vermochte nicht zu glauben, die Vereinigung so verschiedener und so vollkommen ausgebildeter Eigenschaften in einer einzigen Person könne ein Ergebnis des bloßen Zufalls sein. Da ich also im Glück lebte, fühlte ich mich irgendwie durch ein höheres Gesetz zu diesem Glück berechtigt. Lassen Sie mich hinzufügen, daß ich keinerlei religiösen Glauben besaß, und Sie werden noch deutlicher erkennen, was diese Überzeugung Außergewöhnliches an sich hatte. Nun, gewöhnlich oder nicht, sie hat mich über den täglichen Kram hinausgehoben, mich buchstäblich schweben lassen, und dies während langer Jahre, denen ich offen gestanden heute noch nachtraure. Ich schwebte bis zu jenem Abend, da . . . Doch nein, das gehört nicht hierher, und ich sollte es vergessen. Außerdem übertreibe ich vielleicht. Zwar gab es nichts, das mir zu schaffen machte, doch gleichzeitig auch nichts, das mich befriedigte. Jede Freude weckte allsogleich das Verlangen nach einer anderen. Ich reihte Fest an Fest. Es kam vor, daß ich, immer heftiger in die Menschen und in das Leben vernarrt, Nächte durchtanzte. Wenn spät in diesen Nächten der Tanz, der leichte Rausch, meine wilde Ausgelassenheit und das allgemeine hemmungslose Sichgehenlassen mich in einen gleichzeitig abgematteten und beglückten Taumel versetzten, schien mir manchmal im Übermaß der Müdigkeit und eine kurze Sekunde lang, ich verstehe endlich das Geheimnis der Menschen und der Welt. Aber am nächsten Tag verflog die Müdigkeit und mit ihr das Geheimnis, und ich stürzte mich von neuem in den Trubel. So jagte ich dahin, immer erfolgreich, immer unersättlich, ohne zu wissen, wo ich innehalten sollte, bis zum Tag, bis zum Abend vielmehr, da die Musik abbrach, die Lichter erloschen. Das Fest, auf dem ich glücklich gewesen war ... Aber wenn es Ihnen recht ist, will ich unseren Freund, den Gorilla, herbemühen. Schenken Sie ihm zum Dank ein Kopfnicken, und dann, vor allem, trinken Sie mit mir, ich habe Ihre Sympathie nötig.

Diese Versicherung erstaunt Sie, wie ich sehe. Sollten Sie noch nie plötzlich Sympathie, Beistand, Freundschaft nötig gehabt haben? Doch, natürlich. Ich für mein Teil habe gelernt, mich mit der Sympathie zu bescheiden. Sie ist leichter zu finden, und zudem verpflichtet sie zu nichts. Man sagt: «Seien Sie meiner Sympathie versichert», während man bei sich selber denkt: «und jetzt wollen wir zur Tagesordnung übergehen». Es ist ein Gefühl für Ministerpräsidenten, nach jeder Katastrophe billig zu haben. Mit der Freundschaft steht es weniger einfach. Sie zu erringen, ist ein langwieriges und hartes Unterfangen, aber wenn man sie einmal hat, wird man sie nicht mehr los und muß die Folgen tragen. Glauben Sie ja nicht, Ihre Freunde würden, wie sie das eigentlich sollten, jeden Abend anrufen, um sich zu vergewissern, ob Sie sich nicht just an diesem Abend mit Selbstmordgedanken tragen, oder auch bloß, ob Sie nicht ihrer Gesellschaft bedürfen oder ausgehen möchten. Bewahre! Sie können sich darauf verlassen, daß sie, wenn überhaupt, an dem Abend telefonieren, da Sie nicht einsam sind und das Leben schön finden. Zum Selbstmord würden Ihre Freunde Sie kraft dessen, was Sie ihrer Meinung nach sich selber schuldig sind, eher noch ermutigen. Der Himmel behüte uns davor, Verehrtester, von unseren Freunden auf ein Piedestal gestellt zu werden! Ganz zu schweigen davon, wie die Menschen, die uns sozusagen von Amts wegen lieben sollten, ich meine die Eltern und Anverwandten, sich in dieser Beziehung verhalten! Sie allerdings finden das richtige Wort, oder besser gesagt, das treffende Wort; sie bedienen sich des Telefons wie eines Gewehres. Und sie zielen gut. Die Meuchler!

Wie bitte? Welchen Abend? Ach so! Das erzähle ich Ihnen schon noch, haben Sie ein bißchen Geduld mit mir. Mein ganzer Exkurs über Freunde und Verwandtschaft gehörte übrigens irgendwie auch zum Thema. Da hat man mir zum Beispiel von einem Mann erzählt, dessen Freund im Gefängnis saß und der jeden Abend daheim auf dem blanken Fußboden schlief, um keine Bequemlichkeit zu genießen, die dem geliebten Menschen versagt war. Wer, Verehrtester, wer wird unseretwegen auf dem blanken Fußboden schlafen? Ob ich selber dazu fähig bin? Ach, sollte ich es einmal wollen, dann ganz bestimmt. Ja, eines Tages werden wir alle dazu fähig sein, und das wird das Heil bedeuten. Aber leicht ist es nicht, denn die Freundschaft ist zerstreut oder zumindest ohnmächtig. Was sie will, vermag sie nicht. Aber vielleicht will sie es nur nicht stark genug? Vielleicht lieben wir das Leben nicht genug? Ist Ihnen auch schon aufgefallen, daß erst der Tod unsere Gefühle wachrüttelt? Wie innig lieben wir doch die Freunde, die eben von uns gegangen sind, nicht wahr! Wie bewundern wir unsere Lehrmeister, sobald sie nicht mehr sprechen, weil sie den Mund voll Erde haben! Dann bezeigen wir ihnen ganz von selber die dankbare Verehrung, die sie vielleicht ihr Leben lang von uns erwartet hatten. Wissen Sie übrigens, warum wir den Toten gegenüber immer viel gerechter und großmütiger sind? Der Grund ist denkbar einfach: ihnen gegenüber haben wir keine Verpflichtung! Sie gewähren uns Freiheit, wir können uns alle Zeit lassen und die Ehrenbezeigung zwischen Cocktail und Schäferstündchen unterbringen, wenn wir gerade nichts Besseres zu tun haben. Sollten sie uns doch zu etwas verpflichten, so wäre es zum Gedenken, und wir haben ein kurzes Gedächtnis. Nein, den eben Gestorbenen unter unseren Freunden lieben wir, den schmerzlichen Toten, unsere Ergriffenheit, kurzum uns selbst!

Ich hatte einen Freund, dem ich sooft wie möglich aus dem Weg ging. Er langweilte mich ein bißchen, und zudem war er mir zu moralisch. Aber nur keine Angst: kaum lag er im Sterben, war ich wieder zur Stelle. Keinen Tag habe ich mir entgehen lassen. Meine Hand drückend und zufrieden mit mir, ist er entschlafen. Eine ehemalige Geliebte, die mir beharrlich – und vergeblich – nachlief, besaß den guten Geschmack, jung zu sterben. Was für einen Platz sie allsogleich in meinem Herzen einnahm! Und wenn es sich zudem noch um einen Selbstmord handelt! Himmel, welch herzerquickende Aufregung! Das Telefon tritt in Aktion, das Herz fließt über, und es fehlt nicht an absichtlich kurzen, aber hintergründigen Äußerungen, an beherrschtem Leid und sogar, ja doch, ein klein wenig Selbstvorwürfen.

So ist der Mensch, Verehrtester, er hat zwei Gesichter: er kann nicht lieben, ohne sich selbst zu lieben. Beobachten Sie bloß Ihre Hausgenossen, wenn das Glück ihnen einen Todesfall unter den Nachbarn beschert. Männiglich war in seinem ereignislosen Leben eingeschlafen, und nun stirbt zum Beispiel der Concierge. Sogleich erwachen sie alle, entfalten ein eifriges Getue, gieren nach Einzelheiten und zerfließen in Mitgefühl. Ein Toter auf dem Programm, und das Schauspiel kann endlich beginnen! Sie brauchen die Tragödie, was wollen Sie, das ist ihre kleingeschriebene Transzendenz, ihr Apéritif. Es ist übrigens kein Zufall, wenn ich Concierge sage. Ich hatte einmal einen, der wirklich widerwärtig war, die Bosheit in Person, ein Ausbund von hohler Gehässigkeit; selbst ein Franziskaner hätte in diesem Fall die Waffen gestreckt! Ich wechselte schon lange kein Wort mehr mit ihm, aber sein bloßes Dasein stellte meine gewohnte Zufriedenheit in Frage. Nun denn, er starb, und ich ging hin und wohnte seinem Begräbnis bei. Können Sie mir sagen, warum?

Die zwei Tage bis zur Bestattung waren übrigens äußerst lehrreich. Die Frau des Concierge lag krank in dem einzigen Zimmer, und neben ihrem Bett stand auf zwei Holzböcken der Sarg. Die Hausbewohner mußten ihre Post unten abholen. Man öffnete die Tür, sagte guten Tag, hörte sich das Loblied auf den Verstorbenen an, auf den die Concierge mit einer Handbewegung hinwies, und entfernte sich mit seinen Briefen und Zeitungen. Eine unerfreuliche Angelegenheit! Und doch stellten sich sämtliche Mieter einer um den anderen in dem nach Phenol stinkenden Raum ein. Die Leute schickten nicht etwa ihre Dienstboten, o nein, sie kamen selber, um von dem Glücksfall zu profitieren. Die Dienstboten kamen übrigens auch, doch im Versteckten. Als am Tag der Beerdigung der Sarg abgeholt wurde, erwies sich die Wohnungstür als zu schmal. «Mein Liebling», sagte mit entzückter und tiefbekümmerter Überraschung die Concierge in ihrem Bett, «wie groß er doch war!» – «Nur keine Aufregung, Madame», antwortete der Beamte, «wir werden ihn auf die Kante legen und dann hochstellen.» Man hat ihn also hochgestellt und dann flachgelegt, und ich war der einzige – außer dem ehemaligen Boy eines Nachtlokals, der offenbar jeden Abend in Gesellschaft des Verstorbenen seinen Pernod getrunken hatte –, der bis zum Friedhof mitging und ein paar Blumen auf den erstaunlich prunkvollen Sarg warf. Anschließend stattete ich der Concierge einen Besuch ab, um ihren theatralischen Dank entgegenzunehmen. Warum das alles, ich bitte Sie? Ich weiß es nicht – es sei denn der Apéritif . . .

Auch einen alten Angestellten der Anwaltskammer habe ich zur letzten Ruhe geleitet, einen ziemlich verachteten Schreiber, dem die Hand zu drücken ich nie versäumt hatte. Wo immer ich arbeitete, gab ich übrigens stets jedermann die Hand, und zwar lieber zwei- als einmal. Diese herzliche Schlichtheit trug mir auf wohlfeile Art die zu meinem Hochgefühl nötige allgemeine Sympathie ein. Der Vorsitzende der Kammer hatte sich nicht zum Leichenbegängnis unseres Schreibers bemüht. Ich hingegen ja, obwohl ich mitten in Reisevorbereitungen stand, was hervorzuheben nicht verfehlt wurde. Aber eben, ich wußte, daß meine Anwesenheit beachtet und günstig vermerkt werden würde. Mithin, das werden Sie einsehen, konnte selbst der Schnee, der an jenem Tage fiel, mich nicht schrecken.

Wie bitte? Gleich, gleich, ich verspreche es Ihnen, eigentlich bin ich ja schon dabei. Aber lassen Sie mich zuerst noch erzählen, daß meine Concierge, die, um ihre Rührung bis zur Neige auszukosten, ihr letztes Geld für Kruzifix, teures Eichenholz und Silbergriffe hergegeben hatte, sich einen Monat später mit einem stimmbegabten Stutzer zusammentat. Er verprügelte sie oft, man hörte entsetzliches Geschrei, und gleich darauf pflegte er das Fenster zu öffnen und sein Lieblingslied zu schmettern: «Gern hab ich die Fraun geküßt!» – «Unglaublich!» sagten die Nachbarn. Was ist da schon Unglaubliches dabei, wenn ich fragen darf? Meinetwegen, der Schein sprach gegen diesen Bariton und gegen die Concierge ebenfalls. Aber nichts beweist, daß sie sich nicht liebten. Genausowenig ist bewiesen, daß sie ihren Mann nicht geliebt hatte. Als der Stutzer mit ermatteter Stimme und erlahmtem Arm das Weite suchte, fing das treue Weib übrigens wieder an, das Loblied des Verblichenen zu singen! Schließlich und endlich gibt es viele, die den Schein für sich haben und darum weder beständiger noch aufrichtiger sind. So kannte ich einen Mann, der zwanzig Jahre seines Lebens an ein albernes Ding vertan, ihr alles geopfert hatte, seine Freunde, seine Arbeit, ja die Würde seines Lebens, und der eines Abends gestand, daß er sie nie geliebt hatte. Er langweilte sich, das war das ganze Geheimnis, er langweilte sich, wie die meisten Leute sich langweilen. Und so hatte er sich von A bis Z ein an Verwicklungen und Tragödien reiches

Leben geschaffen. Es muß etwas geschehen – das ist die Erklärung für die meisten menschlichen Bindungen. Es muß etwas geschehen, und wäre dieses Ereignis die Hörigkeit ohne Liebe, der Krieg oder der Tod. Darum wollen wir die Beerdigungen hochleben lassen!

Ich indessen besaß diese Entschuldigung nicht. Ich langweilte mich nicht, da ich ja herrschte. An dem Abend, von dem ich Ihnen erzählen will, langweilte ich mich sogar weniger denn je. Nein, ich begehrte wahrhaftig nicht, daß etwas geschehen möge. Und doch ... Wie soll ich es Ihnen beschreiben? Es war ein schöner Herbstabend, noch warm in der Stadt, schon feucht an der Seine. Die Nacht brach herein. Im Westen war der Himmel noch hell, doch dunkelte es rasch; die Straßenlaternen verbreiteten ein schwaches Licht. Ich spazierte auf dem linken Seine-Ufer flußaufwärts dem Pont des Arts entgegen. Zwischen den geschlossenen Kästen der Bouquinisten sah man das Wasser heraufschimmern. Es waren nur wenig Menschen unterwegs: Paris saß bereits bei Tisch. Ich wühlte mit jedem Schritt in den gelben, staubigen Blättern, die noch an den Sommer gemahnten. Nach und nach füllte der Himmel sich mit Sternen, die man flüchtig gewahrte, sooft man aus dem Lichtkreis einer Laterne trat. Ich genoß die endlich eingekehrte Stille, die Milde des Abends, die Leere von Paris. Ich war zufrieden. Ich hatte einen guten Tag hinter mir: ein Blinder, die erhoffte Strafermäßigung, der warme Händedruck meines Klienten, ein paar milde Gaben und am Nachmittag ein vor ein paar Freunden improvisierter glänzender Vortrag über die Hartherzigkeit unserer führenden Gesellschaftsschicht und die Scheinheiligkeit unserer Eliten.

Ich war auf den zu dieser Stunde menschenleeren Pont des Arts getreten, um den Fluß zu betrachten, den man in der nun völlig hereingebrochenen Dunkelheit kaum ahnte. Dem Vert-Galant gegenüberstehend, überblickte ich die Insel. Ich spürte ein gewaltiges Gefühl von Macht und, wie soll ich sagen, von Erfüllung in mir aufsteigen, und mir wurde weit ums Herz. Ich richtete mich auf und wollte eben eine Zigarette anzünden, die Zigarette der Befriedigung, als hinter mir ein Lachen ertönte. Voll Überraschung wandte ich mich blitzschnell um – niemand. Ich beugte mich über das Geländer – kein Schleppkahn, kein Boot. Ich drehte mich wieder der Insel zu und hörte von neuem das Lachen in meinem Rücken, doch in etwas größerer Entfernung, als treibe es den Fluß hinunter. Ich verharrte reglos. Allmählich verklang das Lachen; indessen vernahm ich es noch deutlich hinter mir, es kam aus dem Nichts oder vielleicht aus dem Wasser. Gleichzeitig wurde mir das heftige Klopfen meines Herzens bewußt. Verstehen Sie mich recht: das Lachen hatte nichts Geheimnisvolles an sich; es war ein herzliches, natürliches, beinahe freundschaftliches Lachen, das alle Dinge an ihren Platz rückte. Übrigens hörte ich bald nichts mehr. Ich ging auf den Quai zurück, schlug die Rue Dauphine ein, kaufte Zigaretten, die ich nicht brauchte. Ich war wie betäubt, das Atmen fiel mir schwer. An jenem Abend rief ich einen Freund an – er war nicht zu Hause. Ich erwog, ob ich ausgehen solle, da hörte ich plötzlich Lachen unter meinem Fenster. Ich öffnete. In der Tat verabschiedeten sich auf dem Gehsteig ein paar junge Burschen mit lauter Fröhlichkeit. Achselzuckend schloß ich das Fenster; ich hatte ja noch Akten zu studieren. Ich begab mich ins Badezimmer, um ein Glas Wasser zu trinken. Mein Bild lächelte im Spiegel, aber mir schien, mein Lächeln sei doppelt . . .

Wie bitte? Verzeihen Sie, ich war mit meinen Gedanken anderswo. Ich werde Sie voraussichtlich morgen wieder sehen. Abgemacht, morgen. Nein, nein, jetzt kann ich nicht länger bleiben. Übrigens wünscht der Braunbär an jenem Tisch dort drüben meine Dienste in Anspruch zu nehmen. Unzweifelhaft ein braver Mann, den die Polizei abscheulich und aus purer Bosheit schikaniert. Sie finden, er sehe aus wie ein Totschläger? Ich kann Ihnen garantieren, daß sein Aussehen nicht trügt. Er betätigt sich auch als Einbrecher, und Sie werden Ihren Ohren nicht trauen, wenn ich Ihnen sage, daß dieser Höhlenbewohner Spezialist im Bilderschwarzhandel ist. In Holland ist jedermann Gemälde- und Tulpenkenner. Bei all seinem bescheidenen Gehaben hat mein Klient hier den berühmtesten Bilderdiebstahl aller Zeiten verübt. Welchen? Vielleicht verrate ich Ihnen das einmal. Wundern Sie sich nicht über mein Wissen. Ich bin zwar Buß-Richter, doch habe ich auch mein Steckenpferd: ich bin der Rechtsberater dieser guten Leute. Ich habe die Gesetze des Landes studiert und mir in diesem Viertel, wo man nicht nach Diplomen fragt, eine ansehnliche Kundschaft geschaffen. Leicht war es nicht, aber ich habe ja etwas sehr Vertrauenerweckendes, nicht wahr? Mein Lachen ist herzlich und offen, mein Händedruck kräftig, das sind wichtige Trümpfe. Und zudem habe ich ein paar schwierige Fälle ins reine gebracht, zuerst aus selbstsüchtigen Gründen, dann aus innerer Überzeugung. Wenn die Zuhälter und Diebe immer und überall verurteilt würden, hielten sich ja alle rechtschaffenen Leute ständig für unschuldig! Und meiner Meinung nach – ich komme schon, ich komme schon! – muß gerade das verhindert werden. Denn sonst, Verehrtester, wäre es ja wirklich zum Lachen.

Im Ernst, Verehrtester, ich bin Ihnen dankbar für Ihre Wißbegier. Dabei hat meine Geschichte gar nichts Außergewöhnliches an sich. Aber da Sie es nun einmal wissen wollen: ein paar Tage lang dachte ich noch hin und wieder an dieses Lachen, dann vergaß ich es. Von Zeit zu Zeit war mir, als hörte ich es irgendwo in meinem Innern. Aber zumeist gelang es mir mühelos, an andere Dinge zu denken.

Ich muß indessen bekennen, daß ich fortan die Ufer der Seine mied. Wenn ich gelegentlich im Wagen oder im Omnibus vorbeifuhr, entstand eine Art Schweigen in mir. Ich wartete, glaube ich. Aber ich kam über die Seine, und nichts geschah; ich atmete auf. Damals begann auch meine Gesundheit mir ein wenig zu schaffen zu machen. Nichts Bestimmtes, eine

Art Niedergeschlagenheit, wenn Sie wollen, eine gewisse Unfähigkeit, meine gute Laune wiederzufinden. Ich suchte Ärzte auf, und sie verschrieben mir Stärkungsmittel. Eine Zeitlang ging es aufwärts, dann wieder bergab. Ich trug schwerer am Leben: freudloser Körper, freudloses Gemüt. Mir schien, ich verlerne teilweise, was ich nie gelernt hatte und doch so gut konnte, nämlich leben. Ja, ich glaube wirklich, daß damals alles seinen Anfang nahm.

Aber auch heute abend fühle ich mich nicht ganz auf der Höhe. Es fällt mir sogar schwer, meine Sätze zu drechseln. Ich spreche weniger gut, scheint mir, und meine Rede ermangelt der Sicherheit. Es liegt zweifellos am Wetter. Man kann kaum atmen, so dumpf ist die Luft, sie lastet wie ein Gewicht auf der Brust. Hätten Sie etwas dagegen, Verehrtester, ein bißchen mit mir durch die Stadt zu bummeln? Vielen Dank.

Wie schön sind die Kanäle im Abendlicht! Ich liebe den Brodem des fauligen Wassers, den Geruch der welken Blätter, die im Kanal modern, den Begräbnisduft, der von den blumenbeladenen Kähnen aufsteigt. Nein, nein, diese Vorliebe hat nichts Morbides, das dürfen Sie mir glauben. Im Gegenteil, sie ist lediglich eine Pose, denn in Wahrheit muß ich mich dazu zwingen, diese Kanäle zu bewundern. Mein liebstes Land auf Erden ist Sizilien, da haben Sie den Beweis . . . Sizilien im vollen Licht vom Ätna aus betrachtet, wenn Insel und Meer mir zu Füßen liegen. Auch Java liebe ich sehr, aber nur zur Zeit der Passatwinde. Ja, als junger Mensch war ich einmal dort. Ich liebe Inseln überhaupt. Es ist dort leichter, zu herrschen.

Ein entzückendes Haus, nicht wahr? Die beiden Köpfe, die Sie da sehen, gehören Negersklaven. Ein Emblem. In diesem Haus wohnte ein Sklavenhändler. Ah, damals spielte man noch mit offenen Karten! Man hatte Aplomb und sagte: «So ist das. Ich bin ein gemachter Mann. Ich handle mit Sklaven. Ich halte Negerfleisch feil.» Können Sie sich vorstellen, daß sich heutzutage jemand öffentlich zu einem solchen Gewerbe bekennt? Welch ein Skandal! Ich höre geradezu, wie meine

Pariser Kollegen vom Leder ziehen! In dieser Beziehung verstehen sie nämlich keinen Spaß; sie würden keine Sekunde zögern, ein oder zwei Manifeste zu veröffentlichen, vielleicht sogar mehr! Wenn ich es mir recht überlege, würde ich sogar mit unterschreiben. Sklaverei? – Oho! da sind wir allerdings dagegen! Daß man gezwungen ist, sie bei sich zu Hause oder in der Fabrik einzuführen, meinetwegen, so will es die Ordnung der Dinge, aber sich noch damit zu brüsten – das wäre die Höhe!

Ich weiß wohl, daß man nicht darum herumkommt, zu herrschen oder bedient zu werden. Für jeden Menschen sind Sklaven ebenso lebensnotwendig wie frische Luft. Befehlen ist gleichbedeutend mit atmen, Sie sind doch auch dieser Ansicht? Und selbst die Ärmsten unter den Armen bringen es fertig, zu atmen. Auch auf der untersten Sprosse der sozialen Stufenleiter hat man immer noch eine Frau oder ein Kind. Einen Hund, wenn man Junggeselle ist. Hauptsache ist, daß man sich erbosen kann, ohne dem anderen das Recht zur Entgegnung zuzugestehen. «Seinem Vater widerspricht man nicht» – Sie kennen diesen Grundsatz? In gewissem Sinn ist er seltsam. Wem auf Erden sollte man etwas entgegnen, wenn nicht dem Menschen, den man liebt? Andererseits ist er durchaus einleuchtend. Einer muß ja schließlich das letzte Wort haben. Sonst gäbe es für jeden Grund einen Gegengrund, und es könnte endlos so weitergehen. Macht hingegen entscheidet. Es hat lange gedauert, bis wir das schließlich begriffen haben. So werden Sie zum Beispiel bemerkt haben, daß unser altes Europa endlich die richtige Art des Philosophierens herausgefunden hat. Wir sagen nicht mehr wie in früheren, unverbildeten Zeiten: «Das ist meine Meinung. Welches sind Ihre Einwände?» Jetzt sind uns die Augen aufgegangen. Wir haben den Dialog durch die Verlautbarung ersetzt. «Das ist die Wahrheit», sagen wir. «Ob Sie daran herumdiskutieren, ist uns gleich. Aber in ein paar Jahren wird die Polizei Ihnen beweisen, daß ich recht habe.»

Liebe, gute Erde! Jetzt ist alles klar. Wir kennen uns, wir

wissen, wozu wir fähig sind. Ich selber, um ein anderes Beispiel zum gleichen Thema anzuführen, wollte immer mit einem Lächeln bedient werden. Wenn das Dienstmädchen ein trauriges Gesicht aufsetzte, war mir der ganze Tag vergällt. Sie hatte durchaus das Recht, nicht fröhlich zu sein. Gewiß. Aber ich sagte mir, es sei besser für sie selbst, ihren Dienst nicht weinend, sondern lachend zu versehen. In Tat und Wahrheit war es besser für mich. Indessen war meine Überlegung, wenn auch nicht eben genial, so doch nicht völlig verkehrt. In das gleiche Kapitel gehört auch, daß ich nie in einem chinesischen Restaurant speisen wollte. Warum? Weil die Asiaten, zumal einem Weißen gegenüber, mit ihrem Schweigen oft Verachtung auszudrücken scheinen. Natürlich bewahren sie diese Miene auch beim Bedienen. Wie soll man da mit Genuß Schwalbennester verzehren und vor allem, wenn man die Kellner anschaut, weiterhin glauben, daß man recht hat?

Unter uns gesagt, das Dienen – vorzugsweise mit einem Lächeln – ist also unvermeidlich. Aber wir dürfen es nicht zugeben. Wenn einer nicht umhin kann, Sklaven zu halten, ist es dann nicht besser, er nennt sie freie Menschen? Einmal um des Prinzips willen, und zum zweiten, um sie nicht zur Verzweiflung zu treiben. Diese Genugtuung ist man ihnen doch schuldig, nicht wahr? Auf diese Weise bewahren sie weiterhin ihr Lächeln und wir unser gutes Gewissen. Andernfalls wären wir gezwungen, in uns zu gehen, und der Schmerz brächte uns um den Verstand, oder wir würden gar bescheiden – alle Möglichkeiten stehen zu befürchten! Darum keine Embleme, und dieses hier ist ein Skandal. Was meinen Sie übrigens, wenn jedermann Farbe bekennen und seinen wahren Beruf, sein wahres Sein herauskehren wollte! Man geriete ja völlig aus dem Häuschen! Stellen Sie sich die Visitenkarte vor: Meier, hasenherziger Philosoph oder christlicher Hausbesitzer oder ehebrecherischer Humanist – die Auswahl ist wahrhaftig groß. Aber es wäre die Hölle! Ja, so muß die Hölle sein: Straßen voller Aushängeschilder und keine Möglichkeit, Erklärungen dazu abzugeben. Man ist ein für allemal festgenagelt und eingereiht.

Sie zum Beispiel, Verehrtester, überlegen Sie sich einmal, wie Ihr Aushängeschild aussähe. Sie schweigen? Schon recht, Sie antworten mir dann später. Das meine kenne ich jedenfalls: ein Doppelgesicht, ein reizender Januskopf, und darüber der Wahlspruch des Hauses: «Trau schau wem». Auf der Visitenkarte: «Johannes Clamans, Komödiant». Ein Beispiel: Kurze Zeit nach dem Abend, von dem ich Ihnen erzählte, habe ich etwas entdeckt. Wenn ich mich von einem Blinden trennte, den ich sicher auf die andere Straßenseite geleitet hatte, lüftete ich den Hut. Dieser Gruß galt natürlich nicht ihm, er konnte ihn ja nicht sehen. Wem also galt er dann? Dem Publikum. Nach der Vorstellung die Verbeugung. Nicht übel, wie? Damals geschah es auch, daß ich eines Tages einem Automobilisten, der mir für meine Hilfe dankte, zur Antwort gab, kein anderer hätte das gleiche getan. Natürlich wollte ich sagen: jeder andere. Dieser unglückliche Lapsus bedrückte mich lange Zeit. Wahrhaftig, was die Bescheidenheit anging, war ich unübertrefflich!

Ich muß demütig eingestehen, Verehrtester, daß ich schon immer vor Eitelkeit beinahe platzte. Ich, ich und nochmals ich, so lautete der Kehrreim meines teuren Lebens, und aus allen meinen Worten war er herauszuhören. Sooft ich den Mund auftat, sang ich mein eigenes Lob, und zwar erst recht, wenn ich es mit jener schmetternden Diskretion tat, auf die ich mich so gut verstand. Ich habe, das ist allerdings wahr, stets in Freiheit und Machtfülle gelebt. Ich fühlte mich nämlich den Mitmenschen gegenüber aller Verpflichtungen enthoben, und zwar ganz einfach, weil ich niemand als ebenbürtig anerkannte. Ich habe mich immer für intelligenter gehalten als alle anderen, das sagte ich Ihnen bereits, aber auch für feinfühliger und gewandter, für einen hervorragenden Schützen, einen unvergleichlichen Autofahrer und einen unübertrefflichen Liebhaber. Selbst auf Gebieten, wo ich mit Leichtigkeit meine Unterlegenheit feststellen konnte, wie zum Beispiel im Tennis, bei dem ich bestenfalls einen erträglichen Partner abgab, fiel es mir schwer, nicht überzeugt zu sein, daß ich, hätte ich nur genügend Zeit für das Training, den Meisterspielern den Rang ablaufen würde. Ich fand mich in allem und jedem überlegen – daher mein Wohlwollen und meine heitere Gelassenheit. Wenn ich mich um einen Mitmenschen kümmerte, so nur aus purer Freundlichkeit und völlig freien Stücken; so blieb mein Verdienst ungeschmälert, und ich kletterte in meiner Eigenliebe wieder um eine Stufe höher.

Nebst einigen anderen Wahrheiten habe ich auch diese offenkundigen Tatsachen im Verlauf der Zeit, die auf jenen bewußten Abend folgte, nach und nach entdeckt. Nicht sogleich, nein, und auch ohne sie von Anfang an besonders deutlich zu erkennen. Denn dafür mußte ich erst mein Gedächtnis wiederfinden. Allmählich begann ich dann klarer zu sehen und einiges von dem, was mir bekannt war, bewußt in mich aufzunehmen. Bis dahin hatte mir immer meine erstaunliche Fähigkeit des Vergessens geholfen. Ich vergaß alles, angefangen bei meinen Vorsätzen. Im Grunde zählte überhaupt nichts. Krieg, Selbstmord, Liebe, Elend – natürlich schenkte ich ihnen Beachtung, wenn die Umstände mich dazu zwangen, aber immer mit einer Art höflicher Oberflächlichkeit. Zuweilen gab ich vor, mich für irgendeine Angelegenheit zu erwärmen, die nicht unmittelbar mein alleralltäglichstes Leben berührte. Im Grunde nahm ich indessen keinerlei Anteil daran, außer natürlich, wenn mir meine Freiheit gefährdet schien. Wie soll ich es Ihnen erklären? Es glitt irgendwie ab. Ja, alles glitt an mir ab.

Doch seien wir nicht ungerecht: meine Vergeßlichkeit war hie und da auch verdienstlich. Es gibt bekanntlich Leute, deren Religion als Hauptgebot verlangt, alle Schulden zu vergeben; sie vergeben sie auch tatsächlich, aber sie vergessen sie nie. Ich war nicht gutmütig genug, um die Schulden zu vergeben, aber letzten Endes vergaß ich sie immer. Und manch einer, der überzeugt war, ich könne ihn nicht ausstehen, verging fast vor ungläubigem Staunen, wenn er meinen freundlich lächelnden Gruß empfing. Je nach seiner Veranlagung bewunderte er dann meine Seelengröße oder verachtete mich als Waschlappen, ohne auf den Gedanken zu kommen, daß meine Gründe viel einfacher waren: ich hatte alles vergessen, selbst seinen Namen. Das gleiche Gebrechen, das mich gleichgültig oder undankbar machte, verlieh mir dann den Anschein der Großmut.

So lebte ich dahin, und das einzig Beständige im Wechsel der Tage war mein Ich, ich und nochmals ich. Es wechselten die Frauen, es wechselten Tugend und Laster, immer in den Tag hinein, wie die Hunde, aber alle Tage, ohne Ausnahme, ich, unerschüttert derselbe. So bewegte ich mich ständig an der Oberfläche des Lebens, gewissermaßen in tönenden Worten, nie in der Wirklichkeit. All die kaum gelesenen Bücher, die kaum geliebten Freunde, die kaum gesehenen Städte, die kaum besessenen Frauen! Mein Tun und Lassen war von Langeweile oder Zerstreutheit bestimmt. Die Menschen folgten nach, wollten sich anklammern, aber sie fanden keinen Halt, und das war das Unglück. Für sie. Denn ich für mein Teil vergaß. Ich habe mich nie an etwas anderes erinnert als an mich selber.

Aber nach und nach kehrte mein Gedächtnis zurück. Oder vielmehr kehrte ich zu ihm zurück, ich fand die Erinnerung wieder, die auf mich gewartet hatte. Aber ehe ich darauf zu sprechen komme, gestatten Sie mir, Verehrtester, Ihnen für das, was ich im Verlauf meines Forschens entdeckte, ein paar Beispiele zu geben. Sie werden Ihnen, dessen bin ich gewiß, von großem Nutzen sein.

Als ich eines Tages am Steuer meines Wagens eine Sekunde zögerte, ehe ich beim grünen Licht losfuhr, und unsere so geduldigen Mitbürger unverzüglich in meinem Rücken ein Hupkonzert anstimmten, fiel mir jäh ein anderes Begebnis wieder ein, das sich unter ähnlichen Umständen zugetragen hatte. Ein kleiner, hagerer Motorradfahrer mit Kneifer und Golfhose hatte mich überholt und sich beim roten Licht vor mir aufgepflanzt; dabei hatte er versehentlich seinen Motor abgestellt, und nun bemühte er sich vergeblich, ihn wieder in Gang zu bringen. Als das Licht grün wurde, bat ich ihn mit meiner gewohnten Höflichkeit, sein Motorrad an den Straßenrand zu schieben und mich vorbeizulassen. Der Kleine murkste immer noch an seinem kurzatmigen Motor herum. Er antwortete mir nach guter Pariser Sitte, ich solle mich zum Teufel scheren. Ich wiederholte mein Ansinnen immer noch höflich, aber mit einem leisen Unterton von Ungeduld. Worauf er mir prompt erklärte, auf jeden Fall könne ich ihn ... Mittlerweile ging hinter mir das Gehupe wieder los. Ich ersuchte also meinen Motorradfahrer mit allem Nachdruck, gefälligst höflich zu bleiben und sich klarzumachen, daß er ein Verkehrshindernis bilde. Darauf erklärte der jähzornige Kerl, den die nunmehr offenkundige Tücke seines Motors sichtlich erbitterte, wenn ich eine Tracht Prügel wünsche, so wolle er sie mir herzlich gern geben. Ein solches Übermaß an Zynismus erfüllte mich mit einer gesunden Wut, und ich stieg aus, um das ungewaschene Maul gehörig zu stopfen. Ich glaube, nicht eben feige zu sein (aber was glaubt man nicht alles!), ich war einen Kopf größer als mein Gegner, und auf meine Muskeln konnte ich mich verlassen. Ich bin heute noch überzeugt, daß die Prügel eher eingesteckt als ausgeteilt worden wären. Aber kaum stand ich auf dem Pflaster, löste sich aus der staunenden Menge ein Mann, stürzte auf mich los, versicherte, ich sei der lumpigste aller Lumpen, und er werde nicht dulden, daß ich die Hand gegen einen Mann erhebe, der durch ein Motorrad behindert und demzufolge im Nachteil sei. Ich kehrte mich unverzüglich diesem edlen Streiter zu, bekam ihn aber gar nicht zu Gesicht. Denn kaum hatte ich mich umgewandt, hörte ich das Losknattern des Motorrads und empfing beinahe gleichzeitig einen heftigen Schlag aufs Ohr. Ehe ich Zeit fand, mir des Vorgefallenen bewußt zu werden, war das Motorrad verschwunden. Wie betäubt ging ich auf meinen wackeren Recken zu. Aber gleichzeitig erhob sich aus der beträchtlich angeschwollenen Schlange der Fahrzeuge wieder das aufgebrachte Hupen. Das Licht wurde grün, und anstatt den Kerl, der mich angerempelt hatte, in den Senkel zu stellen, kehrte ich fügsam und immer noch ein wenig benommen zu meinem Wagen zurück und gab Gas. Im Vorbeifahren wurde ich von dem Idioten mit einem «jämmerlichen Wicht» bedacht, das mir jetzt noch in den Ohren klingt.

Ein belangloser Vorfall, sagen Sie? Zweifellos. Von Belang ist lediglich der Umstand, daß es geraume Zeit dauerte, bis ich ihn vergaß. Dabei hatte ich mir nichts vorzuwerfen. Ich hatte mich schlagen lassen, ohne zurückzuschlagen, aber der Feigheit konnte mich niemand zeihen. Unvermutet von zwei Seiten angegriffen, war mir alles durcheinandergeraten, und die Huperei hatte mich vollends verwirrt. Und doch machte der Zwischenfall mich unglücklich, als hätte ich gegen die Ehre verstoßen. Ich sah mich immer wieder stillschweigend in meinen Wagen steigen, den ironischen Blicken einer Menschenmenge ausgesetzt, deren Schadenfreude um so größer war, als ich – dessen entsinne ich mich noch genau – einen sehr eleganten blauen Anzug trug. Ich hörte immer wieder jenes «jämmerlicher Wicht», das mir trotz allem gerechtfertigt schien. Denn im Grunde hatte ich in aller Öffentlichkeit gekniffen. Infolge eines Zusammentreffens besonderer Umstände, gewiß, aber es fehlt nie an besonderen Umständen. Nachträglich erkannte ich sehr wohl, was ich hätte tun müssen. Ich sah mich den kühnen Recken mit einem gutgezielten Kinnhaken zu Boden strecken, wieder in den Wagen steigen, dem Dreckkerl nachfahren, der mich geschlagen hatte, ihn einholen, sein Vehikel an den Straßenrand drängen, ihn beiseite nehmen und ihm die Prügel verabfolgen, die er so reichlich verdient hatte. Mit geringfügigen Varianten ließ ich diesen kleinen Film wohl hundertmal vor meinem geistigen Auge abrollen. Aber es war zu spät, und ein paar Tage lang würgte ich an einem bösen Groll.

Ach, nun regnet es wieder. Wenn es Ihnen recht ist, stellen wir uns ein bißchen unter diesen Torbogen. Schön. Was wollte ich gleich sagen? Richtig, die Ehre! Nun, als mir dieses Begebnis wieder einfiel, begriff ich seinen Sinn: mein Traum hatte ganz einfach die Probe der Wirklichkeit nicht bestanden. Ich hatte, soviel war jetzt klar, davon geträumt, ein ganzer Mensch zu sein, ein Mensch, der sich im persönlichen Bereich wie in seinem Beruf Achtung zu verschaffen wußte. Halb Sugar Ray Robinson, halb de Gaulle, wenn Sie so wollen. Kurzum, ich war bestrebt, in allen Dingen überlegen zu sein. Daher meine Wichtigtuerei, daher auch mein Ehrgeiz, eher mit meiner körperlichen Geschicklichkeit als mit meinen intellektuellen Fähigkeiten Staat zu machen. Aber nachdem ich mich in aller Öffentlichkeit hatte schlagen lassen, ohne mich zu wehren, war es mir nicht mehr möglich, ein so schmeichelhaftes Bild meiner selbst zu hegen. Wäre ich wirklich der Freund der Wahrheit und der Intelligenz gewesen, der zu sein ich vorgab, was hätte mich dann ein Vorfall gekümmert, den die Zuschauer längst vergessen hatten? Ich hätte mir höchstens vorgeworfen, um einer Nichtigkeit willen böse geworden zu sein und, einmal erbost, es aus Mangel an Geistesgegenwart nicht verstanden zu haben, mit den Folgen meiner Wut fertig zu werden. Statt dessen brannte ich darauf, Vergeltung zu üben, dreinzuschlagen und zu siegen. Als bestünde mein wahres Verlangen nicht darin, das intelligenteste und großzügigste Geschöpf auf Erden zu sein, sondern zu schlagen, wen ich gerade Lust hätte, endlich der Stärkere zu sein, und zwar auf die allerprimitivste Weise.

In Tat und Wahrheit – Sie wissen es selber genau – träumt jeder intelligente Mensch davon, ein Gangster zu sein und mit roher Gewalt über die Gesellschaft zu herrschen. Da dies nicht so einfach ist, wie die einschlägigen Romane glauben lassen mögen, verlegt man sich im allgemeinen auf die Politik und läuft in die grausamste Partei. Aber nicht wahr, man kann ja seinen Geist ruhig erniedrigen, wenn einem dafür alle Welt untertan wird! Ich entdeckte in mir süße Unterdrückerträume. Zumindest merkte ich, daß ich einzig und allein so lange auf seiten der Schuldigen, der Angeklagten, stand, als ihr Vergehen mir nicht zum Nachteil gereichte. Ihre Schuld verlieh mir Beredsamkeit, weil nicht ich ihr Opfer war. Fand ich mich selbst bedroht, so wurde ich nicht nur meinerseits zum Richter, sondern darüber hinaus zum jähzornigen Gebieter, der ohne Ansehen der Gesetze danach verlangte, den Delinquenten niederzuschlagen und in die Knie zu zwingen. Nach einer solchen Feststellung, Verehrtester, ist es recht schwierig, weiterhin ernsthaft zu glauben, man sei zur Gerechtigkeit berufen, zur Verteidigung der Witwen und Waisen prädestiniert.

Da der Regen immer stärker wird und wir Zeit genug haben, darf ich es vielleicht wagen, Ihnen eine weitere Entdekkung anzuvertrauen, die mir mein Gedächtnis wenig später bescherte. Setzen wir uns auf diese Bank, hier sind wir vor der Nässe geschützt. Seit Jahrhunderten sitzen hier Männer, rauchen ihre Pfeife und schauen in den ewig gleichen Regen über dem ewig gleichen Kanal. Was ich Ihnen jetzt zu erzählen habe, ist ein bißchen schwieriger. Es handelt sich diesmal um eine Frau. Ich muß vorausschicken, daß ich bei den Frauen immer Erfolg hatte, und zwar ohne mich besonders anzustrengen. Ich sage nicht, ich hätte den Erfolg gehabt, sie oder auch nur mich selbst durch sie glücklich zu machen. Nein, ganz einfach Erfolg. Ich erreichte, was ich wollte, mehr oder weniger wann ich wollte. Man fand, ich habe Charme, stellen Sie sich das vor! Sie wissen ja, was Charme ist: eine Art, ein Ja zur Antwort zu erhalten, ohne eine klare Frage gestellt zu haben. In dieser Lage befand ich mich damals. Das überrascht Sie offenbar? Sie dürfen es ruhig zugeben. Mein jetziges Aussehen ist ja wirklich nicht mehr danach. Ach! Von einem bestimmten Alter an ist jeder Mensch für sein Gesicht verantwortlich. Das meine . . . Aber das ist ja gleichgültig! Die Tatsache bleibt bestehen. Man fand, ich habe Charme, und ich nützte diesen Umstand aus.

Indessen war gar keine Berechnung dabei; ich war aufrichtig, oder doch beinahe. Meine Beziehungen zu den Frauen waren natürlich, einfach, ungezwungen. Ich verwandte keine Schliche, außer vielleicht jener offenkundigen, die die Frauen als Kompliment auffassen. Ich liebte die Frauen, wie man zu sagen pflegt, das heißt, daß ich keine je geliebt habe. Ich habe Frauenhaß immer vulgär und dumm gefunden, und beinahe alle weiblichen Wesen, die ich kannte, schienen mir besser zu sein als ich. Aber obwohl ich eine so hohe Meinung von ihnen hegte, habe ich sie häufiger ausgenützt als ihnen gedient. Wie soll man sich da zurechtfinden?

Natürlich ist wahre Liebe eine Seltenheit, die kaum zwei- oder dreimal in einem Jahrhundert vorkommen mag. Alles andere ist Eitelkeit oder Langeweile. Ich jedenfalls war keine Portugiesische Nonne. Mein Herz ist beileibe nicht fühllos, im Gegenteil, es überbordet vor Rührseligkeit, und zudem habe ich nahe am Wasser gebaut. Nur sind meine Herzensregungen immer auf mich selbst gerichtet, und meine Rührung betrifft meine eigene Person. Es stimmt übrigens nicht, daß ich nie geliebt habe. Ich habe in meinem Leben zumindest eine große Liebe gekannt, und ihr Gegenstand war jederzeit ich. In dieser Hinsicht war meine Haltung nach den unvermeidlichen Schwierigkeiten der frühen Jugendjahre gar bald festgelegt: die Sinnlichkeit, und nur sie allein, beherrschte mein Liebesleben. Ich suchte einzig nach Objekten der Lust und der Eroberung. Meine Veranlagung kam mir dabei übrigens zustatten, hat die Natur mich doch großzügig bedacht. Ich tat mir nicht wenig darauf zugute und verdankte diesem Umstand gar manche Befriedigung, ohne heute mehr sagen zu können, worin sie bestand, ob im Vergnügen oder im Prestige. Ich weiß schon, jetzt denken Sie wieder, ich renommiere. Ich will das auch gar nicht in Abrede stellen, und es ist mir um so unangenehmer, als ich mich diesmal mit Sachen brüste, die wahr sind.

Wie dem auch sei, meine Sinnlichkeit, um nur von ihr zu sprechen, war so mächtig, daß ich sogar um eines Abenteuers von zehn Minuten willen Vater und Mutter verleugnet hätte, auf die Gefahr hin, es nachträglich bitter zu bereuen. Aber was sage ich! Vor allem um eines Abenteuers von zehn Minuten willen, und erst recht, wenn ich die Gewißheit hatte, daß es dabei sein Bewenden haben werde. Natürlich hatte ich Prinzipien, so zum Beispiel, daß die Frau eines Freundes tabu sei. Indessen hörte ich einfach in aller Aufrichtigkeit ein paar Tage vorher auf, für den jeweiligen Ehemann Freundschaft zu empfinden. Vielleicht sollte ich das nicht Sinnlichkeit nennen? An sich ist die Sinnlichkeit nichts Abstoßendes. Üben wir Nachsicht und sprechen wir von einem Gebrechen, von einer Art angeborener Unfähigkeit, in der Liebe etwas anderes zu erblicken als den Liebesakt. Dieses Gebrechen war letzten Endes ganz angenehm. Gepaart mit meiner Fähigkeit des Vergessens, kam es meiner Freiheit zustatten. Da es mir auch den Anschein einer gewissen Distanziertheit und unzähmbaren Unabhängigkeit verlieh, bot es mir gleichzeitig Gelegenheit zu neuen Erfolgen. Ich war dermaßen unromantisch, daß ich schließlich den romantischen Gefühlen kräftige Nahrung bot. Unsere schönen Freundinnen haben nämlich dieses eine mit Napoleon gemeinsam, daß sie stets glauben, dort Erfolg zu haben, wo alle anderen gescheitert sind.

Diese Beziehungen befriedigten übrigens nicht nur meine Sinnlichkeit, sondern zugleich auch meine Freude am Spiel! Ich liebte die Frauen als Partnerinnen in einem bestimmten Spiel, das irgendwie nach Unschuld schmeckte. Sehen Sie, ich vertrage es nicht, mich zu langweilen, und schätze am Leben nur die unterhaltsamen Seiten. Jede noch so brillante Gesellschaft geht mir bald auf die Nerven, während ich mich mit keiner Frau, die mir gefiel, je gelangweilt habe. Es fällt mir schwer, es einzugestehen, aber ich hätte ohne weiteres zehn Gespräche mit Einstein für ein erstes Rendezvous mit einer hübschen Statistin hingegeben. Beim zehnten Stelldichein sehnte ich mich dann allerdings nach Einstein oder doch nach einem kräftigen Buch. Kurzum, die weltbewegenden Probleme interessierten mich nur, wenn ich nicht gerade durch ein Techtelmechtel in Anspruch genommen war. Wie oft ist es mir nicht widerfahren, daß ich mit Freunden aus einem Gehsteig beisammenstand und mitten in der hitzigsten Diskussion plötzlich den Faden des Gesprächs verlor, weil im selben Augenblick ein knuspriges Ding die Straße überquerte!

Ich hielt mich an die Spielregeln. Ich wußte, daß es den Frauen gefiel, wenn man nicht geradewegs aufs Ziel zusteuerte. An den Anfang gehörte Konversation, Zärtlichkeit, wie sie zu sagen pflegen. Um Reden war ich als Anwalt nicht verlegen, und auch um Blicke nicht, da ich als Soldat ein wenig Schauspielerei erlernt hatte. Ich wechselte oft die Rolle; aber das Stück blieb sich immer gleich. Die Szene der unerklärlichen Anziehung zum Beispiel, das «gewisse Etwas», das «es gibt kein Warum und Weshalb», «ich begehrte nicht, mich zu verlieben», «dabei war ich der Liebe wahrhaftig überdrüssig . . .» und so weiter, war eine Nummer, die immer zog, obwohl sie zu den Ladenhütern des Repertoires gehört. Dann gab es auch die Nummer des geheimnisvollen Glücks, das einem keine andere Frau je schenkte, dem vielleicht kein Morgen beschieden war, sogar sicher nicht (man kann sich nie genug vorsehen!), das aber gerade deswegen unersetzlich war. Vor allem hatte ich eine kleine Tirade ausgearbeitet, die immer gute Aufnahme fand und der gewiß auch Sie Beifall zollen werden. Diese Rede bestand im wesentlichen in der schmerzlich-resignierten Behauptung, daß ich ein nichtiger Mensch sei, daß es sich nicht verlohne, mich liebzuhaben, daß mein Leben fernab am trauten Glück des Alltags vorbeiführte, jenem Glück, das ich vielleicht allen Gütern vorgezogen hätte, aber nun sei es eben zu spät. Über die Gründe dieser unwiderruflichen Verspätung schwieg ich mich wohlweislich aus, da es bekanntlich klüger ist, sein Geheimnis mit in den Schlaf zu nehmen. In gewissem Sinn glaubte ich übrigens selber, was ich sagte, ich ging ganz in meiner Rolle auf. Was Wunder, daß meine Partnerinnen die ihre ebenfalls mit feuriger Begeisterung spielten! Die empfindsamsten unter meinen Freundinnen bemühten sich, mich zu verstehen, und dieses Bemühen umgab ihre Kapitulation mit einem Anhauch von Melancholie. Die anderen stellten befriedigt fest, daß ich mich an die Spielregeln hielt und so viel Zartgefühl besaß, erst zu reden und dann zu handeln, und gingen ungesäumt zu den Tatsachen über. Dann hatte ich gewonnen, und zwar zwiefach, da ich nicht nur mein Verlangen, sondern auch meine Eigenliebe befriedigte, indem ich meine so wunderbar unwiderstehliche Macht jedesmal neu unter Beweis stellte.

So sehr, daß ich sogar in den Fällen, in denen mir nur eine

mittelmäßige Lust zuteil wurde, doch von Zeit zu Zeit die Verbindung wieder aufzunehmen trachtete. Mitbestimmend war dabei ohne Zweifel jenes eigenartige Verlangen, das eine nach langer Trennung unvermittelt wiederentdeckte Gemeinsamkeit schürt, indessen zugleich auch der Wunsch, mich zu vergewissern, daß die Bande zwischen uns sich nicht gelöst hatten und daß es in meinem Belieben stand, sie wieder enger zu knüpfen. Um meine diesbezüglichen Besorgnisse ein für allemal zu zerstreuen, ging ich manchmal sogar so weit, meine Freundinnen schwören zu lassen, daß sie keinem anderen Mann angehören würden. Das Herz jedoch hatte keinen Teil an dieser Befürchtung, ja nicht einmal die Phantasie. Ich war nämlich von so eingefleischter Überheblichkeit, daß ich mir trotz dem augenfälligen Beweis des Gegenteils nur mit Mühe vorzustellen vermochte, eine Frau, die ich besessen hatte, könne je einem anderen angehören. Aber der Treueschwur, den sie mir leisteten, gab mir die Freiheit zurück, indem er sie band. Sobald ausgesprochen war, daß sie mir die Treue halten würden, konnte ich mich zum Bruch entschließen, was mir andernfalls beinahe immer unmöglich war. In solchen Fällen war die Nachprüfung ein für allemal vollzogen und meine Macht auf lange Zeit hinaus gesichert. Sonderbar, nicht wahr? Und doch ist dem so, Verehrtester. Die einen flehen: «Hab mich lieb!» Die anderen: «Hab mich nicht lieb!» Aber ein bestimmter Schlag, der zugleich schlimmste und unglücklichste, verlangt: «Hab mich nicht lieb und bleib mir treu!»

Nun ist aber die Nachprüfung nie endgültig, man muß sie bei jedem Menschen neu beginnen. Und wenn man dies oft genug tut, legt man sich Gewohnheiten zu. Bald fließt einem die Rede gedankenlos von den Lippen, der Reflex stellt sich ein, und eines schönen Tages ist man so weit, daß man nimmt, ohne wirklich zu begehren. Glauben Sie mir, es gibt nichts Schwierigeres auf der Welt, zumindest für gewisse Menschen, als nicht zu nehmen, was man nicht begehrt.

Eines Tages trat dieser Fall ein. Es hat keinen Zweck, Ihnen den Namen der Frau zu nennen, es sei höchstens erwähnt, daß sie mich, ohne mich wirklich zu verwirren, durch ihre passive und lüsterne Art angezogen hatte. Offen gesagt, es war, wie nicht anders zu erwarten stand, ein mäßiges Vergnügen. Aber ich habe nie an Komplexen gelitten und vergaß die Betreffende bald, zumal ich ihr auch nicht mehr begegnete. Ich dachte, ihr sei nichts aufgefallen; ich vermochte mir nicht einmal vorzustellen, daß sie überhaupt ein Urteil haben könne. Überdies trennte ihre Passivität sie in meinen Augen von der Welt. Ein paar Wochen später erfuhr ich jedoch, daß sie mein Ungenügen einer Drittperson verraten hatte. Im ersten Augenblick hatte ich das Gefühl, irgendwie hintergangen worden zu sein; sie war also gar nicht so passiv, wie ich glaubte, und ermangelte nicht des eigenen Urteils. Dann zuckte ich die Achseln und gab vor, darüber zu lachen. Ich lachte sogar wirklich darüber; es war ja klar, daß dieser Zwischenfall völlig belanglos war. Wenn es überhaupt ein Gebiet gibt, auf dem Bescheidenheit die Regel sein sollte, dann doch gewiß das Geschlechtsleben mit all seinen Zufälligkeiten. Mitnichten! Jeder sucht sich selbst in ein möglichst vorteilhaftes Licht zu setzen, sogar wenn er mit sich allein ist. Und welches war denn auch trotz meines Achselzuckens mein Verhalten? Einige Zeit danach sah ich jene Frau wieder; ich tat alles, um sie zu verführen und wirklich zu besitzen. Es war nicht besonders schwierig: auch die Frauen lieben es nicht, ein Fiasko auf sich beruhen zu lassen. Von diesem Augenblick an begann ich, ohne es bewußt zu wollen, sie auf alle möglichen Weisen zu demütigen. Ich stieß sie von mir und nahm sie wieder, ich zwang sie, sich mir zu Zeiten und an Orten hinzugeben, die sich nicht dazu eigneten, ich behandelte sie in allen Dingen mit solcher Rücksichtslosigkeit, daß ich schließlich an ihr hing, wie etwa ein Kerkermeister an seinem Sträfling hängen mag. So ging das fort bis zu dem Tag, da sie im wilden Aufruhr einer schmerzlichen und erzwungenen Lust laut und deutlich dem huldigte, was sie unterjochte. An diesem Tag begann ich, mich von ihr zu lösen. Seitdem habe ich sie vergessen.

Ich will Ihnen trotz Ihres höflichen Schweigens gerne zugestehen, daß dieses Abenteuer nicht eben ein Ruhmesblatt darstellt. Überdenken Sie jedoch Ihr eigenes Leben, Verehrtester! Forschen Sie in Ihrem Gedächtnis, vielleicht stoßen Sie auf eine ähnliche Geschichte, die Sie mir später einmal erzählen. Nun, als dieses Erlebnis mir wieder einfiel, fing ich neuerlich an zu lachen. Aber es war ein anderes Lachen, jenem ähnlich, das ich auf dem Pont des Arts gehört hatte. Ich lachte über meine Reden und meine Plädoyers. Nebenbei gesagt, mehr noch über meine Plädoyers als über meine Reden an die Frauen. Denen log ich wenigstens nicht viel vor. Der Instinkt sprach deutlich und ohne Winkelzüge aus meiner Haltung. Der Liebesakt zum Beispiel ist ein Geständnis. Hier tritt der Egoismus schreiend zutage, hier feiert die Eitelkeit Triumphe, oder aber es enthüllt sich die wahre Großmut. Letzten Endes war ich in dieser betrüblichen Geschichte freimütiger gewesen als ich glaubte, so freimütig wie noch in keiner anderen Liebschaft, ich hatte Farbe bekannt und gezeigt, welches Leben zu führen ich fähig war. Allem Anschein zum Trotz besaß ich also in meinem Privatleben, sogar – oder gerade – wenn ich mich so betrug, wie ich es Ihnen geschildert habe, doch noch mehr Würde als in meinen großartigen beruflichen Ergüssen über Unschuld und Gerechtigkeit. Wenn ich sah, wie ich mit den Menschen umsprang, konnte ich mich wenigstens nicht über mein wahres Wesen täuschen. In seiner Lust ist kein Mensch verlogen – habe ich das irgendwo gelesen oder selbst gedacht, Verehrtester?

Wenn ich so überlegte, welche Schwierigkeit mir die endgültige Trennung von einer Frau bereitete, ein Umstand, der mich zu so vielen gleichzeitigen Liebschaften führte, suchte ich die Schuld nicht in der Zärtlichkeit meines Herzens. Nicht sie trieb mich zum Handeln, wenn eine meiner Freundinnen es müde wurde, auf das Austerlitz unserer Leidenschaft zu warten, und Miene machte, sich zurückzuziehen. Augenblicklich war ich es, der einen Schritt vorwärts tat, Zugeständnisse machte, Beredsamkeit entfaltete. In ihnen erweckte ich die Zärtlichkeit und die süße Schwäche des Herzens, während ich selbst nur deren Abklatsch empfand, einzig durch ihre Absage ein wenig erregt und auch von der Möglichkeit erschreckt, eine Zuneigung zu verlieren. Zuweilen glaubte ich sogar, wahrhaft zu leiden. Es genügte indessen, daß die Widerspenstige mich wirklich verließ – und schon vergaß ich sie mühelos, wie ich sie auch an meiner Seite vergaß, wenn sie sich im Gegenteil dazu entschlossen hatte, zu mir zurückzukehren. Nein, es war weder die Liebe noch die Großmut, die mich wachrüttelte, wenn ich Gefahr lief, verlassen zu werden: es war einzig der Wunsch, geliebt zu sein und zu erhalten, was mir meiner Meinung nach gebührte. Sobald ich geliebt wurde und meine Gefährtin wieder vergessen hatte, glänzte ich vor Zufriedenheit, zeigte mich von meiner besten Seite und wurde sympathisch.

Wohlgemerkt: diese Zuneigung empfand ich als Last, sobald ich sie zurückgewonnen hatte. In Augenblicken der Gereiztheit sagte ich mir dann wohl, es wäre das beste, die betreffende Person stürbe. Dieser Tod hätte einerseits unserer Beziehung Endgültigkeit verliehen und ihr andererseits jeden Zwang genommen. Aber man kann nicht allen Leuten den Tod wünschen und zu guter Letzt die ganze Erde entvölkern, um eine anders nicht ausdenkbare Freiheit zu genießen. Meine Empfindsamkeit empörte sich dagegen, und auch meine Liebe zu den Menschen.

Das einzige echte Gefühl, das ich mitunter bei diesen Liebeleien empfand, war Dankbarkeit, wenn alles gut ging und man mir nicht nur meinen Frieden ließ, sondern zugleich völlige Bewegungsfreiheit; und nie war ich netter und fröhlicher mit einer Frau, als wenn ich eben aus dem Bett einer anderen kam. Es war, als übertrüge ich die bei der einen eingegangene Schuld auf alle anderen. So groß übrigens die scheinbare Verwirrung meiner Gefühle auch sein mochte, das Ergebnis war eindeutig: ich bewahrte mir jede Zuneigung, um mich ihrer zu bedienen, wann es mir paßte. Ich konnte also zugegebenermaßen nur unter der Bedingung leben, daß auf dem ganzen Erdenrund alle oder doch möglichst viele Menschen mir zugekehrt waren, unwandelbar frei für mich, des Eigenlebens beraubt, allzeit bereit, meinem Ruf Folge zu leisten, der Unfruchtbarkeit anheimgegeben in Erwartung des Tages, da ich geruhen würde, ihnen mein Licht zuteil werden zu lassen. Kurzum, damit ich glücklich sein konnte, durften die von mir erwählten Geschöpfe kein Leben besitzen. Sie sollten ihr Leben nur von Zeit zu Zeit nach meinem Belieben von mir empfangen.

Oh, Sie dürfen mir glauben, daß ich Ihnen dies alles ohne Selbstgefälligkeit erzähle! Wenn ich an jenen Abschnitt meines Lebens denke, da ich alles forderte und selbst nichts dafür zahlte, da ich so viele Menschen in meinen Dienst nahm, sie gewissermaßen auf Eis legte, um sie nach Lust und Laune zu gegebener Zeit bei der Hand zu haben, beschleicht mich ein eigenartiges Gefühl, das ich nicht richtig zu benennen weiß. Sollte es am Ende Scham sein? Sagen Sie mir, Verehrtester, ist die Scham nicht ein Gefühl, das ein bißchen brennt? Wirklich? Dann ist es wahrscheinlich Scham oder irgendeines jener lächerlichen Gefühle, die mit der Ehre zusammenhängen. Wie dem auch sei, mir will scheinen, dieses Gefühl habe mich nie mehr verlassen, seit ich im Mittelpunkt meines Gedächtnisses jenes Erlebnis wiederfand, dessen Bericht ich nun nicht länger hinauszuschieben vermag, trotz all meiner Abschweifungen, trotz aller Bemühungen meiner Erfindungsgabe, der Sie, wie ich hoffe, Gerechtigkeit widerfahren lassen.

Wahrhaftig, der Regen hat aufgehört! Haben Sie doch die Güte, mich nach Hause zu begleiten! Ich fühle mich müde, seltsam müde, nicht, weil ich so viel gesprochen habe, sondern beim bloßen Gedanken an das, was mir noch zu sagen bleibt. Ach was! Ein paar Sätze genügen, um von meiner entscheidenden Entdeckung zu berichten. Warum auch viele Worte machen? Erst wenn der Taubenschwarm der schönen Reden aufgeflogen ist, wird das Standbild in seiner ganzen Blöße sichtbar. Nun denn. In einer Nacht im November, zwei oder drei Jahre vor dem Abend, da ich in meinem Rücken ein Lachen zu hören vermeinte, kehrte ich über den Pont Royal aufs linke Seine-Ufer nach Hause zurück. Es war eine Stunde über

Mitternacht; ein feiner Regen fiel, ein Nieseln vielmehr, das die vereinzelten Fußgänger verscheuchte. Ich kam eben von einer Freundin, die nun gewiß bereits schlief. Ich war glücklich über diesen Gang durch die Nacht, ein wenig benommen, und das Blut, das meinen beruhigten Körper durchpulste, war sanft wie der Regen. Auf der Brücke erblickte ich eine Gestalt, die sich über das Geländer neigte und den Fluß zu betrachten schien. Beim Näherkommen gewahrte ich, daß es eine schlanke, schwarzgekleidete junge Frau war. Zwischen dem dunklen Haar und dem Mantelkragen war ein frischer, regennasser Nacken sichtbar, der mich nicht gleichgültig ließ. Eine Sekunde lang zögerte ich, dann setzte ich meinen Weg fort. Auf dem anderen Ufer schlug ich die Richtung zum Platz Saint-Michel ein, wo ich wohnte. Ich hatte schon etwa fünfzig Meter zurückgelegt, als ich das Aufklatschen eines Körpers auf dem Wasser hörte; in der nächtlichen Stille kam mir das Geräusch trotz der Entfernung ungeheuerlich laut vor. Ich blieb jäh stehen, wandte mich jedoch nicht um. Beinahe gleichzeitig vernahm ich einen mehrfach wiederholten Schrei, der flußabwärts trieb und dann plötzlich verstummte. In der unvermittelt erstarrten Nacht erschien mir die zurückgekehrte Stille endlos. Ich wollte laufen und rührte mich nicht. Ich glaube, daß ich vor Kälte und Fassungslosigkeit zitterte. Ich sagte mir, daß Eile not tat, und fühlte, wie eine unwiderstehliche Schwäche meinen Körper überfiel. Ich habe vergessen, was ich in jenem Augenblick dachte. «Zu spät, zu weit weg...» oder etwas Derartiges. Regungslos lauschte ich immer noch. Dann entfernte ich mich zögernden Schrittes im Regen. Ich benachrichtigte niemand.

Aber wir sind am Ziel, das ist mein Haus, mein Unterschlupf. Morgen? Gewiß, wenn Sie Lust haben. Ich will Sie gerne auf die Insel Marken führen und Ihnen die Zuydersee zeigen. Treffen wir uns um elf im *Mexico-City*. Wie bitte? Jene Frau? Ach, ich weiß nicht, wirklich, ich weiß es nicht. Weder am nächsten noch an den folgenden Tagen habe ich die Zeitung gelesen.

Ein Puppendorf, finden Sie nicht auch? Kein malerischer Zug ist ihm erspart geblieben! Aber nicht des Pittoresken wegen habe ich Sie auf diese Insel geführt, verehrter Freund. Hauben, Holzschuhe, schmucke Häuser, wo die Fischer feinen Tabak in den Geruch von Bohnerwachs hineinschmauchen – das kann ein jeder Ihrer Bewunderung vorführen. Ich hingegen gehöre zu den wenigen, die Ihnen zeigen können, was hier von Wichtigkeit ist.

Nun kommen wir zum Deich. Wir müssen ihn entlanggehen, um uns möglichst weit von diesen allzu niedlichen Häuschen zu entfernen. Wenn es Ihnen recht ist, wollen wir uns setzen. Was sagen Sie dazu? Können Sie sich eine schönere negative Landschaft vorstellen? Schauen Sie: zur Linken ein Aschenhaufen, den man hierzulande eine Düne nennt, zur Rechten der graue Deich, zu unseren Füßen der fahle Strand und vor uns das Meer von der Farbe einer dünnen Lauge und der weite Himmel, in dem sich das bleiche Wasser spiegelt. Wahrlich eine gallertartige Hölle! Lauter waagrechte Linien, keinerlei Glanz, der Raum ist farblos, das Leben tot. Ist dies nicht die alles erfassende Auflösung, das sichtbar gewordene Nichts? Keine Menschen, vor allem keine Menschen! Nur Sie und ich angesichts des endlich von allen Lebewesen befreiten Planeten! Der Himmel lebt? Sie haben recht, verehrter Freund. Er verdichtet sich und tut sich wieder auf, öffnet Lufttreppen und schließt Wolkentore. Das sind die Tauben. Ist Ihnen nicht aufgefallen, daß in Holland der Himmel von Millionen Tauben bevölkert ist? Sie fliegen so hoch, daß sie unsichtbar bleiben, sie schlagen mit den Flügeln, sie schwingen sich im gleichen Rhythmus aufwärts und abwärts und erfüllen den Himmelsraum mit dicken Schwaden grauer Federn, die vom Wind fortgetragen oder hergeweht werden. Die Tauben warten dort oben, sie warten das ganze Jahr. Sie schweben über der Erde, schauen herunter und möchten herabfahren. Aber da ist nichts als die See und die Kanäle, die schilderbewehrten Dächer und kein Haupt, auf dem sie sich niederlassen könnten.

Sie verstehen nicht, was ich meine? Ich muß bekennen, daß

ich sehr müde bin. Ich verliere den Faden meiner Rede, mein Geist besitzt jene Klarheit nicht mehr, die meine Freunde so hoch zu rühmen liebten. Meine Freunde sage ich übrigens dem Grundsatz zuliebe. Ich habe keine Freunde mehr, ich habe nur noch Komplicen. Dafür hat ihre Zahl zugenommen, sie umfaßt das ganze Geschlecht der Menschen. Und unter den Menschen kommen Sie an erster Stelle. Der just Anwesende kommt immer an erster Stelle. Woher ich weiß, daß ich keine Freunde habe? Sehr einfach: das habe ich an dem Tag entdeckt, da ich mich umzubringen gedachte, um ihnen einen Streich zu spielen, um sie gewissermaßen zu strafen. Aber wen zu strafen? Ein paar wären überrascht gewesen, doch niemand hätte sich gestraft gefühlt. Da habe ich begriffen, daß ich keine Freunde hatte. Doch selbst wenn ich welche gehabt hätte, das hätte mir nicht weitergeholfen. Wenn ich hätte Selbstmord begehen und dann ihr Gesicht sehen können, ja, dann hätte es sich gelohnt. Aber das Erdreich ist finster, verehrter Freund, das Holz dick und undurchsichtig das Leichentuch. Die Augen der Seele? Ja, zweifellos, wenn es eine Seele gibt und wenn sie Augen hat. Aber eben, das weiß man nicht sicher, nie ist man sicher. Sonst gäbe es ja einen Ausweg, und man könnte dafür sorgen, daß man endlich ernst genommen wird. Die Menschen werden erst durch unseren Tod von unseren Gründen, unserer Aufrichtigkeit und der Tiefe unseres Kummers überzeugt. Solange man lebt, ist man suspekt und hat nur Anrecht auf ihre Skepsis. Wenn es daher eine einzige Gewißheit gäbe, daß man das Schauspiel genießen kann, würde es sich lohnen, ihnen zu beweisen, was sie nicht glauben wollen, und sie in Erstaunen zu versetzen. Aber da bringt man sich um, und was nützt es, ob sie einem Glauben schenken oder nicht: man ist ja nicht da, um ihre Verwunderung und ihre – übrigens flüchtige – Zerknirschung mit anzusehen und dann schließlich, den Wunschtraum eines jeden Menschen verwirklichend, dem eigenen Begräbnis beizuwohnen. Um aufzuhören, suspekt zu sein, muß man schlankweg aufhören, zu sein.

Ist es übrigens nicht besser so? Wir würden zu sehr unter

ihrer Gleichgültigkeit leiden. «Das wirst du mir büßen!» sagte eine Tochter zu ihrem Vater, der ihre Heirat mit einem allzu geschniegelten Verehrer hintertrieben hatte. Und brachte sich um. Doch der Vater hat gar nichts gebüßt. Er war ein leidenschaftlicher Angler. Drei Sonntage später ging er wieder an den Fluß, um Vergessen zu suchen, wie er sagte. Die Rechnung stimmte: er vergaß. Offen gestanden wäre das Gegenteil verwunderlich gewesen. Man glaubt zu sterben, um seine Frau zu strafen, und dabei gibt man ihr die Freiheit zurück. Da ist es schon besser, so etwas nicht mit ansehen zu müssen. Ganz zu schweigen von dem Umstand, daß man Gefahr liefe, zu vernehmen, was für Gründe einem untergeschoben werden. In meinem Fall höre ich sie geradezu: «Er hat sich umgebracht, weil er es nicht ertragen konnte, daß ...» Ach, verehrter Freund, wie dürftig ist doch die Phantasie der Menschen! Sie wähnen immer, man begehe Selbstmord aus einem Grund. Aber man kann sich das Leben sehr wohl aus zwei Gründen nehmen ... Doch nein, das will ihnen nicht in den Kopf. Wozu dann also freiwillig sterben, sich für das Bild opfern, das die anderen sich von einem machen sollen! Wenn man tot ist, nützen sie das sofort aus, um die Tat durch idiotische oder aber vulgäre Beweggründe zu erklären. Die Märtyrer, verehrter Freund, haben die Wahl, vergessen, verspottet oder ausgebeutet zu werden. Verstanden werden sie nie.

Und zudem – ohne Umschweife sei es bekannt – liebe ich das Leben, darin besteht meine wahre Schwäche. Ich liebe es so sehr, daß meine Vorstellungskraft nichts zu erfassen vermag, was außerhalb liegt. Eine solche Gier hat etwas Plebejisches, finden Sie nicht? Aristokratie ist nicht denkbar ohne eine gewisse Distanz sich selber und seinem eigenen Leben gegenüber. Man stirbt, wenn es sein muß, man will lieber brechen als biegen. Ich jedoch biege, weil ich fortfahre, mich zu lieben. Was glauben Sie zum Beispiel, das ich nach all den Erlebnissen empfand, von denen ich Ihnen erzählte? Ekel vor mir selber? Bewahre! In erster Linie Ekel vor den Mitmenschen. Gewiß sah ich mein Versagen immer ein und bedauerte es. Und doch fuhr ich fort, es mit recht verdienstlicher Beharrlichkeit zu vergessen. Über die Mitmenschen hingegen saß ich in meinem Herzen unablässig zu Gericht. Das finden Sie sicher empörend? Sie denken vielleicht, es sei nicht logisch? Es geht aber nicht darum, logisch zu sein. Es geht darum, zwischen den Maschen hindurchzuschlüpfen, und vor allem, o ja, vor allem darum, sich dem Urteil zu entziehen. Ich sage nicht, sich der Strafe zu entziehen, denn die Strafe ohne Urteil ist erträglich. Sie hat übrigens einen Namen, der für unsere Unschuld bürgt: das Unglück. Nein, es handelt sich im Gegenteil darum, dem Urteil zu entgehen, sich nicht ständig richten zu lassen, so daß der Spruch nie gefällt wird.

Aber man entgeht ihm nicht so leicht. Zum Richten sind wir heutzutage immer bereit, wie zum Huren. Mit dem Unterschied, daß hier kein Versagen zu befürchten ist. Wenn Sie daran zweifeln, so lauschen Sie ein bißchen auf die Tischgespräche in jenen Ferienhotels, wo unsere so ungemein liebreichen Mitbürger im August ihre Langeweilekur absitzen. Wenn Sie immer noch nicht überzeugt sind, so lesen Sie die Schriften unserer großen Zeitgenossen. Oder beobachten Sie Ihre eigene Familie, dann wird Ihnen ein Licht aufgehen. Mein lieber Freund, geben wir ihnen ja keinen Vorwand, auch nicht den geringsten, uns zu richten! Sonst werden wir in Stücke gerissen. Wir sind zu der gleichen Vorsicht gezwungen wie der Tierbändiger. Wenn er das Pech hat, sich vor dem Betreten des Käfigs beim Rasieren zu schneiden – was für ein Festschmaus für die Raubtiere! Das ist mir mit einem Schlag an jenem Tag aufgegangen, da mir der Verdacht kam, daß ich vielleicht nicht ganz so bewundernswert sei. Von diesem Augenblick an war ich auf der Hut. Da ich ein wenig blutete, lief ich Gefahr, restlos draufzugehen: sie waren bereit, mich zu verschlingen.

Meine Beziehungen zu den Mitmenschen blieben scheinbar dieselben, und doch gerieten sie unmerklich aus dem Gleichgewicht. Meine Freunde hatten sich nicht verändert. Sie rühmten gelegentlich immer noch die Harmonie und die Sicherheit, die man im Umgang mit mir fand. Ich jedoch spürte nur die Mißklänge, die Unordnung, die mich erfüllte; ich fühlte mich verwundbar und dem öffentlichen Ankläger ausgeliefert. Die Menschen hörten auf, die ehrfürchtigen Zuhörer zu sein, die sie bisher in meinen Augen gewesen waren. Der Kreis, dessen Mittelpunkt ich war, zersprang, und sie stellten sich alle in eine Reihe wie bei Gericht. Vom Augenblick an, da ich befürchtete, es sei an mir etwas zu richten, merkte ich, daß sie im Grunde eine unwiderstehliche Berufung zum Richten in sich trugen. Gewiß, sie umgaben mich wie früher, aber sie lachten. Oder vielmehr war mir, als ob jeder, dem ich begegnete, mich mit einem verhohlenen Lächeln anschaute. Zu jener Zeit gewann ich sogar den Eindruck, daß man mir hin und wieder ein Bein stellte. Denn zwei- oder dreimal stolperte ich beim Betreten eines öffentlichen Lokals ganz ohne Grund. Einmal fiel ich sogar der Länge nach hin. Als guter Kartesianer, wie sich dies für einen Franzosen gehört, faßte ich mich jedoch gleich wieder und schrieb diese Mißgeschicke der einzigen vernünftigen Gottheit zu, nämlich dem Zufall. Gleichviel – ein gewisses Mißtrauen blieb zurück.

Nachdem meine Aufmerksamkeit einmal geweckt war, fiel es mir nicht schwer, festzustellen, daß ich Feinde besaß. Zunächst in meinem Beruf, dann aber auch in meinem Privatleben. Die einen hatte ich mir verpflichtet, die anderen hätte ich mir verpflichten sollen. Im Grunde war das alles ganz natürlich, und die Entdeckung bekümmerte mich nicht allzusehr. Hingegen war es schwerer und schmerzlicher, zu erkennen, daß ich auch unter Leuten, die ich kaum oder gar nicht kannte, Feinde besaß. Mit der Naivität, für die ich Ihnen nun einige Beweise geliefert habe, war ich immer überzeugt gewesen, daß diejenigen, die mich nicht kannten, mich unweigerlich gern haben müßten, sobald sie mit mir verkehrten. Mitnichten! Ich stieß auf Feindschaft gerade bei Menschen, die mich nur von sehr ferne kannten und die mir selber völlig fremd waren. Zweifellos hatten sie mich im Verdacht, in vollen Zügen zu leben und mich rückhaltlos dem Glück hinzugeben – das aber ist unverzeihlich. Die auf eine gewisse Art zur Schau getragene Aura des Erfolgs könnte das geduldigste Lamm zur Raserei treiben. Andererseits war mein Leben bis zum Rande ausgefüllt, und aus Zeitmangel wies ich manches Entgegenkommen zurück. Aus dem gleichen Grund vergaß ich nachher meine Ablehnung. Aber entgegengekommen waren mir Leute, deren Leben nicht ausgefüllt war und die aus eben diesem Grunde meine Ablehnung nicht vergaßen.

So kamen die Frauen, um nur ein Beispiel herauszugreifen, mich letzten Endes teuer zu stehen. Die mit ihnen verbrachte Zeit konnte ich nicht den Männern widmen, und diese verziehen mir das nicht immer. Was tun? Glück und Erfolg werden einem nur vergeben, wenn man großmütig einwilligt, beide zu teilen. Aber um glücklich zu sein, darf man sich nicht zu sehr mit den Mitmenschen beschäftigen. Und so ist die Lage ausweglos. Glücklich und gerichtet oder freigesprochen und elend. In meinem Fall war die Ungerechtigkeit noch größer: ich wurde um eines ehemaligen Glückes willen verurteilt. Lange hatte ich im Wahn einhelligen Wohlwollens gelebt, während von allen Seiten Richtsprüche, Pfeile und Spötteleien auf mich, der ich zerstreut lächelte, herunterprasselten. An jenem Tag, da das Warnsignal mich aufschreckte, fiel es mir wie Schuppen von den Augen; ich empfing alle Wunden gleichzeitig und verlor meine Kräfte auf einen einzigen Schlag. Und das ganze Weltall um mich herum begann zu lachen.

Gerade das ist es jedoch, was kein Mensch – es sei denn ein Weiser, aber der lebt ja nicht – ertragen kann. Die einzige Gegenwehr besteht in der Bosheit. Die Leute beeilen sich dann, zu richten, um nicht selber gerichtet zu werden. Was wollen Sie? Es gibt für den Menschen keinen Begriff, der ihm so natürlich, so selbstverständlich und gleichsam im Grund seines Wesens verwurzelt erschiene wie der Begriff seiner Unschuld. Von diesem Gesichtspunkt aus betrachtet, sind wir alle wie jener kleine Franzose, der in Buchenwald unbedingt bei einem Mitgefangenen, der als Schreiber seine Ankunft einzutragen hatte, Beschwerde einreichen wollte. Beschwerde? Der Schreiber und seine Kameraden lachten. «Vollkommen sinnlos, mein Lieber. Hier beschwert man sich nicht!» – «Aber wissen Sie, Monsieur», sagte der kleine Franzose, «ich bin eben ein Sonderfall. Ich bin nämlich unschuldig!»

Wir alle sind Sonderfälle, wir alle wollen aus irgendeinem Grund Berufung einlegen. Jeder verlangt um jeden Preis unschuldig zu sein, selbst wenn dafür Himmel und Erde angeklagt werden müssen. Man bereitet einem Menschen nur mäßige Freude, wenn man ihn zu den Anstrengungen beglückwünscht, dank denen er klug oder großmütig geworden ist. Er wird dagegen aufstrahlen, wenn man seine angeborene Großmut bewundert. Sagt man umgekehrt einem Verbrecher, sein Vergehen sei nicht auf seine Veranlagung oder seinen Charakter, sondern auf unglückliche Umstände zurückzuführen, so bezeigt er überwältigende Dankbarkeit. Während des Plädoyers wird er sogar diesen Augenblick wählen, um heiße Tränen zu vergießen. Und doch ist es kein Verdienst, von Natur aus ehrlich oder klug zu sein, wie man auch bestimmt keine größere Verantwortung trägt, wenn nicht die Umstände einen zum Verbrechen treiben, sondern die Veranlagung. Aber diese Gauner wollen die Gnade, das heißt die Unverantwortlichkeit, und sie berufen sich ohne jede Scham auf die Rechtfertigung durch die Natur oder die Entschuldigung durch die Umstände, selbst wenn sie miteinander im Widerspruch stehen. Hauptsache ist, daß sie für unschuldig befunden werden, daß ihre Tugenden ihnen in die Wiege gelegt wurden und deshalb nicht in Zweifel gezogen werden können, während ihre Fehler nur einem vorübergehenden Unglück zuzuschreiben sind und deshalb keine Dauer besitzen. Ich habe es Ihnen ja gesagt: es kommt vor allem darauf an, dem Urteil zu entgehen. Da dies schwierig ist, da es ein heikles Unterfangen ist, seine Natur gleichzeitig bewundern und entschuldigen zu lassen, suchen sie alle reich zu werden. Warum? Haben Sie sich das schon gefragt? Natürlich der Macht wegen. Aber in erster Linie weil der Reichtum einen dem sofortigen Urteil entzieht, einen aus dem Gedränge der Untergrundbahn herauslöst und in einen verchromten Wagen einschließt, einen in großen, bewachten Parks, in Schlafwagen und Luxuskabinen absondert. Der Reichtum, verehrter Freund, ist noch nicht der Freispruch, wohl aber der immerhin nicht zu verachtende Aufschub ...

Schenken Sie Ihren Freunden ja keinen Glauben, wenn Sie ihnen versprechen sollen, aufrichtig zu sein. Sie wünschen nur, in der guten Meinung, die sie von sich selber hegen, bestärkt zu werden, im Versprechen, die ungeschminkte Wahrheit zu sagen, eine zusätzliche Sicherung zu finden. Warum sollte die Aufrichtigkeit eine Bedingung der Freundschaft sein? Die Wahrheitsliebe um jeden Preis ist eine Leidenschaft, die nichts verschont und der nichts widersteht. Sie ist ein Laster, bisweilen ein Ausdruck der Bequemlichkeit oder der Selbstsucht. Wenn Sie sich also in einem solchen Fall befinden, zögern Sie nicht! Versprechen Sie, die Wahrheit zu sagen, und lügen Sie, so gut Sie es vermögen. Damit werden Sie dem geheimen Wunsch Ihrer Freunde entsprechen und ihnen Ihre Zuneigung doppelt beweisen.

Wie wahr das ist, geht aus der Tatsache hervor, daß wir uns selten denen anvertrauen, die besser sind als wir. Im Gegenteil, wir pflegen sie eher zu meiden; unsere Geständnisse machen wir mit Vorliebe denen, die uns gleichen und unsere Schwächen teilen. Wir begehren also nicht, uns zu bessern oder gebessert zu werden, denn zuerst müßte man uns ja für fehlbar befinden! Wir wünschen nur, bedauert und in unserem Tun ermutigt zu werden. Im Grunde möchten wir nicht mehr schuldig sein und gleichzeitig keine Anstrengung machen, um uns zu läutern. Nicht genug Zynismus und nicht genug Tugend. Wir haben weder die Kraft zum Bösen noch die zum Guten. Kennen Sie Dante? Wirklich? Teufel auch! Sie wissen also, daß es bei Dante Engel gibt, die im Streit zwischen Gott und Satan neutral bleiben. Und er weist ihnen ihren Aufenthalt in der Vorhölle an. Wir befinden uns in der Vorhölle, verehrter Freund.

Geduld? Sie haben zweifellos recht. Wir sollten die Geduld aufbringen, das Jüngste Gericht abzuwarten. Aber eben, wir haben es eilig. So eilig sogar, daß ich gezwungen war, Buß-Richter zu werden. Indessen mußte ich zuerst mit meinen Entdeckungen fertig werden und mit dem Lachen meiner Zeitgenossen ins reine kommen. Von dem Abend an, da ich aufgerufen wurde – denn ich wurde wirklich aufgerufen –, mußte ich antworten oder zumindest nach der Antwort suchen. Es war nicht leicht, und ich bin lange Zeit in die Irre gegangen. Zuerst mußten dieses ständige Lachen und die Lacher mich lehren, in mir selber klar zu sehen und endlich zu merken, daß ich nicht einfach war. Lächeln Sie nicht, diese Wahrheit ist nicht so selbstverständlich, wie sie scheint. Selbstverständliche Wahrheiten nennt man die, die man zuletzt entdeckt, das ist alles.

Immerhin habe ich nach eingehender Selbstprüfung das tiefgründige Doppelwesen des Menschen entdeckt. Nachdem ich lange und unermüdlich in meinem Gedächtnis geforscht hatte, erkannte ich schließlich, daß die Bescheidenheit mir half, zu glänzen, die Demut, zu siegen, und die Tugend, zu unterdrücken. Ich führte Krieg mit friedlichen Mitteln und erlangte letzten Endes alles, was ich begehrte, mit Hilfe der Selbstlosigkeit. So beklagte ich mich zum Beispiel nie, wenn man meinen Geburtstag vergaß. Das Erstaunen, das meine diesbezügliche Zurückhaltung erweckte, war mit leiser Bewunderung gemischt. Der Grund meiner Selbstlosigkeit war jedoch noch viel subtiler: ich wünschte, vergessen zu werden, damit ich mich selbst bedauern konnte. Mehrere Tage vor dem mir wohl bewußten glorreichen Datum begann ich, sorgsam meine Zunge zu hüten, um ja mit keinem Wort die Aufmerksamkeit und die Erinnerung der Menschen zu wecken, auf deren Vergeßlichkeit ich baute (hatte ich doch eines Tages sogar beabsichtigt, einen Wandkalender zu fälschen!). Wenn meine Einsamkeit auf diese Weise deutlich offenbar war, konnte ich mich dem Reiz einer männlichen Traurigkeit überlassen.

Der Vorderseite all meiner Tugenden entsprach somit eine weniger erbauliche Kehrseite. Allerdings muß auch gesagt werden, daß meine Fehler mir andererseits zum Vorteil gereichten. Die Notwendigkeit, meine Mängel zu verstecken, verlieh mir zum Beispiel etwas Kaltes, das man mit Tugendhaftigkeit verwechselte, meine Gleichgültigkeit trug mir Liebe ein, meine Selbstsucht gipfelte in meinen Wohltaten. Doch halte ich lieber inne, zu weit gehende Symmetrie könnte meiner Beweisführung schaden. Wie denn! Ich spielte den starken Mann und habe nie widerstehen können, wenn mir ein Glas oder eine Frau angeboten wurde! Man hielt mich für tatkräftig und rührig, aber mein wahres Reich war das Bett. Ich verkündete laut, wie treu ich sei, aber ich glaube, es gibt keinen einzigen unter den Menschen, die ich geliebt habe, den ich schließlich nicht auch verriet. Gewiß, der Verrat schloß die Treue nicht aus, eine ganze Menge Arbeit erledigte ich dank meiner Lässigkeit, und ich hatte nie aufgehört, meinem Nächsten zu helfen, denn es verschaffte mir viel Vergnügen. Doch ich mochte mir diese unwiderlegbaren Tatsachen lange wiederholen, sie gewährten mir nur flüchtigen Trost. An manchen Morgen führte ich meinen Prozeß unerbittlich zu Ende und kam zum Schluß, daß ich mich vor allem in der Verachtung hervortat. Gerade den Menschen, denen ich am häufigsten half, galt meine tiefste Verachtung. Zuvorkommend und höflich, mit gefühlvoller Solidarität, spuckte ich jeden Tag allen Blinden ins Gesicht.

Seien Sie ehrlich: gibt es eine Entschuldigung dafür? Es gibt eine, aber sie ist so dürftig, daß ich nicht daran denken kann, sie ernstlich geltend zu machen. Doch sei sie immerhin vorgebracht: ich habe nie wahrhaft überzeugt glauben können, daß die Angelegenheiten der Menschen ernst zu nehmen seien. Wo das Ernstzunehmende lag, wußte ich nicht, ich wußte nur, daß es nicht in all den Dingen war, die ich sah und die mir nur wie ein drolliges oder lästiges Spiel vorkamen. Es gibt wirklich Bemühungen und Überzeugungen, die ich nie verstanden habe. Die seltsamen Geschöpfe, die da um des Geldes willen starben, wegen des Verlustes einer sogenannten Stellung verzweifelten oder sich mit edlem Getue für das Wohlergehen ihrer Familie opferten, betrachtete ich immer mit Erstaunen und ein bißchen Mißtrauen. Dagegen verstand ich den Freund, der es sich in den Kopf gesetzt hatte, nicht mehr zu rauchen, und dem dies kraft seines Willens auch gelungen war. Eines Morgens schlug er die Zeitung auf, las, daß die erste Wasserstoffbombe zur Explosion gebracht worden war, erfuhr von ihrer großartigen Wirkung und begab sich stracks in den nächsten Tabakladen.

Natürlich gab ich manchmal vor, das Leben ernst zu nehmen. Aber sehr bald schon durchschaute ich die Leichtfertigkeit des Ernsts und begnügte mich damit, meine Rolle weiterzuspielen, so gut ich es vermochte. Ich spielte Tüchtigkeit, Intelligenz, Tugendhaftigkeit, Gemeinsinn, Empörung, Nachsicht, Solidarität, Erbaulichkeit . . . Kurz, es reicht; Sie haben schon begriffen, daß ich war wie meine Holländer, die hier sind, ohne hier zu sein: ich war gerade dann abwesend, wenn ich am meisten Raum einnahm. Wahrhaftig aufrichtig und begeistert war ich nur zur Zeit, da ich Sport trieb oder in den Theaterstücken auftrat, die wir als Soldaten zu unserem Vergnügen aufführten. In beiden Fällen galt eine Spielregel, die nicht ernst gemeint war und die man zum Scherz ernst nahm. Auch jetzt noch sind die sonntäglichen Sportveranstaltungen in einem zum Bersten gefüllten Stadion und das Theater, das ich mit einer Leidenschaft ohnegleichen liebte, die einzigen Stätten der Welt, wo ich mich unschuldig fühle.

Wer aber würde die Berechtigung einer solchen Einstellung anerkennen, wenn es sich um die Liebe, den Tod und die Hungerlöhne handelt? Und doch, was tun? Isoldes Liebe konnte ich mir nun einmal nur in Büchern oder auf der Bühne vorstellen. Die Sterbenden schienen mir oft in ihrer Rolle aufzugehen. Die Antworten meiner bedürftigen Klienten waren meiner Meinung nach immer vom gleichen Souffleur eingeblasen. So lebte ich also unter den Menschen, ohne ihre Interessen zu teilen, und brachte es infolgedessen nicht fertig, an die Verpflichtungen zu glauben, die ich einging. Ich war höflich und auch träge genug, um den Erwartungen, die in meinem Beruf, meiner Familie oder meinem Bürgerleben in mich gesetzt wurden, zu entsprechen; aber ich tat es mit einer Art Zerstreutheit, die zu guter Letzt alles verdarb. Mein ganzes Leben habe ich unter einem Doppelzeichen gestanden, und oft war ich gerade an meinen folgenschwersten Handlungen innerlich am wenigsten beteiligt. War es im Grunde nicht gerade dies, was ich mir, um das Maß meiner Dummheiten voll zu machen, nicht verzeihen konnte, was mich dazu brachte, mich mit der größten Heftigkeit gegen das Gericht, das ich in mir und um mich her am Werk spürte, aufzubäumen, und was mich schließlich gezwungen hat, einen Ausweg zu suchen?

Eine Zeitlang ging mein Leben dem Anschein nach weiter, als ob alles beim alten geblieben wäre. Ich befand mich auf Schienen, und so rollte ich eben. Als wäre es Absicht, erscholl mein Lob lauter denn je. Gerade dies war die Quelle allen Übels. Sie erinnern sich: «Weh euch, wenn euch jedermann wohlredet!» Ach, der das sagte, war ein weiser Mann! Weh mir! Die Maschine begann also zu bocken und aus unerklärlichen Gründen hin und wieder stillzustehen.

In diesem Augenblick brach der Gedanke an den Tod in meinen Alltag ein. Ich schätzte die Jahre ab, die mich von meinem Ende trennten. Ich suchte nach Beispielen von Menschen meines Alters, die bereits gestorben waren. Und ich wurde vom Gedanken gepeinigt, ich könnte keine Zeit mehr haben, um meine Aufgabe zu erfüllen. Welche Aufgabe? Davon hatte ich keine Ahnung. War das, was ich tat, ehrlich gestanden überhaupt wert, weitergeführt zu werden? Aber nicht darum ging es mir eigentlich. In Tat und Wahrheit verfolgte mich eine lächerliche Angst: man konnte nicht sterben, ohne all seine Lügen eingestanden zu haben. Nicht vor Gott oder einem seiner Stellvertreter, darüber war ich erhaben, wie Sie sich wohl denken können. Nein, es handelte sich darum, sie den Menschen zu gestehen, einem Freund zum Beispiel, oder einer geliebten Frau. Sonst, und blieb in einem Leben auch nur eine Lüge verborgen, verlieh der Tod ihr Endgültigkeit. Niemand würde je mehr diese bestimmte Wahrheit erfahren, da der einzige, der sie kannte, ja eben der Tote war, der sein

Geheimnis mit in seinen Schlaf genommen hatte. Dieser unwiderrufliche Mord einer Wahrheit ließ mich schwindeln. Heute würde er mir, nebenbei bemerkt, eher einen raffinierten Genuß verschaffen. Der Gedanke zum Beispiel, daß ich als einziger weiß, was alle Welt zu erfahren begehrt, und daß ich zu Hause einen Gegenstand besitze, dem die Polizei dreier Länder vergeblich nachgejagt hat, ist ganz einfach köstlich. Doch lassen wir das. Damals hatte ich das Rezept noch nicht entdeckt und quälte mich.

Natürlich nahm ich mich wieder zusammen. Was bedeutete schon die Lüge eines einzelnen Menschen in der Geschichte der Geschlechter, und was für eine Anmaßung, einen erbärmlichen Betrug, der sich im Ozean der Zeiten verlor wie das Salzkorn im Meer, in das Licht der Wahrheit rücken zu wollen! Ich sagte mir auch, daß, nach den Sterbenden zu urteilen, die ich gesehen hatte, der Tod des Leibes an sich bereits eine hinlängliche Strafe darstellte, die von allem lossprach. Man errang sein Heil, mit anderen Worten das Recht, endgültig zu verschwinden, im Todesschweiß. Es half alles nichts: das Unbehagen wuchs, der Tod hielt getreulich Wache an meinem Bett, er war da, wenn ich am Morgen aufstand, und die Lobreden wurden mir je länger desto unerträglicher. Mir schien, die Lüge nehme damit immer mehr zu und wachse ins Unermeßliche, so daß ich nie mehr ins reine kommen konnte.

Dann kam der Tag, da ich es nicht mehr aushielt. Meine erste Reaktion war von blinder Heftigkeit. Wenn ich schon ein Lügner war, wollte ich es kundtun und den Dummköpfen meine Falschheit ins Gesicht schleudern, ehe sie sie selbst entdeckten. Einmal zur Wahrheit herausgefordert, war ich bereit, den Fehdehandschuh aufzunehmen. Um dem Lachen zuvorzukommen, verfiel ich also auf die Idee, mich der allgemeinen Lächerlichkeit preiszugeben. Im Grunde handelte es sich immer noch darum, dem Urteil zu entgehen. Ich wollte die Lacher auf meine Seite bringen oder zumindest mich auf ihre Seite schlagen. Ich gedachte zum Beispiel, auf der Straße die Blinden anzurempeln, und die unvermutete, heimliche Freude, die ich dabei empfand, verriet mir, wie sehr ein Teil meiner Seele sie verabscheute; ich nahm mir vor, die Gummireifen der kleinen Invaliden-Rollstühle zu zerschneiden, unter den Gerüsten der Bauarbeiter «Dreckige Hungerleider!» zu brüllen und in der Untergrundbahn Säuglinge zu ohrfeigen. Von dem allem träumte ich und unternahm nichts dergleichen, oder wenn ich irgend etwas dieser Art vollbrachte, so habe ich es vergessen. Jedenfalls versetzte schon das bloße Wort Gerechtigkeit mich in seltsame Wutzustände. Ich war natürlich gezwungen, es in meinen Plädoyers weiterhin zu verwenden. Aber ich rächte mich, indem ich öffentlich den Geist der Menschlichkeit verfluchte; ich kündete das Erscheinen eines Manifests an, das die von den Unterdrückten über die honetten Leute ausgeübte Unterdrückung anprangern sollte. Als ich eines Tages auf einer Restaurant-Terrasse Hummer aß und ein Bettler mich belästigte, rief ich den Wirt, um ihn fortjagen zu lassen, und zollte der Rede dieses Rechtsvollstreckers laut Beifall, als er sagte: «Sie stören. Versetzen Sie sich doch gefälligst ein bißchen in die Lage dieser Herrschaften!» Und schließlich verkündete ich rechts und links, wie bedauerlich es doch sei, daß die Methoden eines russischen Großgrundbesitzers, dessen Konsequenz ich bewunderte, nicht mehr zur Anwendung kämen: er ließ nämlich unterschiedslos alle seine Bauern auspeitschen, die einen, weil sie ihn grüßten, und die anderen, weil sie ihn nicht grüßten, um eine Vermessenheit zu strafen, die er in beiden Fällen gleich unverschämt fand.

Indessen erinnere ich mich an bedenklichere Ausbrüche. Ich begann eine *Ode an die Polizei* und eine *Apologie des Fallbeils* zu verfassen. Vor allem machte ich es mir zur Pflicht, mich regelmäßig in bestimmten Kaffeehäusern zu den Zusammenkünften der Zeitgenossen einzufinden, die Menschenliebe auf ihr Panier geschrieben hatten. Mein guter Ruf gewährleistete mir natürlich einen wohlwollenden Empfang. Im Verlauf des Gesprächs ließ ich dann gleichsam unabsichtlich ein unanständiges Wort fallen: «Gott sei Dank!» sagte ich, oder ganz einfach «Mein Gott...» Sie wissen, was für schüchterne Konfirmanden unsere Biertischatheisten sind. Ein Augenblick der Bestürzung folgte auf eine solche Ungeheuerlichkeit, zutiefst betroffen blickten sie einander an, dann brach der Tumult los; die einen entflohen aus dem Lokal, die anderen schnatterten voll Empörung durcheinander, und alle wanden sie sich in Krämpfen wie der ins Weihwasser geratene Teufel.

Sicher finden Sie das kindisch. Und doch steckte vielleicht ein tieferer Grund hinter diesen Späßen. Ich wollte Verwirrung stiften und vor allem, o ja, vor allem meinen schmeichelhaften Ruf zunichte machen, an den auch nur zu denken mich bereits in Harnisch brachte. «Ein Mann wie Sie...» sagte man mir voll Artigkeit, und ich erbleichte. Ich wollte nichts mehr wissen von ihrer Hochachtung, da sie ja nicht allgemein war, und wie hätte sie allgemein sein können, wenn ich sie nicht zu teilen vermochte? Da war es besser, alles, Urteil und Hochachtung, mit dem Mantel der Lächerlichkeit zuzudecken. Ich mußte mit allen Mitteln das Gefühl freisetzen, an dem ich erstickte. Die schöne Maske, die ich überall zur Schau trug, wollte ich zerschlagen, um allen Blicken preiszugeben, was dahinter steckte. So erinnere ich mich an einen Vortrag, den ich vor jungen Referendaren halten sollte. Verärgert durch die unglaublichen Lobhudeleien des Präsidenten der Anwaltskammer, der mich vorgestellt hatte, konnte ich nicht lange an mich halten. Ich hatte mit dem Schwung und Tremolo begonnen, die man von mir erwartete und die auf Bestellung zu liefern mir gar keine Mühe bereitete. Aber plötzlich fing ich an, die Verquickung als Methode der Verteidigung zu empfehlen. Nicht jene von der modernen Inquisition zur Vollkommenheit ausgebildete Verquickung, die darin besteht, gleichzeitig einen Dieb und einen ehrlichen Mann zu richten, um dem letzteren die Verbrechen des ersteren aufzuhalsen. Es handelte sich im Gegenteil darum, den Dieb zu verteidigen, indem man die Verbrechen des Redlichen, im gegebenen Fall des Rechtsanwalts, herausstellte. Diesen Punkt setzte ich mit aller Deutlichkeit auseinander.

«Nehmen wir an», sagte ich, «ich habe die Verteidigung irgendeines rührend hilflosen Bürgers übernommen, der aus Eifersucht zum Mörder geworden ist. Bedenken Sie doch, meine Herren Geschworenen, würde ich sagen, wie verzeihlich es ist, sich zu erbosen, wenn der an sich gute Mensch durch die Tücke des Geschlechts auf eine harte Probe gestellt wird. Ist es denn nicht viel schwerwiegender, sich auf dieser Seite der Schranke zu befinden, an dem Platz, an dem ich stehe, ohne je gut gewesen zu sein oder als Betrogener gelitten zu haben? Ich bin frei, Ihrem strengen Gericht nicht unterworfen, und doch, wer bin ich? Ein Ausbund von Dünkel, ein Lustbold und Zornbock, ein König der Tagediebe! Ich habe niemanden umgebracht? Noch nicht, zweifellos! Aber habe ich nicht verdienstvolle Geschöpfe sterben lassen? Vielleicht. Und vielleicht bin ich bereit, es wieder zu tun. Während dieser hier, schauen Sie ihn bloß an, es garantiert nicht wieder tun wird. Er kann es noch gar nicht fassen, daß er so gründliche Arbeit geleistet hat.»

Diese Rede verwirrte meine angehenden Kollegen ein wenig, bis sie sich nach einer Weile entschlossen, darüber zu lachen. Endgültig beruhigt waren sie, als ich zur Schlußfolgerung kam und voll Beredsamkeit von der Persönlichkeit des Menschen und seinen supponierten Rechten sprach. Diesmal hatte die Gewohnheit noch gesiegt.

Durch die Wiederholung solcher harmlosen Seitensprünge gelang es mir indessen nur, die öffentliche Meinung etwas irre zu machen, nicht aber, sie zu entwaffnen, und vor allem nicht, mich selbst zu entwaffnen. Das Erstaunen, dem ich gewöhnlich bei meinen Zuhörern begegnete, ihr ein bißchen abwehrendes Unbehagen, gar nicht so verschieden von dem, das Sie an den Tag legen – nein, nein, protestieren Sie nicht! –, brachten mir keinerlei Linderung. Sehen Sie, es genügt nicht, sich anzuklagen, um seine Unschuld zu beweisen, sonst wäre ich das reinste Lamm. Man muß sich auf eine bestimmte Art anklagen, die herauszufinden mich viel Zeit gekostet hat und die ich erst entdeckte, als ich ganz und gar vereinsamt war.

Inzwischen schwebte weiterhin das Lachen um mich, ohne daß es meinen planlosen Bemühungen gelang, ihm das Wohlwollende, beinahe Zärtliche zu nehmen, das mir weh tat.

Aber mir scheint, die Flut setzt ein. Unser Schiff wird gleich fahren, der Tag geht zur Neige. Schauen Sie, dort oben versammeln sich die Tauben. Sie drängen sich aneinander, sie bewegen sich kaum, und es dunkelt. Wollen wir schweigend diese etwas unheimliche Stunde auskosten? Nein? Ich interessiere Sie? Zu gütig von Ihnen. Übrigens besteht jetzt die Möglichkeit, daß ich Sie wirklich interessiere. Bevor ich Ihnen jedoch erkläre, was Buß-Richter sind, muß ich Ihnen von der Ausschweifung sprechen und vom Un-Gemach.

Sie täuschen sich, mein Lieber, das Schiff fährt sogar ziemlich schnell. Aber die Zuydersee ist ein totes Meer, oder doch beinahe. Bei ihren flachen, im Dunst verschwimmenden Ufern weiß man nicht, wo sie anfängt, wo sie aufhört. Darum finden wir nirgends einen festen Punkt, an dem wir unsere Geschwindigkeit abschätzen könnten. Wir fahren, und alles bleibt unverändert. Das ist keine Schiffahrt, das ist Traum.

Im griechischen Archipel zum Beispiel hatte ich den entgegengesetzten Eindruck. Unaufhörlich tauchten im Rund des Horizonts neue Inseln auf. Ihr baumloses Rückgrat zeichnete die Grenze des Himmels ein, und ihr felsiges Ufer hob sich deutlich vom Meere ab. Nichts Verwischtes – im scharfen Licht wurde alles zum Anhaltspunkt. Und obwohl unser kleines Schiff nur langsam dahinkroch, hatte ich das Gefühl, Tag und Nacht auf den Kämmen der kurzen, kühlen Wellen in einem von Schaum und Lachen erfüllten Wettlauf unablässig von Insel zu Insel zu hüpfen. Seit jener Zeit treibt irgendwo in mir, am Saum meines Gedächtnisses, Griechenland selber unermüdlich dahin ... Oho, nun lasse auch ich mich treiben, ich werde ja lyrisch! Werfen Sie mir ein Haltetau zu, mein Lieber, ich bitte Sie darum!

Kennen Sie übrigens Griechenland? Nein? Um so besser. Was hätten wir dort schon zu suchen? Wir müßten reinen Herzens sein. Wissen Sie, daß dort die Freunde Hand in Hand selbander durch die Straßen spazieren? Ja, die Frauen bleiben zu Hause, dafür sieht man reife, achtunggebietende, schnauzbärtige Männer paarweise in ernsthaftem Gespräch die Gehsteige auf und ab wandeln, ihre Finger mit denen des Freundes verschlungen. Im Orient auch zuweilen? Mag sein. Aber sagen Sie mir, würden Sie mir in den Straßen von Paris die Hand geben? Das kann mein Ernst nicht sein! Wir wissen uns zu benehmen, nicht wahr, der Dreck verleiht uns Haltung. Bevor wir uns auf den griechischen Inseln zeigen dürften, müßten wir uns gründlich waschen. Dort ist die Luft keusch, die See und die Lust sind lauter. Wir aber ...

Setzen wir uns auf diese Deckstühle. Welch ein Dunst! Ich war, glaube ich, auf dem Weg des Un-Gemachs stehengeblieben. Ich sage Ihnen gleich, was das heißt. Nachdem ich mich vergeblich gewehrt, alle Trümpfe meiner Überheblichkeit ausgespielt hatte, beschloß ich, entmutigt durch die Nutzlosigkeit meiner Anstrengungen, mich aus der Gesellschaft der Menschen zurückzuziehen. Ach nein, ich habe nicht nach einer verlassenen Insel gesucht, es gibt keine mehr. Ich habe mich bloß zu den Frauen geflüchtet. Sie wissen ja, daß die Frauen keine Schwäche wirklich verdammen; eher würden sie versuchen, unsere Kräfte zu demütigen oder zu untergraben. Darum ist die Frau nicht die Belohnung des Kriegers, sondern des Verbrechers. Sie ist sein Zufluchtsort, sein Port, im Bett der Frau wird er am häufigsten verhaftet. Ist sie nicht das einzige, was uns vom irdischen Paradies verbleibt? In meiner Ratlosigkeit suchte ich also eilends meinen naturgegebenen Hafen auf. Ich hielt freilich keine Reden mehr. Aus alter Gewohnheit spielte ich noch ein wenig, doch mangelte es mir an Erfindungsgabe. Ich habe Hemmungen, es zu bekennen, weil ich wohl nochmals ein paar unflätige Worte gebrauchen muß: mir scheint in der Tat, daß ich zu jener Zeit ein Bedürfnis nach Liebe verspürte. Obszön, nicht wahr? Jedenfalls fühlte ich einen dumpfen Schmerz, ein Darben, das eine gewisse Leere schuf in meinem Inneren und mir erlaubte, halb aus Zwang und halb aus Neugier ein paar Bindungen einzugehen. Da ich das Bedürfnis hatte, zu lieben und geliebt zu werden, wähnte ich, verliebt zu sein. Anders gesagt, ich machte mich zum Narren.

Ich überraschte mich oft dabei, wie ich eine Frage stellte, die ich als Mann von Erfahrung bisher stets vermieden hatte. Ich hörte mich fragen: «Liebst du mich?» Sie wissen, daß man in einem solchen Fall gewöhnlich zurückfragt: «Und du?» Wenn ich bejahte, band ich mich über meine wahren Gefühle hinaus. Wenn ich nein zu sagen wagte, lief ich Gefahr, nicht mehr geliebt zu werden, und das ging mir nahe. Je mehr das Gefühl, von dem ich Ruhe erhofft hatte, dann gefährdet war, desto eindringlicher forderte ich es von meiner Freundin. So kam ich dazu, immer eindeutigere Beteuerungen abzugeben und von meinem Herzen ein immer umfassenderes Gefühl zu verlangen. Ich entbrannte denn auch in unechter Leidenschaft zu einem reizenden Gänschen, das die sentimentalen Frauenblättchen so gründlich gelesen hatte, daß es mit der Sicherheit und der Überzeugung eines die klassenlose Gesellschaft verkündenden Intellektuellen von der Liebe sprach. Sie wissen, daß eine solche Überzeugung etwas Ansteckendes hat. Ich begann versuchsweise ebenfalls von der Liebe zu sprechen, und überzeugte mich schließlich selber. Bis zu dem Augenblick wenigstens, da sie meine Geliebte wurde und ich begriff, daß die Frauenblättchen ihre Leserinnen zwar lehrten, von der Liebe zu sprechen, im praktischen Unterricht jedoch versagten. So mußte ich denn, nachdem ich einen Papageien geliebt hatte, mit einer Schlange schlafen. Nun suchte ich die von den Büchern versprochene Liebe, der ich im Leben noch nie begegnet war, eben anderswo.

Aber es fehlte mir an Übung. Über dreißig Jahre lang hatte ich ausschließlich mich selbst geliebt. Wie konnte ich da hoffen, eine solche Gewohnheit abzulegen? Ich legte sie auch wirklich nicht ab und ließ es bei flüchtigen Ansätzen zu Leidenschaft bewenden. Der Versprechen gab ich immer mehr. Ich hatte zur gleichen Zeit mehr als eine Liebe, so wie ich ehedem mehr als eine Liebschaft gehabt hatte. Das brachte größeres Leid über die anderen als meine frühere unbekümmerte Gleichgültigkeit. Habe ich erwähnt, daß mein Papagei aus Verzweiflung Hungers sterben wollte? Zum Glück konnte ich noch rechtzeitig dazwischentreten; ich bequemte mich dazu, ihre Hand zu halten, bis sie dem von einer Reise nach Bali zurückkehrenden Ingenieur mit angegrauten Schläfen begegnete, den das Leibblättchen ihr bereits geweissagt hatte. Kurzum, ich vermehrte die Last meiner Verfehlungen und die Zahl meiner Verirrungen, anstatt mich entrückt und, wie man so zu sagen pflegt, für alle Ewigkeit von der Leidenschaft losgesprochen zu finden. Das flößte mir ein solches Grauen vor der Liebe ein, daß ich jahrelang Melodien wie *Es muß was Wunderbares sein* oder *Isoldes Liebestod* nicht ohne Zähneknirschen hören konnte. Da versuchte ich, in gewisser Hinsicht auf die Frauen zu verzichten und im Stande der Keuschheit zu leben. Eigentlich hätte ihre Freundschaft mir genügen sollen. Aber dann mußte ich auf das Spiel verzichten. Sobald das Verlangen ausgeschaltet war, langweilten mich die Frauen über alles Erwarten, und ganz offensichtlich langweilte ich sie ebenfalls. Kein Spiel, kein Theater mehr – ich lebte ohne Zweifel in der Wahrheit. Aber die Wahrheit, verehrter Freund, ist zum Sterben langweilig!

Ich verzweifelte an der Liebe und an der Keuschheit – da fiel mir endlich ein, daß ja noch die Ausschweifung übrigblieb; sie vermag die Liebe sehr gut zu ersetzen, sie bringt das Lachen zum Verstummen, läßt Schweigen eintreten und verleiht vor allem Unsterblichkeit. Wenn man einen gewissen Grad hellsichtigen Rausches erreicht hat, spät in der Nacht zwischen zwei Dirnen liegt und jeden Verlangens ledig ist, dann ist die Hoffnung keine Qual mehr, der Geist herrscht über alle Zeiten, und der Lebensschmerz ist auf immer vorbei. In gewissem Sinn hatte ich seit jeher in der Ausschweifung gelebt, da ich ja nie aufgehört hatte, nach Unsterblichkeit zu trachten. Entsprang dieses Verlangen nicht dem Urgrund meines Wesens und auch meiner großen Selbstliebe, von der ich Ihnen gesprochen habe? Ja, ich verging vor Begierde nach Unsterblichkeit. Ich liebte mich zu sehr, um nicht zu wünschen, daß der kostbare Gegenstand meiner Liebe nie verschwinden möge. Da man mit einer Spur Selbsterkenntnis im wachen Zustand keine triftigen Gründe sieht, warum einem geilen Affen Unsterblichkeit zuteil werden sollte, muß man sich wohl oder übel nach einem Ersatz dafür umtun. Weil ich nach dem Ewigen Leben trachtete, schlief ich mit Huren und vertrank ganze Nächte. Am Morgen hatte ich dann natürlich den bitteren Geschmack der Sterblichkeit auf der Zunge. Doch hatte ich lange Stunden in glückseligem Schweben verbracht. Darf ich das Geständnis wagen? Ich denke immer noch voll Rührung an bestimmte Nächte zurück, da ich in einem schmierigen Tingeltangel eine Verwandlungstänzerin aufsuchte, die mir ihre Gunst gewährte und um deren Ehre willen ich mich sogar eines Abends mit einem prahlerischen Zuhälter schlug. Wie ein Pfau stand ich jede Nacht an der Theke, im roten Licht und im Staub dieser Stätte der Wonnen, log, daß sich die Balken bogen, und soff. Ich wartete auf das Morgengrauen und landete schließlich im stets zerwühlten Bett meiner Prinzessin, die sich mechanisch der Lust hingab und dann unvermittelt einschlief. Sachte schlich sich das Tageslicht ein und erhellte die Verheerung, und ich ragte reglos in einen Morgen des Ruhms.

Der Alkohol und die Frauen haben mir, wie ich zugeben muß, die einzige Erleichterung gewährt, deren ich würdig war. Ich verrate Ihnen dieses Geheimnis, verehrter Freund, damit Sie nach Belieben von dem Rezept Gebrauch machen können. Dann werden Sie merken, daß die echte Ausschweifung befreit, weil sie keinerlei Verpflichtung schafft. Man besitzt dabei nur sich selber; darum ist sie die bevorzugte Beschäftigung der wahrhaft in sich selbst Verliebten. Sie ist ein Dschungel ohne Zukunft und ohne Vergangenheit, und vor allem ohne

Verheißung und ohne unmittelbare Strafe. Die Orte, wo sie betrieben wird, sind von der Welt geschieden. Wenn man sie betritt, läßt man nicht nur alle Hoffnung, sondern auch alle Furcht hinter sich. Reden ist nicht unerläßlich; was man hier sucht, kann man ohne Worte bekommen und oft sogar auch ohne Geld. Ach, lassen Sie mich ganz besonders den namenlosen und vergessenen Frauen huldigen, die mir damals geholfen haben. Selbst heute noch mischt sich in die Erinnerung, die ich an sie bewahre, etwas wie Ehrerbietung.

Wie dem auch sei, ich machte hemmungslos von dieser Befreiung Gebrauch. Ich war sogar in einem der sogenannten Sünde geweihten Hotel zu sehen, wo ich gleichzeitig mit einer Hure reiferen Alters und einem jungen Mädchen aus besten Kreisen zusammenlebte. Ich spielte den dienstbeflissenen Kavalier bei der einen und setzte die andere in die Lage, ein paar Aspekte der Wirklichkeit kennenzulernen. Leider war die Nutte höchst spießbürgerlich veranlagt, hat sie sich doch seither bereit erklärt, im Auftrag einer sehr fortschrittlich gesinnten, religiös orientierten Zeitung ihre Erinnerungen aufzuzeichnen. Die höhere Tochter dagegen hat geheiratet, um ihre entfesselten Triebe zu befriedigen und ein Tätigkeitsfeld für ihre bemerkenswerten Talente zu finden. Ich bin auch nicht wenig stolz darauf, zu jener Zeit in die oft verleumdete Innung der Zuhälter aufgenommen worden zu sein. Darauf will ich nicht näher eingehen. Jedem Tierchen sein Pläsierchen: selbst sehr gescheite Leute tun sich bekanntlich etwas darauf zugute, wenn sie ein Glas mehr vertragen als der Nachbar. Endlich hätte ich in diesem glücklichen Lotterleben Frieden und Erlösung finden können. Aber auch hier wieder wurde ich mir selbst zum Hindernis. Diesmal lag es an meiner Leber und einer so furchtbaren Müdigkeit, daß ich sie heute noch nicht losgeworden bin. Da spielt man den Unsterblichen, und nach ein paar Wochen weiß man nicht einmal mehr, ob man sich bis zum nächsten Tag zu schleppen vermag!

Ich verzichtete also auf meine nächtlichen Heldentaten, und der einzige Gewinn dieser Erfahrung bestand darin, daß ich weniger am Leben litt. Die Müdigkeit, die an meinem Körper fraß, hatte gleichzeitig auch viele empfindliche Stellen ausgebrannt. Jeder Exzeß setzt die Lebenskraft herab und somit auch das Leiden. Die Ausschweifung ist, entgegen der allgemeinen Meinung, keine Raserei, sondern nur ein langer Schlaf. Sie haben sicher auch schon die Beobachtung gemacht, daß die wahrhaft eifersüchtigen Männer nichts Eiligeres zu tun haben, als mit der Frau zu schlafen, von deren Treubruch sie doch überzeugt sind. Natürlich wollen sie sich ein weiteres Mal vergewissern, daß ihr teurer Schatz ihnen immer noch gehört. Sie wollen ihn besitzen, wie man so sagt. Aber sie haben noch einen anderen Grund: unmittelbar darauf sind sie weniger eifersüchtig. Die körperliche Eifersucht ist sowohl eine Frucht der Phantasie als auch ein Urteil, das man über sich selber fällt. Man unterschiebt dem Nebenbuhler die garstigen Gedanken, die man selber unter den gleichen Umständen hegte. Zum Glück schwächt ein Zuviel an Lust Phantasie und Urteil gleichermaßen. Dann schläft das Leiden zugleich mit der Männlichkeit und so lange wie sie. Aus dem gleichen Grund verlieren die Halbwüchsigen mit ihrem ersten Liebesabenteuer ihre metaphysische Unruhe, und gewisse Ehen, die nichts anderes sind als eine bürokratisierte Ausschweifung, werden zum öden Leichenbegängnis der Kühnheit und der Erfindungsgabe. Ja, verehrter Freund, die bürgerliche Ehe hat unserem Land die Schlafhaube über die Ohren gezogen und wird es bald an den Rand des Grabes bringen.

Ich übertreibe? Nein, aber ich schweife ab. Ich wollte Ihnen nur zeigen, welchen Gewinn ich aus diesen in Saus und Braus verlebten Monaten zog. Ich lebte in einer Art Nebel, der das Lachen so sehr dämpfte, daß ich es schließlich überhaupt nicht mehr vernahm. Die Gleichgültigkeit, die bereits einen so großen Raum in mir einnahm, stieß auf keinen Widerstand mehr und breitete ihre Verknöcherung aus. Keine Gemütsbewegung mehr! Eine gleichmäßige Seelenverfassung, oder vielmehr überhaupt keine. Eine erkrankte Lunge heilt, indem sie austrocknet, und dann bringt sie ihrem glücklichen Besitzer allmählich den Erstickungstod. So erging es auch mir, der ich friedlich an meiner Genesung starb. Meine Praxis erhielt mich noch, obwohl meine zügellosen Reden meinem Ruf schweren Abbruch taten und mein liederlicher Lebenswandel die regelmäßige Ausübung meiner Tätigkeit in Frage stellte. Es ist indessen beachtenswert, daß man mir meine nächtlichen Ausschweifungen weniger übelnahm als meine Hetzworte. Die rein rhetorischen Anspielungen auf Gott, die ich manchmal in meine Plädoyers einflocht, erweckten das Mißtrauen meiner Klienten. Zweifellos fürchteten sie, der Himmel könnte ihre Interessen ebensogut wahrnehmen wie ein mit allen Klauseln der Gesetze vertrauter Rechtsanwalt. Von diesem Gedanken zu dem Schluß, ich rufe die Gottheit nach Maßgabe meiner Unwissenheit an, war es nur ein kleiner Schritt. Meine Kunden taten diesen Schritt und verkrümelten sich. Hin und wieder plädierte ich noch, manchmal sogar gut, wenn ich vergaß, daß ich nicht mehr an meine Worte glaubte. Meine eigene Stimme riß mich mit, und ich ließ mich tragen; ohne wie früher wahrhaft zu schweben, erhob ich mich doch ein wenig über den Erdboden, gewissermaßen im Tiefflug. Außerhalb meines Berufs endlich verkehrte ich mit wenig Menschen und unterhielt mühsam eine oder zwei ausgetragene Liebschaften. Es kam sogar vor, daß ich, ohne Verlangen zu verspüren, einen Abend in reiner Freundschaft verbrachte, nur daß ich mich jetzt mit der Langeweile abgefunden hatte und kaum auf das hörte, was man mir erzählte. Ich setzte ein bißchen Fett an und durfte endlich glauben, die Krise sei überstanden. Nun mußte ich nur noch alt werden.

Und doch ... Im Verlauf einer Reise, die ich mit einer Freundin unternahm, ohne ihr zu sagen, daß ich damit meine Genesung feiern wollte, befand ich mich eines Tages an Bord eines Ozeandampfers, selbstverständlich auf dem obersten Deck. Plötzlich gewahrte ich in der Ferne auf der eisengrauen See einen schwarzen Punkt. Sofort wendete ich die Augen ab, und mein Herz begann heftig zu klopfen. Als ich mich zwang, wieder hinzuschauen, war der schwarze Punkt verschwunden.

Ich wollte eben zu schreien beginnen, sinnlos um Hilfe rufen, als ich ihn wieder erblickte. Es handelte sich um einen Haufen Abfälle, wie sie gewöhnlich im Kielwasser der großen Schiffe schwimmen. Und doch war mir der Anblick unerträglich, ich hatte sogleich an einen Ertrunkenen denken müssen. Da merkte ich – ohne mich aufzulehnen, wie man sich mit einem Gedanken abfindet, dessen Wahrheit man seit langem erkannt hat –, daß jener Schrei, der Jahre zuvor in meinem Rücken auf der Seine ertönte, aus dem Fluß in den Ärmelkanal getrieben war und nicht aufgehört hatte, über die unermeßliche Weite der Meere hinweg durch die Welt zu geistern, daß er auf mich gewartet hatte bis zum Tag, da ich ihm wieder begegnen würde. Ich wußte auch, daß er weiterhin auf Meeren und Strömen auf mich warten würde, überall dort, wo sich das bittere Wasser meiner Taufe fand. Sind wir nicht auch hier noch auf dem Wasser, auf dem flachen, einförmigen, endlosen Wasser, dessen Grenzen mit denen der Erde verfließen? Wie können wir wähnen, bald in Amsterdam zu sein? Nie werden wir aus diesem riesigen Weihwasserbecken herauskommen! Horchen Sie! Hören Sie das Kreischen der unsichtbaren Seemöwen? Wenn ihr Schrei uns gilt – wozu rufen sie uns auf?

Aber die gleichen Vögel kreischten, riefen schon auf dem Atlantik an dem Tag, da ich endgültig merkte, daß ich nicht geheilt war, daß ich immer noch festsaß und daß ich mich danach einrichten mußte. Schluß mit dem glorreichen Leben, Schluß aber auch mit dem Toben und Sich-Aufbäumen! Ich mußte mich unterwerfen und meine Schuldhaftigkeit eingestehen. Ich mußte im Un-Gemach leben. Aber richtig, Sie wissen ja nicht, daß man im Mittelalter das unterste Verlies Un-Gemach nannte. Gewöhnlich wurde man auf Lebenszeit darin vergessen. Diese Zelle unterschied sich von den übrigen durch ihre ausgetüftelten Maße, denn sie war zu wenig hoch, als daß man aufrecht darin hätte stehen, aber auch zu wenig breit, als daß man sich hätte hinlegen können. Man mußte sein Glück im Winkel suchen und diagonal leben. Der Schlaf war ein Fallen, das Wachen ein Kauern. In dieser so ganz einfachen Erfindung steckte Genie, mein Lieber, und ich wähle das Wort mit Bedacht. Durch den unveränderlichen Zwang, der seinen Körper steif werden ließ, erfuhr der Verurteilte jeden Tag aufs neue, daß er schuldig war und daß die Unschuld darin besteht, fröhlich seine Glieder recken zu dürfen. Können Sie sich einen Menschen in dieser Zelle vorstellen, der an Gipfel und Sonnendecks gewohnt ist? Wie meinen Sie? Man konnte in einer solchen Zelle leben und trotzdem unschuldig sein? Unwahrscheinlich, höchst unwahrscheinlich, mein Lieber! Oder aber meine ganze Beweisführung geht in die Brüche. Die Unschuld könnte gezwungen sein, einen Buckel zu machen? Nein, ich weigere mich, diese Möglichkeit auch nur eine Sekunde lang in Betracht zu ziehen! Wir können übrigens von keinem sicher sagen, er sei unschuldig, während wir unbedenklich behaupten dürfen, daß alle schuldig sind. Jeder Mensch zeugt vom Verbrechen aller anderen, das ist mein Glaube und meine Hoffnung.

Ich sage Ihnen, die Religionen gehen von dem Augenblick an fehl, da sie Moral predigen und Gebote schleudern. Es ist kein Gott vonnöten, um Schuldhaftigkeit zu schaffen oder um zu strafen. Unsere von uns selbst wacker unterstützten Mitmenschen besorgen das zur Genüge. Sie sprachen vom Jüngsten Gericht. Gestatten Sie mir ein respektvolles Lachen! Ich erwarte es furchtlos: ich habe das Schlimmste erfahren, und das ist das Gericht der Menschen. Bei ihnen gibt es keine mildernden Umstände, sogar die gute Absicht wird als Verbrechen angekreidet. Haben Sie wenigstens von der Spuckzelle gehört, die ein Volk vor kurzem erdachte, um zu beweisen, daß es das größte sei auf der Welt? Ein gemauerter Verschlag, in dem der Gefangene steht, ohne sich rühren zu können. Die dicke Tür, die ihn in seine Zementmuschel einschließt, reicht ihm bis zum Kinn. Man sieht also bloß sein Gesicht, und jeder Wärter spuckt es im Vorübergehen ausgiebig an. Der in seine Zelle eingezwängte Gefangene kann sich das Gesicht nicht abwischen, doch ist es ihm immerhin verstattet, die Augen zu schließen. Das, mein Lieber, ist eine Erfindung der

Menschen. Zu diesem kleinen Meisterwerk haben sie Gott nicht nötig gehabt.

Was ich damit sagen will? Nun, daß die einzige Nützlichkeit Gottes darin bestünde, die Unschuld zu verbürgen; ich selbst würde die Religion eher als eine große Weißwäscherei betrachten – was sie übrigens einmal gewesen ist, doch nur kurze Zeit, genau drei Jahre lang, und damals hieß sie nicht Religion. Seither fehlt es an Seife, wir haben Rotznasen und schneuzen uns gegenseitig. Alle mißraten, alle bestraft – laßt uns uns anspucken und hopp! ins Un-Gemach! Es kommt einzig und allein darauf an, wer zuerst spuckt. Ich will Ihnen ein großes Geheimnis verraten, mein Lieber. Warten Sie nicht auf das Jüngste Gericht: es findet alle Tage statt.

Nein, mir fehlt nichts, ich fröstle bloß ein wenig in dieser vermaledeiten Feuchtigkeit. Da wären wir übrigens. So. Bitte nach Ihnen. Aber gehen Sie nicht gleich ins Hotel, begleiten Sie mich doch noch ein paar Schritte. Ich bin noch nicht zu Ende, ich muß weitermachen. Weitermachen – das ist das Schwierige. Wissen Sie zum Beispiel, warum man ihn gekreuzigt hat, ihn, an den Sie jetzt vielleicht denken? Nun, dafür gab es eine Menge Gründe. Es fehlt nie an Gründen, einen Menschen umzubringen. Im Gegenteil, es ist unmöglich, sein Weiterleben zu rechtfertigen. Darum findet das Verbrechen immer Anwälte und die Unschuld nur bisweilen. Aber abgesehen von all den Gründen, die man uns zweitausend Jahre lang so eingehend erläutert hat, gab es für dieses furchtbare Sterben noch einen weiteren, mächtigen Grund, und ich weiß nicht, warum man ihn so sorgfältig verbirgt. Er selber wußte, daß er nicht ganz unschuldig war, das ist der wahre Grund. Wenn er auch nicht die Last der Sünde trug, deren man ihn anklagte, so hatte er doch andere begangen, ob er auch selbst nicht wußte, welche. Wußte er es übrigens wirklich nicht? Schließlich und endlich befand er sich ja an der Quelle; er hatte bestimmt von einem gewissen Mord der Unschuldigen Kinder gehört. Die Kinder Judäas, die hingemetzelt wurden, während seine Eltern ihn in Sicherheit brachten – warum waren sie gestorben, wenn nicht seinetwegen? Er hatte es nicht gewollt, gewiß, diese bluttriefenden Soldaten, diese zerstükkelten Kinder flößten ihm Grauen ein. Aber ich bin überzeugt, daß er, so wie er war, sie nicht vergessen konnte. Und verriet die Traurigkeit, die man in all seinem Tun ahnt, nicht die unheilbare Schwermut dessen, der jede Nacht Rahels Stimme hörte, wie sie ihre Kleinen beweinte und jeden Trost zurückwies? Die Klage erhob sich in die Nacht, Rahel rief nach ihren seinetwegen getöteten Kindern, und er lebte!

Als Wissender, dem nichts Menschliches fremd war – ach, wer hätte geglaubt, daß das Verbrechen nicht so sehr darin besteht, Sterben zu bringen, als darin, nicht selbst zu sterben! –, der sich Tag und Nacht seinem unschuldigen Verbrechen gegenübergestellt sah, vermochte er nicht mehr, sich aufrechtzuhalten und weiterzumachen. Es war besser, ein Ende zu setzen, sich nicht zu wehren, zu sterben, um nicht mehr als einziger leben zu müssen und um anderswohin zu gehen, dorthin, wo er vielleicht Beistand finden würde. Er hat den Beistand nicht gefunden, er hat sich darüber beklagt, und um das Maß voll zu machen, hat man ihn zensuriert! Ja, ich glaube, es war der dritte Evangelist, der als erster seine Klage ausstrich. «Warum hast du mich verlassen?», das war ein aufrührerischer Schrei, nicht wahr? Darum her mit der Schere! Wenn Lukas nichts weggelassen hätte, wäre die Sache, nebenbei bemerkt, kaum aufgefallen, jedenfalls hätte sie nicht so viel Gewicht erlangt. So aber posaunt der Zensor aus, was er verhehlen will. Auch die Ordnung der Welt ist doppelt!

Das ändert indessen nichts daran, daß der Zensurierte für sein Teil nicht weitermachen konnte. Und ich weiß, wovon ich spreche, mein Lieber. Es gab eine Zeit, da ich keine Minute wußte, wie ich die nächstfolgende erreichen sollte. Ja, man kann auf dieser Welt Krieg führen, Liebe äffen, seinen Nächsten martern, sich in den Zeitungen groß tun oder einfach beim Stricken wider seinen Nachbarn Übles reden; aber in gewissen Fällen ist das Weitermachen, das bloße Weitermachen etwas Übermenschliches. Und er war kein Übermensch, das dürfen Sie mir glauben. Er hat seine Todesangst herausgeschrien, und darum liebe ich ihn, meinen Freund, der da starb mit der Frage auf den Lippen.

Das Unglück besteht darin, daß er uns allein gelassen hat, auf daß wir weitermachen, was auch geschehe, selbst wenn wir im Un-Gemach hausen; wir wissen unsererseits, was er wußte, aber wir sind unfähig, zu tun, was er getan hat, und zu sterben wie er. Natürlich hat man versucht, seinen Tod als Krücke zu gebrauchen. Im Grunde genommen war es ein Geniestreich, uns zu sagen: «Ihr seid nicht gerade ansehnlich, das ist unbestreitbar. Nun, wir wollen das nicht im einzelnen untersuchen. Das werden wir alles in einem Aufwaschen auf dem Kreuz erledigen!» Aber jetzt klettern zu viele Leute bloß aufs Kreuz, damit man sie aus größerer Entfernung sieht, selbst wenn sie zu diesem Zweck einen, der sich schon so lange dort befindet, ein bißchen mit Füßen treten müssen. Zu viele Leute haben beschlossen, ohne Großmut auszukommen und dafür Nächstenliebe zu üben. O über das Unrecht, das Unrecht, das man ihm angetan hat und das mir das Herz zusammenschnürt!

Aber halt, jetzt fange ich schon wieder an zu plädieren! Verzeihen Sie. Sie müssen verstehen, daß ich meine Gründe habe. Schauen Sie, ein paar Straßen von hier gibt es ein Museum mit dem Namen *Unser Heiland auf dem Dachboden.* Zu jener Zeit hatten sie ihre Katakomben unter dem Dach. Hierzulande werden die Keller eben überschwemmt. Aber seien Sie unbesorgt, heute befindet sich ihr Heiland weder auf dem Estrich noch im Keller. Sie haben ihn in der geheimsten Kammer ihres Herzens auf einen Richterstuhl gehißt, und nun schlagen sie drein; vor allem richten sie, richten in seinem Namen. Er sagte voll Milde zur Ehebrecherin: «So verdamme ich dich auch nicht!» Das stört sie nicht, sie verdammen, sie sprechen niemand los. «Da hast du dein Teil im Namen des Herrn!» Des Herrn? So viel verlangte er gar nicht, mein Freund. Er wollte, daß man ihn liebe, nicht mehr. Gewiß gibt es Leute, die ihn lieben, sogar unter den Christen. Aber ihre

Zahl ist klein. Er hatte das übrigens humorvoll vorausgesehen. Petrus – Sie wissen doch, die Memme Petrus – verleugnet ihn: «Ich kenne den Menschen nicht ... Ich weiß nicht, was du sagst ...» und so weiter. Er übertrieb es wirklich! Und der Herr macht ein Wortspiel: «Super hanc petram ... auf diesen Felsen will ich bauen meine Gemeinde.» Weiter konnte man die Ironie nicht gut treiben, finden Sie nicht auch? Doch nein, sie frohlocken abermals! «Seht doch, er hatte es gesagt!» Er hatte es in der Tat gesagt, er kannte das Problem genau. Und dann ist er für immer gegangen und hat sie richten und verdammen lassen mit der Vergebung auf den Lippen und dem Richtspruch im Herzen.

Denn man kann fürwahr nicht behaupten, es gebe kein Mitleid mehr! Um Himmels willen nein, wir hören ja nicht auf, davon zu reden! Nur spricht man niemand mehr frei. Auf der toten Unschuld wimmelt es von Richtern, von Richtern aller Rassen, denen Christi und denen des Antichrist, die sich übrigens nicht voneinander unterscheiden, da sie sich im Un-Gemach geeint haben. Denn man darf nicht allein den Christen alle Schuld zuschieben. Die anderen sind genausogut dabei. Wissen Sie, was aus einem der Häuser geworden ist, die Descartes in dieser Stadt bewohnte? Ein Irrenhaus! Ja, der Wahnsinn hat alle erfaßt, und die Verfolgung ebenfalls. Auch wir sind natürlich gezwungen, mitzutun. Sie haben feststellen können, daß ich keine Schonung walten lasse, und ich weiß, daß Sie Ihrerseits gleich denken. Da wir denn alle Richter sind, sind wir alle voreinander schuldig, jeder auf seine häßliche Menschenart ein Christus, einer um den anderen ans Kreuz geschlagen und da sterbend, mit der Frage auf den Lippen. Wir wären es wenigstens, wenn ich, Johannes Clamans, nicht den Ausweg gefunden hätte, die einzige Lösung, kurzum die Wahrheit ...

Nein, ich höre schon auf, verehrter Freund, seien Sie unbesorgt! Ich verabschiede mich jetzt übrigens, wir sind bei meiner Haustür angelangt. In der Einsamkeit, und noch dazu, wenn man müde ist, hält man sich nun einmal gerne für einen

Propheten. Schließlich und endlich bin ich auch wirklich einer, der sich in eine Wüste von Stein, Nebelbrodem und fauligem Wasser geflüchtet hat, ein hohler Prophet für klägliche Zeiten, ein Elias ohne Messias, von Fieber und Alkohol geschüttelt, den Rücken an diese moderige Tür gelehnt, den Zeigefinger gegen den tief hängenden Himmel erhoben, Menschen ohne Gesetz, die kein Gericht ertragen, mit meinen Verwünschungen bedeckend. Denn sie vermögen es nicht zu ertragen, mein Lieber, das ist des Pudels Kern. Wer einem Gesetz anhängt, fürchtet das Gericht nicht, denn es stellt ihn in eine Ordnung, an die er glaubt. Die höchste aller menschlichen Martern ist indessen, ohne Gesetz gerichtet zu werden, und in eben dieser Marter leben wir. Ihrer natürlichen Hemmung beraubt, legen die vom Zufall entfesselten Richter sich ins Zeug. Da muß man doch wohl versuchen, ihnen zuvorzukommen? Und schon haben wir den großen Schlamassel. Die Zahl der Propheten und Quacksalber schwillt an, sie sputen sich, mit einem guten Gesetz oder einer untadeligen Organisation anzukommen, ehe die Erde leer ist. Ich bin zum Glück angekommen! Ich bin das Ende und der Anfang, ich verkünde das Gesetz. Kurz, ich bin Buß-Richter.

Ja, ja, morgen werde ich Ihnen sagen, worin dieser schöne Beruf besteht. Übermorgen fahren Sie weg? Wir haben also wenig Zeit. Besuchen Sie mich doch zu Hause, wenn Sie mögen; Sie müssen dreimal läuten. Sie kehren nach Paris zurück? Paris ist fern, Paris ist schön, ich habe es nicht vergessen. Ich erinnere mich an seine Dämmerstunden, ungefähr zur gleichen Jahreszeit wie jetzt. Trocken und knisternd senkt sich der Abend über die rauchblauen Dächer, dumpf grollt die Stadt, die Seine scheint aufwärts zu fließen ... Dann irrte ich in den Straßen umher. Auch heute abend irren sie umher, ich weiß es! Sie irren umher und geben vor, der müden Frau, dem freudlosen Zuhause entgegenzuhasten ... Ach, mein Freund, wissen Sie, was es heißt, einsam in der großen Stadt umherzuirren? ...

Es ist mir äußerst unangenehm, Sie im Bett zu empfangen. Nichts Schlimmes, ein wenig Fieber, das ich mit Wacholder behandele. Ich bin solche Anfälle gewöhnt. Es wird wohl die Malaria sein, die ich mir zugezogen habe, als ich Papst war. Nein, ich scherze nicht, oder nur halb. Ich weiß, daß Sie denken, es sei recht schwierig, in meinen Worten Wahr und Falsch zu unterscheiden. Ich muß gestehen, daß Sie nicht unrecht haben. Ich selber ... Sehen Sie, ein Bekannter von mir pflegte die Menschen in drei Gruppen einzuteilen: die einen möchten lieber nichts zu verbergen haben als lügen müssen; die anderen möchten lieber lügen als nichts zu verbergen haben; und die dritten schließlich lieben das Lügen und das Verbergen gleichermaßen. Ich überlasse es Ihnen, die Kategorie zu wählen, in die ich am besten passe.

Was tut's übrigens? Bringen die Lügen einen nicht letzten Endes auf die Spur der Wahrheit? Und zielen meine Geschichten, die wahren so gut wie die unwahren, nicht alle auf den gleichen Effekt ab, haben sie nicht alle den gleichen Sinn? Was hat es da zu besagen, ob ich sie erlebt oder erfunden habe, wenn sie doch in beiden Fällen für das bezeichnend sind, was ich war und was ich bin? Man durchschaut den Lügner manchmal besser als einen, der die Wahrheit spricht. Die Wahrheit blendet wie grelles Licht. Wohingegen die Lüge ein milder Dämmerschein ist, der jedem Ding Relief verleiht. Nun, ob Sie es glauben oder nicht, ich wurde in einem Gefangenenlager zum Papst gewählt.

Nehmen Sie doch bitte Platz. Sie schauen sich in meinem Zimmer um ... Kahl ist es allerdings, doch sauber. Ein Vermeer ohne Möbel und Kochtöpfe. Auch ohne Bücher. Ich habe seit langem aufgehört zu lesen. Früher war mein Haus voll von halbgelesenen Büchern. Das ist ebenso widerlich wie die Unart jener Leute, die eine Gänseleberpastete anknabbern und den Rest wegwerfen. Ich liebe übrigens nur mehr Bekenntnisbücher, doch die Verfasser solcher Beichten schreiben in erster Linie, um nicht zu beichten, um nichts von dem zu verraten, was sie wissen. Gerade wenn sie tun, als wollten sie jetzt mit der Sprache herausrücken, gilt es auf der Hut zu sein, dann fängt nämlich die Schönfärberei an. Glauben Sie es mir, ich bin vom Bau. Da habe ich nicht viel Federlesens gemacht: keine Bücher mehr, keine unnützen Gegenstände, nichts als das unbedingt Notwendige, alles glatt und sauber wie ein neuer Sarg. In diesen harten, mit makellosen Laken bezogenen holländischen Betten stirbt man übrigens bereits in einem Leichentuch, gleichsam in Reinheit einbalsamiert.

Sie möchten gerne Näheres über meine Erlebnisse als Papst erfahren? Ach, wissen Sie, es war gar nichts Besonderes dabei. Ob ich wohl die Kraft habe, Ihnen davon zu erzählen? Ja, mir scheint, das Fieber fällt ... Es ist so lange her ... Ich war damals in Afrika, wo dank Herrn Rommel der Krieg loderte. Nein, ich war nicht daran beteiligt, keine Bange, wie ich auch um den Krieg in Europa herumgekommen war. Natürlich war ich eingezogen, doch stand ich nie im Feuer. In gewissem Sinn bedaure ich es. Vielleicht hätte das manchem eine andere Wendung gegeben. Jedenfalls benötigte die französische Armee mich nicht an der Front. Sie verlangte nur meine Teilnahme am Rückzug. Anschließend kehrte ich nach Paris zurück und erlebte die deutsche Besetzung. Die Widerstandsbewegung fing damals an, von sich reden zu machen, und reizte mich ungefähr in dem Augenblick, da ich meine patriotische Gesinnung entdeckte. Sie lächeln? Sehr zu Unrecht. Ich machte meine Entdeckung in der Untergrundbahn, in den Gängen der Station Châtelet. Ein Hund hatte sich in das Labyrinth verirrt. Er war groß und struppig, hatte ein geknicktes Ohr und lustige Augen; er strolchte umher und beschnupperte die Waden, die da vorbeigingen. Ich liebe Hunde seit eh und je mit treuer Zärtlichkeit. Ich liebe sie, weil sie immer verzeihen. So lockte ich auch diesen, und er, sichtlich von mir angetan, blieb mit begeistertem Schwanzwedeln unweit von mir stehen. In dem Moment überholte mich ein junger, schneidiger deutscher Soldat. Im Vorbeigehen kraulte er dem Hund den Kopf. Ohne Zögern schloß das Tier sich ihm mit unveränderter Begeisterung an und verschwand mit ihm. Meine zornige Enttäuschung und die Art Wut, die ich auf den deutschen Soldaten hatte, zwangen mich wohl oder übel zu der Feststellung, daß ich als Patriot empfand. Wäre der Hund einem französischen Zivilisten gefolgt, hätte ich keinen Gedanken daran verschwendet. Wenn ich mir dieses nette Tier hingegen als Maskottchen eines deutschen Regiments vorstellte, sah ich rot. Das war die Probe aufs Exempel.

Ich begab mich in die unbesetzte Zone mit der Absicht, mich über die Widerstandsbewegung zu informieren. Aber einmal dort und informiert, zögerte ich. Das Unternehmen schien mir ein bißchen verrückt und, um ganz offen zu sein, zu romantisch. Ich glaube vor allem, daß die unterirdische Tätigkeit weder meinem Temperament noch meiner Vorliebe für luftige Höhen entsprach. Mir schien, man mute mir zu, Tag für Tag und Nacht für Nacht in einem Keller an einem Teppich zu wirken, bis ein paar Rohlinge mich aufstöbern, zuerst meinen Teppich auftrennen und mich dann in einen anderen Keller schleppen würden, um mich dort zu Tode zu prügeln. Ich bewunderte die Menschen, die sich diesem Heldentum der Tiefe verschrieben, aber ich vermochte nicht, es ihnen gleichzutun.

Ich setzte also nach Nordafrika über und beabsichtigte mehr oder weniger, von dort aus nach London zu gehen. Aber die Lage in Afrika war ein bißchen konfus; die sich befehdenden Parteien schienen mir gleichermaßen recht zu haben, so daß ich meinen Plan aufgab. Ich sehe Ihrem Gesicht an, daß Sie finden, ich gehe verdächtig rasch über diese immerhin bedeutungsvollen Details hinweg. Nun, ich könnte vielleicht sagen, daß ich Sie, verehrter Freund, nach Ihrem wahren Wert einschätze und nicht näher auf diese Einzelheiten eingehe, damit sie Ihnen um so mehr auffallen. Wie dem auch sei, ich gelangte schließlich nach Tunesien, wo eine holde Freundin mir Arbeit wußte. Diese Freundin, eine höchst gescheite Person, war beim Film. Ich folgte ihr nach Tunis und erfuhr ihre wahre Tätigkeit erst nach der alliierten Landung in Algerien. An jenem Tag wurde sie von den Deutschen verhaftet; ich auch, aber ganz unfreiwillig. Ich weiß nicht, was aus ihr geworden ist. Mir für mein Teil tat man nichts zuleide, und nachdem ich große Ängste durchgestanden hatte, merkte ich, daß es sich vor allem um eine Sicherheitsmaßnahme handelte. Ich wurde in der Nähe von Tripolis in einem Lager interniert, in dem man mehr unter Durst und Entbehrungen schlechthin litt als unter grausamer Behandlung. Ich will es Ihnen nicht weiter beschreiben. Wir Kinder dieser Jahrhundertmitte brauchen keine anschaulichen Schilderungen, um uns derartige Orte vorstellen zu können. Vor hundertfünfzig Jahren brachten Seen und Wälder das Gemüt zum Schwingen. Heute stimmen Lager und Gefängniszellen uns lyrisch. Ich überlasse die Ausmalung also vertrauensvoll Ihrer Phantasie. Fügen Sie nur noch ein paar Einzelheiten hinzu: die Hitze, die senkrecht herabbrennende Sonne, den Wassermangel, die Fliegen, den Sand.

Unter meinen Mitgefangenen befand sich ein junger Franzose, der an Gott glaubte. Wahrhaftig, es tönt wie ein Märchen! Vom Schlage eines Löwenherz, wenn Sie so wollen. Von Frankreich aus war er nach Spanien in den Kampf gezogen. Der katholische General hatte ihn interniert, und die Feststellung, daß in den franquistischen Lagern die Suppe sozusagen den Segen Roms empfing, war ihm tief zu Herzen gegangen. Später hatte es ihn nach Afrika verschlagen, aber weder der hohe Himmel der Wüste noch die Muße des Lagerlebens hatten diese Traurigkeit von ihm nehmen können. Indessen hatten sein Nachsinnen und auch die Sonne ihn ein wenig seinem Normalzustand entrückt. Eines Tages, da wir ungefähr unser zehn unter einem von geschmolzenem Blei triefenden Zelt uns keuchend der Fliegen zu erwehren suchten, verfiel er wieder in seine Brandrede gegen den, den er den Römer nannte. Aus seinem von mehrtägigen Bartstoppeln bedeckten Gesicht blickten verstörte Augen, auf seinem nackten Oberkörper perlte der Schweiß, seine Finger trommelten leise auf seine hervortretenden Rippen. Er erklärte uns, es müsse ein neuer Papst her, je eher desto besser, und zwar einer, der inmitten der Unglücklichen lebe, anstatt auf einem Thron zu beten. Den Kopf hin- und herwiegend, starrte er uns aus irren

Augen an. «Ja», wiederholte er, «je eher desto besser!» Dann wurde er auf einmal ruhig und sagte mit tonloser Stimme, wir müßten ihn unter uns wählen, einen ganzen Menschen mit all seinen Fehlern und Vorzügen aussuchen und ihm Gehorsam schwören unter der einzigen Bedingung, daß er sich verpflichte, bei sich selber und bei den anderen die Gemeinschaft unserer Leiden lebendig zu erhalten. «Welcher unter uns hat die meisten Schwächen?» fragte er. Zum Scherz hob ich den Finger und blieb der einzige, der solches tat. «Gut, nehmen wir Johannes.» Nein, das sagte er natürlich nicht, denn damals trug ich ja einen anderen Namen. Indessen erklärte er, wenn einer sich selber bezeichne, so wie ich es getan habe, müsse er auch die größte Tugend besitzen, und er schlug vor, mich zu wählen. Die anderen stimmten ihm bei, zum Spaß wohl, doch auch mit einem Anflug von Ernst. Denn Löwenherz hatte uns in der Tat beeindruckt. Ich selber vermochte, glaube ich, auch nicht ganz frei zu lachen. Einmal fand ich, mein kleiner Prophet habe recht, und zum zweiten hatten die Sonne, die erschöpfende Arbeit und der Kampf um das Wasser uns irgendwie unserem normalen Selbst entfremdet. Wie dem auch sei, ich übte mein Papsttum mehrere Wochen lang mit ständig wachsendem Ernst aus.

Worin es bestand? Nun, ich war so etwas wie ein Gruppenführer oder Kommissar. Auf jeden Fall nahmen die anderen, selbst die Nicht-Gläubigen, die Gewohnheit an, mir zu gehorchen. Löwenherz litt; ich verwaltete sein Leiden. Da merkte ich, daß Papstsein gar nicht so leicht ist, wie man glaubt, und erst gestern noch, nachdem ich Ihnen so verächtlich von unsern Brüdern, den Richtern, gesprochen hatte, mußte ich wieder daran denken. Das wichtigste Problem im Lager war die Wasserverteilung. Andere Gruppen hatten sich gebildet, politische und konfessionelle, und eine jede begünstigte ihre Anhänger. Ich sah mich also gezwungen, meinerseits meine Kameraden zu bevorzugen, was bereits eine kleine Konzession darstellte. Sogar unter uns vermochte ich keine vollkommene Gleichheit aufrechtzuerhalten. Je nach dem Zustand meiner

Gefährten oder der Arbeit, zu der sie kommandiert waren, begünstigte ich diesen oder jenen. Diese Unterscheidungen können weit führen, das dürfen Sie mir glauben. Doch bin ich wirklich müde und habe keine Lust mehr, an diese Zeit zurückzudenken. Ich will bloß hinzufügen, daß ich an dem Tag das Tüpfelchen aufs i setzte, da ich das Wasser eines sterbenden Kameraden trank. Nein, nein, nicht Löwenherz; er war, wenn ich mich recht besinne, bereits tot, er hatte zu sehr gedarbt. Und zudem hätte ich, wäre er noch dagewesen, ihm zuliebe länger widerstanden, denn ich liebte ihn, ja, ich liebte ihn, wenigstens will mir das so scheinen. Aber das Wasser habe ich getrunken, daran besteht kein Zweifel, und mir dabei eingeredet, die anderen hätten mich nötiger als diesen auf jeden Fall dem Tod geweihten Kameraden, und ich müsse mich ihretwegen am Leben erhalten. Auf diese Weise, mein Lieber, entstehen die großen Reiche und die Religionen: unter der Sonne des Todes. Und um meine gestrigen Reden etwas zu berichtigen, will ich Ihnen verraten, auf welch großartige Idee mich das Gespräch über all die Dinge gebracht hat, obwohl ich nicht einmal mehr weiß, ob ich sie erlebt oder geträumt habe. Meine großartige Idee aber ist die folgende: man muß dem Papst vergeben. Denn erstens hat er es nötiger als alle anderen, und zweitens ist es die einzige Möglichkeit, über ihm zu stehen.

Oh, die Tür! Haben Sie sie auch richtig geschlossen? Wirklich? Schauen Sie doch bitte nach. Verzeihen Sie, ich habe einen Riegel-Komplex. Im Augenblick des Einschlafens kann ich mich nie erinnern, ob ich den Riegel vorgeschoben habe. Jeden Abend muß ich nochmals aufstehen, um nachzusehen. Ich habe es Ihnen schon gesagt, es gibt keine Gewißheit. Glauben Sie indessen nicht, diese Riegelangst sei ein Zittern um Besitz. Früher schloß ich weder meine Wohnung noch meinen Wagen je ab. Ich klammerte mich nicht an mein Geld, ich hing nicht an meiner Habe. Im Grunde genommen schämte ich mich ihrer ein bißchen. Kam es doch vor, daß ich im Schwung meiner in Gesellschaft gehaltenen Reden voll innerer Überzeugung ausrief: «Besitz, meine Herren, ist Mord!» Da ich nicht großherzig genug war, meine Schätze mit einem verdienstvollen Armen zu teilen, stellte ich sie zur Verfügung etwaiger Diebe und hoffte, auf diese Art die Ungerechtigkeit durch den Zufall wettzumachen. Heute besitze ich nebenbei bemerkt nichts mehr. Ich bin daher nicht für meine Sicherheit besorgt, sondern für mich selbst und meine geistige Frische. Außerdem lege ich Wert darauf, sorgsam den Zugang zu dem kleinen, in sich selbst geschlossenen Reich zu versperren, in dem ich König, Papst und Richter bin.

Da wir schon davon sprechen – öffnen Sie doch bitte jenen Wandschrank. Ja, schauen Sie das Bild ruhig an. Erkennen Sie es nicht? Es sind *Die unbestechlichen Richter*. Das läßt Sie kalt? Sollte Ihre Bildung Lücken aufweisen? Wenn Sie die Zeitung läsen, müßten Sie sich an den 1934 in Gent begangenen Diebstahl erinnern, als aus der Kathedrale St. Bavo eine Tafel des *Agnus Dei*, des berühmten Altarbildes von van Eyck, entwendet wurde. Diese Tafel hieß *Die unbestechlichen Richter* und stellte Richter dar, die sich zu Pferd aufgemacht haben, um das heilige Tier anzubeten. Man hat sie durch eine ausgezeichnete Kopie ersetzt, denn das Original blieb unauffindbar. Nun, hier ist es. Nein, ich war nicht daran beteiligt. Ein Stammgast vom *Mexico-City* – Sie haben ihn übrigens neulich gesehen – hat es eines Abends im Rausch um eine Flasche Fusel dem Gorilla verkauft. Zuerst habe ich unserem Freund geraten, es gut sichtbar aufzuhängen, und während man unsere frommen Richter auf der ganzen Welt suchte, thronten sie lange Zeit im *Mexico-City* über Trunkenbolden und Zuhältern. Später hat der Gorilla es mir auf meine Bitte hin in Verwahrung gegeben. Er sträubte sich zuerst ein wenig, aber als ich ihm den Sachverhalt erklärte, bekam er es mit der Angst zu tun. Seither bilden diese ehrenwerten Amtspersonen meine einzige Gesellschaft. Sie haben gesehen, was für eine Lücke sie in der Kneipe über der Theke hinterlassen haben.

Warum ich das Bild nicht zurückerstattet habe? Schau,

schau, Sie entwickeln ja Polizeiinstinkte! Nun, ich will Ihnen sagen, was ich dem Untersuchungsrichter antworten würde, wenn bloß endlich einer auf den Gedanken verfiele, das Bild könnte in meinem Zimmer gelandet sein. Erstens, würde ich sagen, weil es nicht mir gehört, sondern dem Wirt im *Mexico-City*, der es mindestens so sehr verdient wie der Erzbischof von Gent. Zweitens, weil unter den Leuten, die vor dem *Agnus Dei* vorbeidefilieren, keiner die Kopie vom Original zu unterscheiden vermöchte und infolgedessen niemand durch meine Schuld zu Schaden kommt. Drittens, weil ich auf diese Weise allen überlegen bin. Falsche Richter werden der Welt zur Bewunderung vorgeführt, und ich bin der einzige, der die echten kennt. Viertens, weil ich somit Aussicht habe, ins Gefängnis zu kommen, was in gewisser Hinsicht ein reizvoller Gedanke ist. Fünftens, weil diese Richter unterwegs sind zum Lamm, es kein Lamm und keine Unschuld mehr gibt und der geschickte Räuber, der die Tafel stahl, daher ein Werkzeug der unbekannten Gerechtigkeit war, der man nicht ins Handwerk pfuschen soll. Und letztlich, weil wir dadurch mit der Ordnung der Dinge in Einklang kommen. Die Gerechtigkeit ist endgültig von der Unschuld getrennt – die eine im Wandschrank, die andere am Kreuz –, und ich habe freie Hand, um nach Gutdünken zu schalten und zu walten. Ich kann mit gutem Gewissen den schwierigen Beruf eines Buß-Richters ausüben, den ich nach zahllosen mißglückten Ansätzen und Widersprüchen ergriffen habe und den Ihnen zu erläutern es jetzt, da Sie ja gleich wegfahren, höchste Zeit ist.

Gestatten Sie, daß ich mich zuerst noch etwas aufrichte, um leichter atmen zu können. Ach, wie müde ich bin! Setzen Sie bitte meine Richter wieder hinter Schloß und Riegel. Danke. Den Beruf eines Buß-Richters übe ich auch im gegenwärtigen Augenblick aus. Eigentlich befinden meine Amtsräume sich im *Mexico-City*. Aber die wahre Berufung beschränkt sich nicht auf die Arbeitsstätte. Selbst im Bett, selbst wenn ich Fieber habe, amte ich. Diesen Beruf übt man übrigens nicht aus, er ist die Luft, die man atmet, Tag und Nacht. Glauben Sie ja nicht, ich habe Ihnen zum bloßen Vergnügen fünf Tage lang so ausführliche Reden gehalten. Ich habe früher genug leeres Stroh gedroschen. Jetzt verfolgen meine Worte einen Zweck. Natürlich zielen sie darauf ab, das Lachen zum Verstummen zu bringen und mich persönlich dem Urteil zu entziehen, obwohl es anscheinend keinen Ausweg gibt. Denn besteht das große Hindernis, das es uns unmöglich macht, ihm zu entgehen, nicht gerade darin, daß wir die ersten sind, uns zu verurteilen? Darum muß man als erstes die Verurteilung unterschiedslos auf alle ausdehnen, um sie dadurch bereits zu verwässern.

Keine Entschuldigung, nie und für niemand, das ist der Grundsatz, von dem ich ausgehe. Ich lasse nichts gelten, weder die wohlmeinende Absicht noch den achtbaren Irrtum, den Fehltritt oder den mildernden Umstand. Bei mir wird nicht gesegnet und keine Absolution erteilt. Es wird ganz einfach die Rechnung präsentiert: soundso viel macht es. Sie sind ein Sadist, ein Faun, ein Mythomane, ein Päderast, ein Künstler, und so weiter. Genau so. Kurz und bündig. In der Philosophie wie in der Politik bin ich somit Anhänger einer jeden Theorie, die dem Menschen die Unschuld abspricht, und einer jeden Praxis, die ihn als Schuldigen behandelt. Mein Lieber, Sie sehen in mir einen aufgeklärten Befürworter der Knechtschaft.

Denn ohne sie gibt es keine endgültige Lösung. Das habe ich sehr bald begriffen. Früher führte ich ständig die Freiheit im Munde. Beim Frühstück strich ich sie mir aufs Butterbrot, ich lutschte den ganzen Tag an ihr herum und schenkte der Welt einen köstlich mit Freiheit erfrischten Atem. Mit diesem Schlagwort fiel ich über jeden her, der mir widersprach, ich hatte es in den Dienst meiner Wünsche und meiner Macht gestellt. Im Bett flüsterte ich es meinen schlafenden Gefährtinnen ins Ohr, und es half mir, sie abzuhängen. Ich flocht es in . . . Doch sachte, ich verliere vor Erregung das Maß. Es kam immerhin auch vor, daß ich einen selbstloseren Gebrauch von der Freiheit machte, sie sogar – beachten Sie meine Naivität – zwei- oder dreimal verteidigte, gewiß ohne für sie zu sterben, doch nicht ohne einige Gefahren auf mich zu nehmen. Man muß mir diese Unbesonnenheit nachsehen; ich wußte nicht, was ich tat. Ich wußte nicht, daß die Freiheit keine Belohnung ist und auch kein Orden, den man mit Sekt feiert. Auch kein Geschenk übrigens, keine Schachtel voll gaumenkitzelnden Naschwerks. O nein! Eine Fron ist sie im Gegenteil, ein sehr einsamer und erschöpfender Langlauf. Kein Sekt, keine Freunde, die ihr Glas erheben und einen liebevoll anblicken. Allein in einem trübseligen Saal, allein auf der Anklagebank den Richtern gegenüber, und allein, um vor sich selber oder dem Urteil der anderen seine Entscheidung zu treffen. Am Ende jeder Freiheit steht ein Urteilsspruch: darum ist die Freiheit zu schwer zu tragen, besonders wenn man Fieber oder Kummer oder niemand lieb hat.

Ach, mein Lieber, für den Einsamen, der keinen Gott und keinen Meister kennt, ist die Last der Tage fürchterlich. Man muß sich daher einen Meister suchen, denn Gott ist nicht mehr Mode. Das Wort Gott hat übrigens seinen Sinn verloren und ist nicht wert, daß man seinetwegen die Gefahr auf sich nimmt, irgendwo Anstoß zu erregen. Schauen Sie bloß unsere Moralisten an. Sie sind voll sittlichen Ernstes und Nächstenliebe und was sonst so dazugehört, und so trennt sie eigentlich nichts von den Christen, außer vielleicht der Umstand, daß sie nicht in den Kirchen predigen. Was hindert sie Ihrer Meinung nach daran, sich zu bekehren? Die Rücksicht vielleicht, die Rücksicht auf die Menschen? Ja, das ist es, die Rücksicht auf die Meinung der Welt. Sie wollen kein Ärgernis erregen und behalten darum ihre Gefühle für sich. So habe ich zum Beispiel einen atheistischen Romancier gekannt, der jeden Abend sein Gebet sprach. Das hinderte ihn keineswegs, in seinen Büchern aus Leibeskräften über Gott herzuziehen. Ein Verriß erster Klasse, wie man zu sagen pflegt! Ein streitbarer Freidenker, dem ich dies erzählte, hob – übrigens ohne böse Absicht – die Hände gen Himmel und seufzte: «Das ist mir leider nicht neu, sie sind sich alle gleich.» Wenn man diesem Apostel Glauben schenken darf, so würden achtzig Prozent unserer Schriftsteller den Namen Gottes schreiben und preisen, wenn sie ihre Bücher bloß anonym veröffentlichen könnten. Aber nach Ansicht dieses Mannes veröffentlichen sie nicht anonym, weil sie sich lieben, und preisen überhaupt nichts, weil sie sich verabscheuen. Da sie trotz allem nicht umhin können zu richten, halten sie sich an der Moral schadlos. Kurz gesagt, ihre Gottlosigkeit ist auf Tugend eingefärbt. Wir leben wahrlich in einer kuriosen Zeit! Was Wunder, daß die Geister verwirrt sind und einer meiner Freunde, der nicht an Gott glaubte, solange er ein untadeliger Ehegatte war, sich bekehrte, als er die Ehe brach!

Ha, die kleinen Duckmäuser, Komödianten und Heuchler, die zu allem Überfluß so etwas Rührendes haben! Glauben Sie mir, sie gehören allesamt dazu, selbst wenn sie den Himmel in Brand stecken. Ob sie nun Atheisten oder Frömmler sind, Materialisten in Moskau, Puritaner in Boston, alle sind sie Christen, vom Vater auf den Sohn. Aber eben, es gibt ja keinen Vater, kein Gebot mehr! Man ist frei und muß schauen, wie man sich aus der Affäre zieht; und weil sie vor allem nichts von der Freiheit und ihren Urteilssprüchen wissen wollen, beten sie, man möge ihnen auf die Finger klopfen, sie erfinden schreckliche Regeln und errichten eilends Scheiterhaufen, um die Kirche zu ersetzen. Lauter Savonarolas, sage ich Ihnen! Aber sie glauben immer nur an die Sünde, nie an die Gnade. Nicht etwa, daß sie nicht daran dächten! Denn Gnade möchten sie ja eben, ein Ja, die Hingabe, das Daseinsglück und, da sie auch sentimental sind, vielleicht das Verlöbnis, das unberührte junge Mädchen, den aufrechten Mann, die Musik. Soll ich Ihnen verraten, wovon ich zum Beispiel, der ich nicht sentimental bin, geträumt habe? Von einer vollkommenen, Leib und Seele erfüllenden Liebe, die in nicht aufhörender Umarmung schwelgt und sich in immer höhere Wonnen steigert, Tag und Nacht, fünf Jahre lang – und dann der Tod! Nun ja . . .

Und in Ermangelung von Verlöbnis oder immerwährender Liebe hält man sich dann eben an die Ehe in ihrer ganzen

Roheit, mit Herrschergewalt und Peitsche. Hauptsache ist, daß alles einfach wird wie für die Kinder, daß jede Handlung befohlen wird, daß Gut und Böse auf willkürliche, das heißt also augenfällige Art gekennzeichnet sind. Und ich meinerseits, so sizilianisch und javanisch ich mich auch gebärde, bin ganz damit einverstanden; dabei bin ich alles andere als ein Christ, obwohl ich für den ersten unter ihnen Freundschaft empfinde. Aber auf den Brücken von Paris habe ich erfahren müssen, daß auch ich mich vor der Freiheit fürchtete. Hoch lebe also der Meister, wer immer er sei, wenn er nur das Gesetz des Himmels ersetzt. «Unser Vater, der du vorläufig auf Erden bist... Unsere herzerquickend strengen Führer und Befehlshaber, o grausame und vielgeliebte Gebieter...» Sie begreifen, was ich meine: wesentlich ist, nicht mehr frei zu sein und reumütig einem größeren Spitzbuben zu gehorchen, als man selber ist. Wenn wir alle schuldig sind, dann beginnt die Demokratie. Zudem, lieber Freund, ist es angezeigt, sich dafür zu rächen, daß man allein sterben muß. Der Tod ist einsam, während die Knechtschaft gemeinsam ist. Die anderen haben auch ihr Fett weg, und zwar gleichzeitig mit uns, darauf kommt es an. Endlich sind wir alle vereint, aber auf den Knien und gesenkten Hauptes.

Ist es etwa nicht empfehlenswert, sein Leben in Angleichung an die Gesellschaft einzurichten, und ist es zu diesem Zweck nicht vonnöten, daß die Gesellschaft mir gleicht? Einschüchterung, Entehrung und Polizei sind die Sakramente dieser Ähnlichkeit. Dann aber, verachtet, gehetzt und unterdrückt, kann ich zeigen, was ich vermag, mein Sein genießen, mich endlich ungekünstelt geben. Nachdem ich der Freiheit feierlich die Ehre erwiesen hatte, beschloß ich daher bei mir selber, sie sei ungesäumt in andere Hände zu legen, ganz gleich in welche. Und sooft sich Gelegenheit dazu bietet, predige ich in meiner Kirche, dem *Mexico-City*, und fordere das Volk auf, sich zu unterwerfen und demütig nach den Tröstungen der Knechtschaft zu trachten, selbst wenn sie dafür als die wahre Freiheit hingestellt werden muß.

Aber ich bin kein Narr; ich sehe durchaus ein, daß die Sklaverei nicht so bald verwirklicht werden kann. Die Zukunft zwar wird diese Wohltat bringen; wir aber leben in der Gegenwart, und so muß ich mich danach einrichten und zumindest eine provisorische Lösung suchen. So galt es denn, ein anderes Mittel zu finden, das mir erlaubte, das Urteil auf alle Menschen auszudehnen, um es auf meinen eigenen Schultern weniger schwer lasten zu spüren. Dieses Mittel habe ich gefunden. Öffnen Sie doch bitte das Fenster ein wenig, es herrscht eine unerträgliche Hitze in diesem Zimmer. Nicht zu weit, denn gleichzeitig friert mich auch! Meine Idee ist sowohl einfach als auch reich an Möglichkeiten. Wie bringt man es fertig, alle Leute unter die gleiche Dusche zu stellen, um das Recht zu haben, sich selber an der Sonne zu trocknen? Sollte ich mich wie so viele meiner illustren Zeitgenossen auf eine Kanzel hissen und der Menschheit fluchen? Ein höchst gefährliches Unterfangen! Eines Tages oder eines Nachts platzt aus heiterem Himmel das Lachen los. Der Urteilsspruch, den man über die anderen verhängt, fliegt einem zuletzt wie ein Bumerang geradewegs ins eigene Gesicht und richtet dort allerlei Verheerungen an. Was dann, fragen Sie? Nun, da eben kommt der Geniestreich. Ich habe entdeckt, daß wir in Erwartung der Meister und ihrer Züchtigungen den Gedankengang nach Kopernikus' Beispiel umkehren mußten, um den Sieg davonzutragen. Da es unmöglich war, die anderen zu verurteilen, ohne sich selbst allsogleich mitzurichten, mußte man sich selbst mit Anklagen überhäufen, um das Recht zu erlangen, die anderen zu richten. Da jeder Richter eines Tages zum Büßer wird, mußte man einfach den umgekehrten Weg einschlagen und den Beruf des Büßers ergreifen, um eines Tages zum Richter werden zu können. Leuchtet Ihnen das ein? Schön. Um mich jedoch ganz deutlich zu erklären, will ich Ihnen verraten, wie ich vorgehe.

Als erstes schloß ich meine Anwaltspraxis und ging auf Reisen. Ich suchte mich unter einem angenommenen Namen in irgendeiner Stadt niederzulassen, wo ich mit einer zahlreichen Kundschaft rechnen durfte. Es gibt deren viele auf der Welt, aber Zufall, Bequemlichkeit, Ironie und auch die Notwendigkeit einer gewissen Demütigung ließen mich eine von Wasser und Nebeln geprägte, von Kanälen umschnürte, von Menschen aus aller Herren Ländern wimmelnde Großstadt wählen. Ich habe meine Praxis in einer Kneipe des Matrosenviertels eingerichtet. Die Kundschaft der Häfen ist gar mannigfaltig. Die Armen begeben sich nie in die vornehmen Stadtviertel, während die Hochwohlgeborenen ausnahmslos früher oder später einmal, wie Sie selbst haben feststellen können, in den verrufenen Gassen landen. Ganz besonders halte ich Ausschau nach dem Bürger, und zwar dem Bürger auf Abwegen; bei ihm erziele ich die befriedigendsten Resultate. Meisterhaft entlocke ich ihm die raffiniertesten Töne.

So übe ich denn seit einiger Zeit im *Mexico-City* meinen nützlichen Beruf aus. Wie Sie aus eigener Erfahrung wissen, besteht er in erster Linie darin, sooft es nur angeht, der öffentlichen Beichte obzuliegen. Ich klage mich also an, und zwar recht ausgiebig. Das bereitet mir weiter keine Schwierigkeiten, ich habe jetzt ein gutes Gedächtnis. Doch klage ich mich wohlgemerkt nicht etwa plump an, indem ich mich heftig an die Brust schlage. Ich laviere vielmehr äußerst geschickt und nehme unzählige Nuancen und auch Abschweifungen zu Hilfe, kurzum, ich stimme meine Rede auf den jeweiligen Zuhörer ab und bringe ihn dazu, noch lauter als ich in das gleiche Horn zu blasen. Ich vermenge die eigenen Belange mit dem, was die anderen betrifft. Ich stelle die gemeinsamen Züge heraus, die gemeinsamen Erfahrungen auch, die uns beschieden waren, die Schwächen, die wir teilen, den guten Ton, mit einem Wort den Mann von heute, wie er in mir und in den anderen sein Unwesen treibt. Mit diesen Zutaten fabriziere ich ein jedermann und niemand ähnliches Porträt. Eigentlich eher eine Maske, wie man sie im Karneval zu sehen bekommt, mit den zugleich naturgetreuen und stilisierten Zügen, bei deren Anblick man sich fragt: «Wo bin ich dem bloß schon begegnet?» Wenn das Bild fertig ist, so wie heute abend, zeige ich es voll schmerzlicher Betrübnis vor: «So bin ich leider!» Die Anklagerede ist zu Ende. Im selben Augenblick wird das den Mitmenschen vorgehaltene Porträt zum Spiegel.

Mit Asche bedeckt, Haar um Haar ausraufend, das Gesicht von Fingernägeln zerkratzt, aber mit durchdringendem Blick, so stehe ich vor der ganzen Menschheit und rekapituliere meine Schmach und Schande, ohne dabei den erzielten Effekt aus den Augen zu verlieren, und sage: «Ich war der Gemeinste unter den Gemeinen.» Dann gleite ich unmerklich in meiner Rede vom *ich* zum *wir*. Bin ich erst beim *so sind wir* angelangt, ist das Spiel gewonnen, und ich kann ihnen die Leviten lesen. Ich bin wie sie alle, gewiß, wir rudern alle auf derselben Galeere. Indessen bin ich ihnen in einem überlegen: ich weiß es, und das verleiht mir das Recht, zu sprechen. Wie vorteilhaft das ist, kann Ihnen nicht entgehen, dessen bin ich gewiß. Je ausführlicher ich mich selbst anklage, desto eindeutiger habe ich das Recht, Sie zu richten. Mehr noch: ich provoziere Sie dazu, sich selbst zu richten, was mich entsprechend entlastet. Wahrhaftig, lieber Freund, wir sind merkwürdige, jämmerliche Kreaturen, und wenn wir im geringsten Rückschau auf unser Leben halten, ermangeln wir nicht der Gelegenheiten, uns über uns selbst zu erstaunen oder zu empören. Versuchen Sie es! Sie dürfen gewiß sein, daß ich Ihre eigene Beichte mit einem tiefen Gefühl der Brüderlichkeit anhören werde.

Lachen Sie nicht! Sie sind wirklich ein schwieriger Kunde, das habe ich auf den ersten Blick gemerkt. Aber es ist ganz unvermeidlich, daß es auch mit Ihnen soweit kommen wird. Die meisten anderen sind eher sentimental als intelligent; man hat sie im Nu aus der Fassung gebracht. Den Intelligenten muß man Zeit lassen. Man muß ihnen die Methode gründlich erklären, das genügt. Sie vergessen sie nicht und denken darüber nach. Früher oder später werden sie sich halb im Spiel, halb aus Ratlosigkeit dazu bequemen, die Katze aus dem Sack zu lassen. Was Sie betrifft, nun, Sie sind nicht nur intelligent, Sie scheinen zudem ganz gut geeicht zu sein. Dessen ungeachtet werden Sie mir zugeben, daß Sie heute weniger mit sich zufrieden sind als vor fünf Tagen, oder? Ich werde nunmehr darauf warten, daß Sie mir schreiben oder wieder zu mir kommen. Denn Sie werden wiederkommen, das weiß ich ganz sicher! Sie werden mich unverändert finden. Warum sollte ich mich auch verändern, da ich das mir gemäße Glück gefunden habe? Ich habe ja gesagt zur Duplizität, anstatt sie untröstlich zu beklagen; ich habe mich sogar häuslich darin eingerichtet und dabei das Behagen gefunden, nach dem ich mein Leben lang gesucht hatte. Wenn ich es mir gut überlege, hatte ich übrigens unrecht, Ihnen zu sagen, das Wesentliche sei, dem Urteil zu entgehen. Das einzig Wesentliche ist, sich alles erlauben zu dürfen, selbst wenn man dafür von Zeit zu Zeit mit lautem Trommeln seine eigene Nichtswürdigkeit verkünden muß. Von neuem erlaube ich mir alles, und zwar diesmal ohne daß ein Lachen ertönt. Ich habe kein neues Leben angefangen, ich fahre fort, mich zu lieben und mich der anderen zu bedienen. Der einzige Unterschied besteht darin, daß die Beichte meiner Fehler mir erlaubt, mich ihnen unbekümmerter wieder zu überlassen und des doppelten Genusses teilhaftig zu werden, den mir mein eigenes Wesen und der Reiz der Reue verschaffen.

Seitdem ich meine Lösung gefunden habe, überlasse ich mich bedenkenlos allem, was sich bietet, den Frauen, der Hoffart, dem Überdruß, dem Groll und sogar dem Fieber, das ich eben wieder mit einem wohligen Gefühl in mir aufwallen spüre. Jetzt endlich herrsche ich, und zwar für immer. Noch einmal habe ich einen Gipfel gefunden, den zu erklimmen ich der einzige bin und von dem aus ich alle Welt richten kann. Bisweilen, ganz selten, in einer wahrhaft schönen Nacht, höre ich ein fernes Lachen, und dann zweifle ich wieder. Aber im Nu begrabe ich alles, Geschöpfe und Schöpfung, von neuem unter dem Gewicht meiner eigenen Gebrechlichkeit, und schon bin ich wieder im Strumpf.

Ich will also im *Mexico-City* Ihrer Huldigung harren, gleichgültig, wie lange sie auf sich warten läßt. Nehmen Sie doch die Decke weg, ich kann kaum atmen. Sie kommen bestimmt, nicht wahr? Ich will Sie sogar in die Einzelheiten meiner Technik einweihen, denn ich habe so eine Art Zuneigung zu Ihnen gefaßt. Sie werden sehen, wie ich meinen Schäflein Nächte und Nächte lang beibringe, daß sie alle infam sind. Gleich heute abend will ich übrigens wieder damit anfangen. Ich kann es einfach nicht entbehren, genausowenig wie jene erhebenden Augenblicke, da einer von ihnen, nicht zuletzt dank dem Alkohol, zusammenbricht und sich an die Brust schlägt. Dann wachse ich, mein Lieber, wachse ins Unermeßliche, dann atme ich frei, ich stehe auf dem Gipfel des Berges, und zu meinen Füßen breitet sich die Ebene. Wie berauschend ist es doch, sich als Gott-Vater zu fühlen und unwiderrufliche Zeugnisse über schlechten Lebenswandel auszuteilen. Von meinen wüsten Engeln umgeben, throne ich am höchsten Punkt des holländischen Himmels und beobachte, wie die aus Nebeln und Wassern auftauchenden Scharen des Jüngsten Gerichts zu mir emporsteigen. Langsam, langsam erheben sie sich, gleich wird der erste da sein. In seinem verstörten, von der einen Hand halbverborgenen Gesicht lese ich die Trostlosigkeit des gemeinsamen Loses und die Verzweiflung, ihm nicht entgehen zu können. Ich aber bemitleide, ohne loszusprechen, verstehe, ohne zu vergeben, und vor allen Dingen spüre ich endlich, daß man mich anbetet!

Gewiß bin ich erregt, aber wie sollte ich schön fügsam liegen bleiben? Ich muß auf Sie herabsehen können, meine Gedanken heben mich empor. In jenen Nächten, in jenen grauenden Morgen vielmehr, denn der Fall ereignet sich immer bei Anbruch des Tages, begebe ich mich ins Freie und gehe beschwingten Schrittes die Kanäle entlang. Die Schichten der Federn im aschfahlen Himmel lichten sich, die Tauben steigen ein wenig höher, ein rosiger Schimmer leckt den Rand der Dächer und verkündet einen neuen Tag meiner Schöpfung. Auf dem Damrak bimmelt in der feuchten Luft die Glocke der ersten Straßenbahn zur Tagwacht des Lebens in diesem Zipfel Europas, während in allen Ländern des Kontinents zu eben dieser Sekunde Hunderte von Millionen Menschen, ausnahmslos meine Untertanen, seufzend, mit einem bitteren Geschmack auf der Zunge, das Bett verlassen, um freudlos ihrer Arbeit entgegenzugehen. Dann lasse ich meinen Geist über all die mir unbewußt hörigen Länder hinschweifen, dann schlürfe ich das absinthfarbene Licht des anbrechenden Morgens, und trunken von bösen Worten fühle ich mich endlich glücklich, ja glücklich, sage ich Ihnen, und ich verbiete Ihnen, daran zu zweifeln, daß ich glücklich bin, zum Sterben glücklich! O Sonne, o Gestade, und ihr von Passatwinden gekosten Inseln, o Jugend, verzweiflungbringende Erinnerung!

Verzeihen Sie, wenn ich mich jetzt wieder hinlege. Ich fürchte, meine Gefühle sind mit mir durchgegangen; aber meinen Sie ja nicht, ich weine! Es kommt vor, daß man nicht mehr aus noch ein weiß und an den offenkundigsten Tatsachen zweifelt, selbst wenn man die Geheimnisse eines mühelosen Lebens entdeckt hat. Natürlich ist meine Lösung nicht ganz ideal. Aber wenn man sein eigenes Leben nicht liebt und weiß, daß man ein anderes anfangen muß, bleibt einem ja keine Wahl, nicht wahr? Was tun, um ein anderer zu werden? Unmöglich. Dann müßte man schon niemand mehr sein, sich für irgend jemand selbst vergessen, wenigstens ein einziges Mal. Aber wie? Tadeln Sie mich nicht zu hart. Ich gleiche jenem alten Bettler, der eines Tages in einem Café meine Hand nicht loslassen wollte. «Ach, wissen Sie, Monsieur», sagte er, «man ist ja nicht eigentlich ein schlechter Mensch, aber man verliert das Licht.» So ist es, wir haben das Licht verloren, die Morgenröte, die heilige Unschuld dessen, der sich selbst vergibt.

Schauen Sie bloß, es schneit! Oh, ich muß hinaus! Das schlafende Amsterdam in der Weiße der Nacht, die Kanäle wie dunkle Jade unter den verschneiten Brückchen, die menschenleeren Straßen, mein lautloser Schritt – die flüchtige Reinheit vor dem morgigen Kot. Sehen Sie die riesigen Flocken, die zerzaust an den Fensterscheiben zerklatschen? Das sind die Tauben, kein Zweifel. Endlich entschließen sie sich, herabzufahren, die Viellieben, sie bedecken Wasser und Dächer mit einer mächtigen Schicht von Federn, sie flattern vor allen Fenstern. Welch eine Invasion! Hoffen wir, daß sie die frohe Botschaft bringen. Alle Welt errettet, was! Nicht nur die Erwählten! Reichtum und Mühsal gerecht verteilt, und Sie zum Beispiel werden von heute an um meinetwillen auf dem blanken Fußboden schlafen. Mit einem Wort, alle Saiten der Leier! Kommen Sie, geben Sie schon zu, daß Ihnen vor Staunen der Mund offenbliebe, wenn plötzlich ein Wagen vom Himmel käme, um mich zu holen, oder wenn auf einmal der Schnee zu brennen anfinge. Das scheint Ihnen unwahrscheinlich? Mir auch. Aber hinaus muß ich doch.

Schon gut, ich bleibe ja liegen, regen Sie sich nicht auf! Trauen Sie übrigens meinen rührseligen Anwandlungen nicht zu sehr, so wenig wie meinen wilden Wahnreden: beide verfolgen eine Absicht. So werde ich jetzt gleich erfahren, sobald Sie von sich selbst zu sprechen beginnen, ob eines der Ziele meiner atemberaubenden Beichte erreicht ist. Ich hoffe nämlich immer, daß einer meiner Gesprächspartner sich einmal als Polizist entpuppen und mich für den Diebstahl der *Unbestechlichen Richter* verhaften wird. Sonst, Sie verstehen, gibt es keine Möglichkeit, mich festzunehmen. Dieser Diebstahl jedoch fällt unter die Bestimmungen des Strafgesetzbuches, und ich habe nichts unterlassen, um mich zum Mitschuldigen zu machen. Ich bin der Hehler dieses Bildes und zeige es vor, sooft ich nur kann. Angenommen, Sie verhaften mich, das wäre schon ein guter Anfang. Vielleicht würde man sich dann auch mit allem übrigen befassen und mich beispielsweise enthaupten; ich aber hätte keine Angst mehr vor dem Sterben und wäre gerettet. Dann würden Sie meinen noch lebenswarmen Kopf über das versammelte Volk erheben, auf daß es sich in ihm erkenne und ich es abermals beispielhaft beherrsche. So wäre denn alles vollbracht, und ich hätte meine Laufbahn als falscher Prophet, der in der Wüste ruft und sich weigert, sie zu verlassen, ganz unversehens beendet.

Aber natürlich sind Sie nicht von der Polizei, das wäre viel zu einfach. Wie bitte? Also doch! Irgendwie habe ich es geahnt. Die seltsame Zuneigung, die ich für Sie empfand, hatte demnach ihren Sinn. Sie üben in Paris den schönen Beruf eines Anwalts aus! Ich spürte genau, daß wir beide einer Art sind. Denn sind wir uns nicht alle gleich, die wir unablässig reden, und zwar ins Leere, die wir Tag für Tag die gleichen Fragen vorgelegt bekommen, obwohl wir die Antwort im voraus kennen? So erzählen Sie mir doch bitte, was Ihnen eines Abends am Ufer der Seine widerfahren ist und wie Sie es fertiggebracht haben, Ihr Leben nie aufs Spiel zu setzen. Sprechen Sie selbst die Worte aus, die seit Jahren nicht aufgehört haben, in meinen Nächten zu widerhallen, und die ich letztlich durch Ihren Mund sprechen will: «O Mädchen, stürze dich nochmals ins Wasser, damit ich ein zweites Mal Gelegenheit habe, uns beide zu retten!» Ein zweites Mal, ha! welch ein Leichtsinn! Stellen Sie sich doch vor, lieber Herr Kollege, man nähme uns beim Wort! Dann müßten wir ja springen! Brr, das Wasser ist so kalt! Aber keine Bange! Jetzt ist es zu spät, es wird immer zu spät sein. Zum Glück!

Die Ehebrecherin

Eine kümmerliche Fliege torkelte schon eine ganze Weile im Überlandbus umher, obwohl sämtliche Fenster geschlossen waren. Sie hatte sich hierher verirrt und taumelte nun lautlos und erschöpft von einer Ecke zur anderen. Janine verlor sie aus den Augen, dann sah sie, daß sie sich auf der unbeweglichen Hand ihres Mannes niederließ. Es war kalt. Die Fliege zitterte, sooft der sandgeladene Wind knirschend gegen die Scheiben peitschte. Im kargen Licht des Wintermorgens rollte das schwankende Gefährt scheppernd und ächzend dahin und kam doch kaum von der Stelle. Janine betrachtete ihren Mann. Mit den tief in die enge Stirn reichenden, angegrauten Haarbüscheln, der breiten Nase und dem unregelmäßig gezeichneten Mund glich Marcel einem schmollenden Faun. Bei jeder Unebenheit der Straße stieß er mit einem Ruck gegen sie. Dann ließ er seinen schweren Oberkörper wieder vornüber auf seine gespreizten Beine fallen und starrte von neuem mit leblosem, abwesendem Blick vor sich hin. Nur die klobigen, unbehaarten Hände, die besonders kurz wirkten, weil der graue, aus den Hemdärmeln hervorguckende Flanell bis über die Handgelenke reichte, schienen zu leben. Sie hielten ein zwischen die Knie geklemmtes Leinwandköfferchen so fest umklammert, daß sie das zögernde Wandern der Fliege nicht zu spüren schienen.

Auf einmal hörte man den Wind laut aufheulen, während der Steinstaub den Bus noch dichter umhüllte. Der Sand prasselte jetzt wie von unsichtbaren Händen geworfen gegen die Scheiben. Die Fliege rieb einen frierenden Flügel, duckte sich und flog davon. Der Bus verlangsamte die Fahrt und schien anhalten zu wollen. Dann ließ der Wind offenbar etwas nach, der Dunst lichtete sich ein wenig, und man fuhr wieder rascher. Vereinzelte Lichtlöcher gaben den Durchblick auf die im Staub versinkende Landschaft frei. Zwei oder drei schmächtige, weiß überpuderte Palmen, die aus einer Metallfolie ausgeschnitten schienen, tauchten hinter dem Fenster auf, um alsogleich wieder verschluckt zu werden.

«Was für ein Land!» sagte Marcel.

Der Bus war voll von Arabern, die sich in ihre Burnusse gehüllt hatten und zu schlafen schienen. Einzelne hatten ihre Füße untergeschlagen und schwankten stärker als die anderen im Schaukeln des Wagens. Janine fand ihr Schweigen und ihre Teilnahmslosigkeit nachgerade bedrückend; ihr war, als reiste sie schon seit Tagen mit dieser stummen Eskorte. Dabei war der Bus erst im Morgengrauen von der Endstation der Bahn abgefahren und rollte nun seit zwei Stunden in der Kälte der Frühe über eine steinige, öde Hochebene, die wenigstens anfänglich ihre Geraden bis zum rötlich glimmenden Horizont ausgeschickt hatte. Aber dann war der Wind aufgekommen und hatte nach und nach die ganze unendliche Weite aufgesogen. Von diesem Augenblick an hatten die Reisenden nichts mehr von der Landschaft gesehen. Einer nach dem anderen waren sie verstummt, schweigend kreuzten sie in einer Art weißen Nacht; bisweilen wischten sie sich die Lippen und die vom eindringenden Sand gereizten Augen.

«Janine!» Sie fuhr zusammen. Wie schon so oft dachte sie, daß dieser Vorname für eine Frau von ihrer Stattlichkeit eigentlich lächerlich war. Marcel begehrte zu wissen, wo sich der Musterkoffer befinde. Sie erforschte mit dem Fuß den leeren Raum unter ihrem Sitz, bis sie an einen Gegenstand stieß, der das gesuchte Köfferchen zu sein hatte, denn sie konnte sich nicht gut bücken, ohne ein wenig unter Atemnot zu leiden. Dabei war sie in der Schule Erste im Turnen gewesen und hatte eine unerschöpfliche Atemkraft besessen. War das denn schon so lange her? Fünfundzwanzig Jahre waren soviel wie nichts, da es ihr doch vorkam, es sei erst gestern gewesen, als sie zwischen Unabhängigkeit und Heirat schwankte, erst gestern, als sie voll Angst an den Tag dachte, da sie vielleicht allein würde altern müssen. Sie war nicht allein, und jener Student der Rechte, der ständig um sie sein wollte, befand sich jetzt an ihrer Seite. Sie hatte ihn schließlich doch erhört, obwohl er ein bißchen klein gewachsen war und obwohl ihr sein gieriges, abgehacktes Lachen nicht eben gefiel, so wenig wie seine zu stark hervortretenden schwarzen Augen. Aber sein Lebensmut gefiel ihr, den er mit den anderen Franzosen dieses Landes gemein hatte, und auch sein entgeistertes Gesicht, wenn er sich durch die Ereignisse oder die Menschen in seinen Erwartungen getäuscht sah. Vor allem aber gefiel es ihr, geliebt zu werden, und er hatte sie mit Aufmerksamkeiten überschüttet. Indem er sie so unzählige Male spüren ließ, daß sie für ihn da war, verlieh er ihrem Dasein Wirklichkeit. Nein, sie war nicht allein . . .

Mit lautem Gehupe bahnte der Bus sich einen Weg durch unsichtbare Hindernisse. Im Inneren des Wagens rührte sich indessen niemand. Plötzlich spürte Janine, daß jemand sie anblickte, und wandte den Kopf nach der Sitzreihe jenseits des Mittelgangs. Dieser Mitreisende war kein Araber, und sie wunderte sich, daß sie ihn nicht schon bei der Abfahrt bemerkt hatte. Er trug die Uniform der französischen Sahara-Einheiten, und über seinem langen und spitzen, wettergebräunten Schakalgesicht saß ein Käppi aus ungebleichter Leinwand. Aus seinen hellen Augen musterte er sie unverwandt mit einer Art Verdrossenheit. Sie errötete unvermittelt und rückte wieder näher zu ihrem Mann, der unentwegt in Dunst und Wind hinausstarrte. Sie kuschelte sich in ihren Mantel. Aber noch stand ihr das Bild des französischen Soldaten vor Augen, groß und schlank, so schlank in seinem eng auf Taille geschnittenen Waffenrock, daß er aus einer trockenen, spröden Masse gebaut schien, einer Mischung aus Sand und Knochen

In diesem Augenblick gewahrte sie auf einmal die hageren Hände und die verbrannten Gesichter der vor ihr sitzenden Araber und bemerkte gleichzeitig, daß sie trotz ihrer weiten Gewänder auf den Sitzen, die ihr und ihrem Mann kaum genug Raum boten, reichlich Platz zu haben schienen. Sie zog die Falten ihres Mantels näher an sich. Dabei war sie gar nicht so besonders dick, sondern einfach hochgewachsen und füllig, aus Fleisch und Blut, und – sie fühlte es wohl unter den Blicken der Männer – noch immer begehrenswert, mit dem Gegensatz zwischen ihrem etwas kindlichen Gesicht, den kühlen, klaren Augen und ihrem großen, wie sie wohl wußte, warmen und ruheverheißenden Körper.

Nein, es war wirklich nicht so, wie sie es sich vorgestellt hatte. Als Marcel sie auf seine Geschäftsreise mitnehmen wollte, war sie zunächst gar nicht einverstanden. Er hatte diese Reise schon lange geplant, genau gesagt seit Kriegsende, als das Geschäftsleben sich wieder normalisiert hatte. Die kleine Stoffhandlung, die er von seinen Eltern übernahm, als er das Studium der Rechte aufgab, hatte sie vor dem Krieg eher recht als schlecht ernährt. In einer Küstenstadt können die jungen Jahre eine Zeit des Glücks sein. Aber er war kein besonderer Freund körperlicher Anstrengung und hatte sehr bald darauf verzichtet, mit ihr an den Strand zu gehen. Ihr kleines Auto führte sie nur zur sonntäglichen Spazierfahrt aus der Stadt. Im übrigen zog er es vor, in seinem mit bunten Stoffen gefüllten Laden zu bleiben, der sich unter den Arkaden eines halb eingeborenen, halb europäischen Viertels befand. Über dem Laden lag ihre mit arabischen Wandbehängen und Warenhausmöbeln eingerichtete Dreizimmerwohnung. Ihre Ehe war kinderlos geblieben. Im gewollten Dämmer hinter den halbgeschlossenen Fensterläden waren die Jahre vergangen. Sommer, Strand, Spaziergänge, ja selbst der Himmel waren fern. Marcel schien sich ausschließlich für sein Geschäft zu interessieren. Sie glaubte, seine wahre Leidenschaft entdeckt zu haben, nämlich das Geld, und das mißfiel ihr, ohne daß sie recht wußte, warum. Letzten Endes fuhr sie gut dabei. Er war nicht geizig, im Gegenteil, er war freigebig, besonders ihr gegenüber. «Wenn mir etwas passieren sollte», pflegte er zu sagen, «wäre deine Zukunft gesichert.» Und es ist in der Tat richtig, wenn man sucht, sich vor der Not zu sichern. Abei wo soll man sich vor dem, was nicht die alleralltäglichste Not ist, in Sicherheit bringen? Das war es, was sie in seltenen Stunden dunkel empfand. Unterdessen half sie Marcel bei der Buchhaltung und vertrat ihn zuweilen im Laden. Am mühsamsten war es im Sommer, wenn die Hitze sogar das angenehme Gefühl der Langeweile zerstörte.

Da, auf einmal, ausgerechnet mitten im Sommer, der Krieg; Marcel eingezogen und bald darauf ausgemustert, Warenmangel, Stillstand der Geschäfte, heiße, verödete Straßen. Wenn jetzt etwas passierte, gab es keine Sicherheit mehr für sie. Aus diesem Grund hatte Marcel im Augenblick, da wieder Stoffe auf den Markt kamen, den Plan gefaßt, in die Dörfer der Hochebenen und des Südens zu fahren, um den Zwischenhandel zu umgehen und seine Ware direkt den arabischen Händlern zu verkaufen. Er hatte sich in den Kopf gesetzt, Janine mitzunehmen. Sie wußte, daß die Verbindungen schlecht waren, und sie litt an Atembeschwerden; es wäre ihr lieber gewesen, zu Hause auf ihn zu warten. Aber er war starrköpfig, und sie hatte schließlich nachgegeben, weil es zu anstrengend gewesen wäre, bei ihrem Nein zu bleiben. Jetzt waren sie unterwegs, und wahrhaftig, nichts war so, wie sie es sich vorgestellt hatte. Sie hatte sich vor der Hitze gefürchtet, den Schwärmen von Fliegen, den schmutzstarrenden Hotels, wo alles nach Anis roch. Sie hatte nicht an die Kälte gedacht, den schneidenden Wind, die Polarlandschaft der moränenübersäten Hochplateaus. Auch von Palmen und weichem Sand hatte sie geträumt. Nun mußte sie einsehen, daß die Wüste anders war, daß sie nur aus Stein bestand, Stein allüberall: auf der Erde, wo im Gestein nur dürre Gräser wuchsen, wie im Himmel, wo der kalte, knirschende Staub des Gesteins allmächtig herrschte.

Plötzlich blieb der Bus stehen. Der Fahrer sagte ein paar

an niemand gerichtete Worte in der Sprache, die sie ihr Leben lang gehört hatte, ohne sie je zu verstehen. «Was ist los?» fragte Marcel. Der Fahrer erklärte, diesmal auf französisch, der Sand habe offenbar den Vergaser verstopft, und von neuem verwünschte Marcel das Land. Der Fahrer lachte über das ganze Gesicht und versicherte, es sei nur eine Kleinigkeit, er werde den Vergaser reinigen, und dann werde man weiterfahren. Er öffnete die Tür, der kalte Wind stürmte in den Wagen und schleuderte ihnen augenblicklich tausend Sandkörnchen ins Gesicht. Die Araber verbargen die Nase im Burnus und krochen in sich zusammen. «Mach die Tür zu!» brüllte Marcel. Der Fahrer lachte, als er zum Eingang zurückkam. Gelassen holte er sein Werkzeug unter dem Armaturenbrett hervor und entfernte sich, ohne die Tür zu schließen, wieder nach vorne, eine im Dunst verschwindende, winzige Gestalt. Marcel seufzte: «Ich möchte wetten, daß er in seinem Leben noch keinen Motor gesehen hat.» – «Reg dich nicht auf!» sagte Janine. Plötzlich fuhr sie zusammen. Auf dem Damm, ganz nahe am Bus, standen unbeweglich ein paar vermummte Gestalten. Man sah unter der Kapuze des Burnus und hinter dem Wall der Schleier nur ihre Augen. Sie waren aus dem Nichts aufgetaucht und betrachteten stumm die Reisenden. «Hirten», sagte Marcel.

Im Innern des Wagens herrschte Totenstille. Mit gesenktem Kopf schienen alle Fahrgäste der Stimme des Windes zu lauschen, der ungehemmt über die endlosen Hochebenen dahinbrauste. Janine stellte auf einmal überrascht fest, daß fast kein Gepäck vorhanden war. An der Endstation der Bahn hatte der Fahrer ihren großen Koffer und ein paar Ballen auf das Dach geladen. Drinnen sah man in den Netzen nur knotige Stöcke und flache Körbe aus Zwergpalmenblättern. All diese Leute aus dem Süden reisten offenbar mit leeren Händen.

Aber jetzt kehrte der nach wie vor gutgelaunte Fahrer zurück. Man sah nur seine lachenden Augen über den Schleiern, mit denen auch er das Gesicht bedeckt hatte. Er verkündete, nun werde man weiterfahren. Er schloß den Schlag, der Wind brach ab, und man hörte den Sandregen wieder deutlicher auf den Scheiben. Der Motor spuckte und stand seufzend still. Nach langem Drängen des Anlassers begann er endlich zu drehen, und aufs Gas tretend, ließ der Fahrer ihn aufheulen. Mit einem hustenden Ruck setzte der Bus sich wieder in Bewegung. Aus der immer noch reglosen, zerlumpten Gruppe der Hirten hob sich eine Hand und verschwand gleich darauf hinter ihnen im Dunst. Beinahe gleichzeitig begann das Fahrzeug auf der schlechter gewordenen Fahrbahn zu holpern. Die durchgerüttelten Araber schaukelten unablässig hin und her. Janine spürte, wie trotz allem der Schlaf sie allmählich übermannte, als unvermittelt eine kleine, gelbe, mit Katechus gefüllte Schachtel vor ihr auftauchte. Der Schakal-Soldat lächelte ihr zu. Sie zögerte, nahm eines und bedankte sich. Der Schakal steckte die Schachtel wieder ein und schluckte augenblicks sein Lächeln hinunter. Jetzt starrte er geradeaus auf die Straße. Janine drehte sich nach Marcel um, sah aber nur seinen kräftigen Nacken. Er schaute durch die Scheiben in den sich verdichtenden Dunst, der von den bröckeligen Erddämmen aufstieg.

Seit Stunden rollten sie so dahin, und die Müdigkeit hatte im Wagen jede Lebensäußerung erstickt, als draußen Schreie ertönten. In Burnusse gekleidete Kinder, die sich wie Kreisel um ihre eigene Achse drehten, Sprünge vollführten und in die Hände klatschten, umschwärmten den Bus. Er fuhr jetzt durch eine lange, von niederen Häusern gesäumte Straße; man gelangte in die Oase. Der Wind wehte noch immer, aber die Mauern hielten die Sandkörnchen ab, so daß sie das Licht hier nicht mehr verdunkelten. Indessen blieb der Himmel bedeckt. Inmitten des Geschreis und des gewaltigen Kreischens der Bremsen hielt der Bus vor den Pisee-Lauben eines Hotels mit schmutzigen Scheiben. Janine stieg aus; als sie auf der Straße stand, wankte der Boden unter ihren Füßen. Sie gewahrte über den Häusern ein schlankes, gelbes Minarett. Zu ihrer Linken erhoben sich bereits die ersten Palmen der Oase, und zu ihnen hätte sie gehen mögen. Aber obwohl es schon nahezu

Mittag war, herrschte bittere Kälte; der Wind ließ sie frösteln. Sie wandte sich nach Marcel um und sah zuerst den Soldaten, der auf sie zukam. Sie erwartete sein Lächeln oder seinen Gruß. Er ging an ihr vorbei, ohne sie anzublicken, und verschwand. Marcel war damit beschäftigt, sich den großen, schwarzen Feldkoffer mit den Stoffen vom Dach des Busses herunterreichen zu lassen. Das schien Schwierigkeiten zu bereiten. Der Fahrer mußte sich allein um das Gepäck kümmern; er unterbrach denn auch bereits seine Bemühungen und richtete sich auf dem Dach auf, um dem Kreis der um den Wagen versammelten Burnusse hochtrabende Reden zu halten. Von Gesichtern umgeben, die alle aus Knochen und Leder geschnitzt schienen, von kehligen Schreien bestürmt, fühlte Janine unvermittelt ihre Müdigkeit. «Ich gehe hinein», sagte sie zu Marcel, der sich ungeduldig beim Fahrer Gehör zu verschaffen suchte.

Sie betrat das Hotel. Der Besitzer, ein hagerer, wortkarger Franzose, kam ihr entgegen. Er führte sie in den ersten Stock und über eine die Straße überblickende Galerie in ein Zimmer, das augenscheinlich nichts anderes enthielt als ein Eisenbett, einen weißlackierten Stuhl, eine vorhanglose Kleidernische und hinter einem aus Schilf geflochtenen Wandschirm die Waschecke mit einem von feinem Sandstaub überzogenen Becken. Als der Wirt die Tür hinter sich geschlossen hatte, spürte Janine die Kälte, die von den kahlen, weißgetünchten Wänden ausging. Sie wußte nicht, wo sie ihre Handtasche abstellen, wo sie sich selbst niederlassen sollte. Man mußte sich hinlegen oder stehenbleiben und auf jeden Fall frieren. Sie blieb stehen, behielt die Tasche in der Hand und blickte unverwandt auf eine Art Schießscharte, die sich nahe an der Decke auf den Himmel öffnete. Sie wartete, ohne zu wissen, worauf. Sie empfand nur ihre Einsamkeit und die Kälte, die sie durchdrang, und ein schwerer lastendes Gewicht in der Herzgegend. In Wahrheit träumte sie, beinahe taub für die von der Straße aufsteigenden Geräusche, in die sich zuweilen Marcels laute Stimme mischte; ihr Bewußtsein erschloß sich vielmehr dem flußgleichen Raunen, das aus der Schießscharte zu ihr drang und das der Wind den, wie ihr vorkam, jetzt ganz nahen Palmen entlockte. Dann schien der Wind an Heftigkeit zuzunehmen, und das sanft plätschernde Wasser wurde zur brandenden Flut. Sie sah hinter den Mauern ein Meer von aufrechten, biegsamen Palmen, die im Sturm wogten. Nichts war so, wie sie es sich vorgestellt hatte, aber diese unsichtbaren Wellen erfrischten ihre müden Augen. Schwerfällig stand sie da, mit hängenden Armen, leicht vornübergeneigt, und die Kälte kroch an ihren plumpen Beinen empor. Sie träumte von den aufrechten, biegsamen Palmen und von dem jungen Mädchen, das sie einmal gewesen war.

Nachdem sie sich gewaschen hatten, begaben sie sich in den Speisesaal. Auf die nackten Wände hatte jemand Kamele und Palmen gemalt, die in rosa-violetter Marmelade ertranken. Der Arkaden wegen ließen die Fenster nur spärliches Licht einfallen. Marcel erkundigte sich beim Besitzer des Hotels nach den verschiedenen Händlern. Dann brachte ein alter Araber, der auf seinem Kittel eine militärische Auszeichnung trug, das Essen. Marcel hing seinen Gedanken nach und zerkrümelte sein Brot. Er hielt seine Frau davon ab, Wasser zu trinken. «Es ist nicht abgekocht. Nimm Wein.» Das war ihr gar nicht recht, der Wein machte sie schwer. Und zudem gab es Schweinefleisch. «Der Koran verbietet es. Aber der Koran wußte nicht, daß gargekochtes Schweinefleisch keine Krankheiten verursacht. Wir verstehen es zum Glück, richtig zu kochen. Woran denkst du?» Janine dachte an nichts, oder vielleicht an diesen Sieg der Köche über die Propheten. Aber sie mußte sich beeilen. Sie wollten am nächsten Morgen zeitig weiterfahren, weiter südwärts; es galt daher, alle wichtigen Händler noch am Nachmittag zu besuchen. Marcel forderte den alten Araber auf, den Kaffee ein bißchen schnell zu bringen. Der andere nickte, ohne zu lächeln, und entfernte sich gemessenen Schritts. «Gemach am Morgen, nicht zu hastig am Abend», sagte Marcel lachend. Aber schließlich wurde der Kaffee doch gebracht. Sie nahmen sich kaum Zeit, ihn hinunterzustürzen, und traten auf die staubige, kalte Straße hinaus. Marcel rief einen jungen Araber herbei, um sich beim Tragen des Feldkoffers helfen zu lassen; aber aus Prinzip suchte er die Entlöhnung herunterzuhandeln. Seine Meinung, die er Janine zum hundertsten Male mitteilte, ließ sich in der Tat in den undurchsichtigen Grundsatz fassen, daß sie immer das Doppelte forderten, um ein Viertel zu erhalten. Janine folgte den beiden Männern mit einem unbehaglichen Gefühl. Sie hatte eine wollene Jacke unter ihren dicken Mantel angezogen und hätte sich gerne ganz schmal gemacht. Zudem bereiteten ihr das Schweinefleisch, auch wenn es gargekocht war, und das Tröpfchen Wein, das sie zu sich genommen hatte, Beschwerden.

Sie gingen durch eine kleine Anlage staubbedeckter Bäume. Araber, die ihnen begegneten, traten scheinbar ohne sie zu sehen beiseite und schlossen dabei die Falten ihrer Burnusse enger um sich. Selbst wenn sie in Lumpen daherkamen, entdeckte Janine einen Stolz in ihrem Gehaben, den die Araber ihrer Heimatstadt nicht besaßen. Sie folgte dem Koffer, der ihr einen Weg durch die Menge bahnte. Sie kamen durch das Tor eines Festungswalles aus ockerfarbener Erde und gelangten auf einen kleinen Platz, wo wieder die gleichen versteinerten Bäume wuchsen. Im Hintergrund, an der Breitseite des Platzes, sah man einen Saum von Bogengängen und Läden. Aber sie hielten auf dem Platz selber vor einem kleinen, blaugetünchten Gebäude, dessen Form an eine Granate erinnerte. In dem einzigen Raum, der sein Licht nur durch die Eingangstür erhielt, stand ein alter Araber mit weißem Schnurrbart hinter einem Ladentisch aus poliertem Holz. Er war gerade dabei, Tee einzuschenken, und hob und senkte die Kanne über drei kleinen, bunten Gläsern. Noch ehe Marcel und Janine irgend etwas anderes im Halbdunkel des Ladens erkennen konnten, empfing sie der frische Duft des Minzentees. Marcel trat durch den Eingang mit seinen sperrigen Girlanden aus zinnernen Teekannen, Tassen und zwischen drehenden Postkartenständern schwingenden Teebrettern, und schon stand er am Ladentisch. Janine blieb im Eingang stehen. Sie trat ein bißchen beiseite, um dem Raum kein Licht wegzunehmen. Dabei gewahrte sie im Halbdunkel hinter dem alten Händler zwei Araber, die auf prallen, den ganzen hinteren Teil des Ladens ausfüllenden Säcken saßen und die Neuankömmlinge lächelnd betrachteten. An den Wänden hingen rote und schwarze Teppiche und gewirkte Tücher, auf dem Boden standen überall Säcke und wohlriechende Körner enthaltende kleine Kisten. Auf dem Ladentisch reihten sich neben einer Waage mit blankgeputzten Kupferschalen und einem alten Metermaß mit stark verwischten Eichmarken Zuckerhüte, deren einer von seinen dicken blauen Papierwindeln entblößt und an der Spitze angebrochen war. Der in der Luft schwebende Geruch nach Wolle und Spezereien machte sich durch den Duft des Tees hindurch bemerkbar, als der Händler jetzt die Teekanne auf den Tisch stellte und guten Tag sagte.

Marcel sprach hastig auf ihn ein, leise, wie immer, wenn er von Geschäften redete. Dann öffnete er den Koffer, zeigte seine Stoffe und Halstücher, schob Waage und Metermaß beiseite, um seine Ware besser vor dem Alten ausbreiten zu können. Er ereiferte sich, sprach mit größerem Stimmaufwand, lachte ohne Grund; er benahm sich wie eine Frau, die gefallen möchte und der es an Selbstvertrauen mangelt. Nun mimte er mit weit geöffneten Händen Kauf und Verkauf. Der Alte schüttelte den Kopf, reichte das Tablett den beiden hinter ihm sitzenden Arabern und sagte bloß ein paar Worte, die Marcel zu entmutigen schienen. Er packte seine Stoffe zusammen, verstaute sie im Koffer und wischte sich den vermutlich nicht vorhandenen Schweiß von der Stirn. Dann rief er nach dem kleinen Träger, und sie zogen weiter zu den Bogengängen. Im nächsten Laden hatten sie ein bißchen mehr Glück, obwohl der Händler anfänglich dieselbe Unnahbarkeit an den Tag legte. «Sie halten sich alle für den lieben Gott persönlich», sagte Marcel, «aber schließlich müssen sie auch etwas zu verkaufen haben! Wir haben es alle schwer.»

Janine folgte ihm, ohne zu antworten. Der Wind hatte sich

beinahe völlig gelegt. Fleckenweise wurde der Himmel sichtbar. Ein kaltes, gleißendes Licht drang aus den blauen Brunnen, die sich in den dicken Wolkenmassen auftaten. Sie hatten den Platz jetzt verlassen und gingen durch enge Gassen, an Erdmauern entlang, über die erfrorene Dezemberrosen oder hie und da einmal ein vertrockneter, wurmstichiger Granatapfel herunterhingen. In diesem Viertel roch es überall nach Staub und Kaffee, nach schwelender Palmrinde, Stein und Schaffleisch. Die aus den Mauern gehöhlten Läden lagen weit auseinander; Janine spürte, wie ihre Beine schwer wurden. Aber die Laune ihres Mannes besserte sich allmählich, er fing an, seine Ware loszuwerden, und zeigte auch mehr Entgegenkommen; er nannte Janine ‹Kleines›, die Reise würde nicht umsonst sein. «Natürlich», sagte Janine, «es ist besser, sich direkt mit ihnen zu verständigen.»

Durch eine andere Straße gelangten sie wieder ins Zentrum. Der Nachmittag war schon vorgeschritten, der Himmel nun beinahe wolkenlos. Auf dem Platz blieben sie stehen. Marcel rieb sich die Hände, er betrachtete mit liebevollem Blick den Koffer zu ihren Füßen. «Schau», sagte Janine. Vom anderen Ende des Platzes her kam ein großer, hagerer, sehniger Araber; er trug einen himmelblauen Burnus, Handschuhe und weiche, gelbe Schaftstiefel; sein braungebranntes Adlergesicht blickte stolz. Nur das lange, zum Turban geschlungene Tuch erlaubte, ihn von den französischen Verbindungsoffizieren zu unterscheiden, die Janine manchmal bewundert hatte. Er kam mit gleichmäßigen Schritten auf sie zu, schien jedoch über sie hinwegzublicken, während er langsam den einen Handschuh auszog. «Na», sagte Marcel achselzuckend, «das scheint mir auch einer, der sich für einen General hält.» Gewiß, alle trugen sie eine stolze Miene zur Schau, aber dieser hier übertrieb es nun wirklich. Obwohl der Platz rings um sie menschenleer war, schritt er geradenwegs auf den Koffer zu, ohne ihn zu beachten, ohne sie zu beachten. Dann wurde die Entfernung schnell kleiner, und der Araber stieß schon beinahe mit ihnen zusammen, als Marcel plötzlich den Koffer beim Griff packte und zurückzog. Scheinbar ohne im geringsten etwas wahrzunehmen, ging der andere vorbei und entfernte sich mit unveränderter Gemessenheit in Richtung auf die Wälle. Janine blickte ihren Mann an, er machte wieder sein entgeistertes Gesicht. «Sie meinen jetzt, sie dürften sich alles erlauben», sagte er. Janine gab keine Antwort. Sie verabscheute die alberne Überheblichkeit dieses Arabers und fühlte sich auf einmal unglücklich. Sie wollte fort, sie sehnte sich nach ihrer kleinen Wohnung. Der bloße Gedanke an die Rückkehr ins Hotel, in das eiskalte Zimmer, lähmte sie. Unvermittelt fiel ihr ein, daß der Wirt ihr geraten hatte, auf die Terrasse des Forts hinaufzusteigen, weil man von dort die Wüste sehen konnte. Sie machte Marcel diesen Vorschlag, den Koffer konnten sie im Hotel lassen. Aber er war müde und wollte vor dem Abendessen noch ein bißchen ruhen. «Bitte», sagte Janine. Er schaute sie mit plötzlich wacher Aufmerksamkeit an. «Aber natürlich, Liebes», sagte er.

Sie wartete auf der Straße vor dem Hotel. Die weißgekleidete Menge wurde immer dichter. Es fand sich keine einzige Frau darunter, und Janine hatte den Eindruck, noch nie so viele Männer gesehen zu haben. Dabei schaute sie keiner an. Scheinbar ohne ihrer zu achten, wandten einzelne ihr langsam das magere, wettergegerbte Gesicht zu, um dessentwillen sie in ihren Augen alle gleich aussahen, der französische Soldat im Bus, der Araber mit den Handschuhen – ein zugleich verschlagenes und stolzes Gesicht. Sie kehrten dieses Gesicht der Fremden zu, sie sahen sie nicht, und dann gingen sie leichtfüßig und lautlos rechts und links an ihr vorbei, während ihre Knöchel immer mehr anschwollen. Und ihr Unbehagen, ihr Verlangen, fortzukommen, wuchs. ‹Warum bin ich hierhergekommen?› Aber schon war Marcel zurück.

Als sie die Treppe zum Fort hinaufstiegen, war es fünf Uhr nachmittags. Der Wind hatte sich ganz gelegt. Der völlig wolkenlose Himmel war jetzt von verwaschenem Blau. Die wieder schärfere Kälte brannte auf ihren Wangen. Auf halber Höhe der Treppe fragte ein alter, an der Mauer liegender Araber, ob sie einen Führer wünschten, aber er fragte, ohne sich zu rühren, als wäre er im voraus ihrer Ablehnung gewiß. Die Treppe war endlos und steil, obwohl man hie und da auf einen Absatz aus gestampfter Erde gelangte. Je höher sie stiegen, desto mehr weitete sich der Raum, und sie erhoben sich in ein immer grenzenloseres, kälteres und trockeneres Licht, in dem jedes Geräusch der Oase rein und deutlich zu ihnen drang. Die helle Luft schien rings um sie in Schwingung zu geraten, eine zunehmend länger anhaltende Schwingung, als entlocke ihr Schritt dem Kristall des Lichts eine stets weitere Kreise ziehende Klangwelle. Und im Augenblick, da sie auf die Terrasse traten und ihr Blick sich unvermittelt jenseits des Palmenhains in der Unendlichkeit des Horizonts verlor, kam es Janine vor, als erdröhne der Himmel in einem einzigen, kurzen, schmetternden Ton, dessen Widerhall nach und nach den ganzen sich über ihr wölbenden Raum ausfüllte, um dann wie auf einen Schlag abzubrechen und sie in Stummheit der grenzenlosen Weite anheimzugeben.

In der Tat konnte sie ihren Blick langsam von Osten nach Westen wandern lassen, ohne in dieser vollkommen geschwungenen Bahn einem einzigen Hindernis zu begegnen. Zu ihren Füßen lag das Gewirr der blauen und weißen Terrassen der arabischen Stadt, in die das dunkle Rot der an der Sonne trocknenden Pfefferfrüchte blutige Flecken streute. Man sah keinen Menschen, aber aus den Innenhöfen stiegen mit den Düften des röstenden Kaffees lachende Stimmen und undeutbares Fußgetrappel empor. Dahinter breitete sich der durch Lehmmauern in ungleiche Rechtecke geteilte Palmenhain, und in den Kronen rauschte ein Wind, den man auf der Terrasse oben schon nicht mehr spürte. In etwas weiterer Ferne begann das bis zum Horizont gedehnte, ocker und grau getönte Reich der Steine, in dem man nichts Lebendiges wahrnahm. Erst in einiger Entfernung von der Oase gewahrte man gegen Sonnenuntergang, nahe bei dem an den Palmenhain grenzenden Wasserlauf, große, schwarze Zelte. Ringsum stand reglos eine Herde Kamele, die aus dieser Entfernung winzig wirkten und auf dem grauen Boden die dunklen Zeichen einer seltsamen Schrift bildeten, deren Sinn es zu entziffern galt. Das über der Wüste liegende Schweigen war unumschränkt wie der Raum.

Janine lehnte mit ihrem ganzen Gewicht gegen die Brüstung, keines Wortes mächtig, unfähig, sich von der Leere loszureißen, die sich vor ihr auftat. Marcel neben ihr trat unruhig von einem Fuß auf den anderen. Ihm war kalt, er wollte wieder hinunter. Was gab es denn hier zu sehen? Sie aber vermochte ihren Blick nicht vom Horizont zu lösen. Dort drüben, noch weiter südlich, wo Himmel und Erde in einer reinen Linie ineinander übergingen, dort drüben, so schien ihr auf einmal, wartete etwas auf sie, das sie bis zu diesem Tag nicht gekannt und das ihr doch seit jeher gefehlt hatte. Im weiter vorschreitenden Nachmittag verlor das Licht unmerklich an Spannung; es war Kristall, jetzt verflüssigte es sich. Zur gleichen Zeit begann im Herzen einer Frau, die allein der Zufall hierher geführt hatte, ein von den Jahren, der Gewohnheit und der Langeweile geschürzter Knoten sich langsam zu lösen. Sie betrachtete das Lager der Nomaden. Sie hatte seine Bewohner nicht einmal zu Gesicht bekommen, nichts rührte sich zwischen den schwarzen Zelten, und dennoch mußte sie jetzt unablässig an diese Menschen denken, von deren Existenz sie bis dahin kaum etwas geahnt hatte. Ohne Haus, ohne Verbindung mit der Welt zogen sie in kleinen Gruppen durch das weite Land, das der Blick ihr entdeckte und das doch nicht mehr war als ein winziger Teil einer noch größeren Weite, deren schwindelerregende Flucht erst Tausende von Kilometern weiter südlich endete, dort, wo der erste Fluß endlich fruchtbarkeitbringend den Wald erzeugt. Über die trockene, bis auf den Knochen aufgekratzte Erde dieses Landes ohne Maß zog seit jeher ruhelos eine Handvoll Menschen, die nichts besaßen, aber niemandem hörig waren, elende und freie Herren eines fremdartigen Reiches. Janine wußte nicht, warum diese Vorstellung sie mit einer so sanften und allumfassenden Traurigkeit erfüllte, daß sie die Augen schließen mußte. Sie wußte nur, daß ihr dieses Reich seit Anbeginn der Zeiten verheißen war und daß sie es dennoch nie besitzen würde, nie mehr, außer vielleicht in diesem flüchtigen Augenblick, da sie die Augen wieder aufschlug, den mit einemmal unbeweglichen Himmel gewahrte und die Fluten erstarrten Lichts, während die aus der arabischen Stadt aufsteigenden Stimmen jäh verstummten. Da schien ihr, daß der Lauf der Welt eben zum Stillstand gekommen sei und daß von dieser Sekunde an niemand mehr altern, niemand mehr sterben werde. Allüberall war von nun an das Leben angehalten, außer in ihrem Herzen, wo im selben Augenblick jemand Tränen des Kummers und des ungläubigen Staunens vergoß.

Aber das Licht begann sich zu bewegen, die klare, wärmelose Sonne neigte sich gen Westen, wo der Himmel sich leise rosa färbte, während im Osten eine graue Wogen entstand und sich anschickte, sich langsam über die unermeßliche Weite zu ergießen. Ein erster Hund heulte auf, und sein fernes Bellen erhob sich in die noch kälter gewordene Luft. Da merkte Janine, daß ihre Zähne aufeinanderschlugen. «Man holt sich ja den Tod!» sagte Marcel. «Du bist unverantwortlich. Wir wollen zurück.» Aber er faßte unbeholfen nach ihrer Hand. Fügsam wandte sie sich jetzt von der Brüstung ab und folgte ihm. Der alte Araber auf der Treppe schaute ihnen unbeweglich nach, während sie zur Stadt hinunterstiegen. Ohne die Vorübergehenden zu sehen, schritt Janine vor sich hin, von einer plötzlichen, unendlichen Müdigkeit gebeugt, und schleppte ihren Körper, dessen Gewicht ihr nun unerträglich vorkam. Ihre Gehobenheit war verflogen. Jetzt fühlte sie sich zu groß, zu dick und auch zu weiß für die Welt, in die sie eben eingetreten war. Ein Kind, ein junges Mädchen, der dürre Mann, der leise Schakal waren die einzigen Lebewesen, die lautlos über diese Erde gehen konnten. Was sollte sie hier in Zukunft, außer sich dahinschleppen bis zum Schlaf, bis zum Tod?

Sie schleppte sich denn auch bis zum Restaurant, begleitet von ihrem plötzlich wortkargen Mann, der höchstens seiner

Müdigkeit Ausdruck verlieh, während sie selbst ohne rechte Willenskraft gegen die Erkältung und das Fieber ankämpfte, das sie in sich aufsteigen spürte. Sie schleppte sich noch bis zum Bett, in das Marcel ihr nachfolgte; er löschte sofort das Licht, ohne sie erst zu fragen. Die Luft im Zimmer war eisig. Janine spürte, wie die Kälte von ihr Besitz ergriff, während gleichzeitig das Fieber rasch anstieg. Sie konnte kaum atmen, das Blut pulste in ihren Adern, ohne sie zu erwärmen. So etwas wie Angst wuchs in ihr. Sie drehte sich um, das alte Eisenbett ächzte unter ihrem Gewicht. Nein, sie wollte nicht krank werden. Ihr Mann schlief bereits, und auch sie wollte schlafen, sie mußte. Der dumpfe Lärm der Stadt drang durch die Schießscharte bis zu ihr. Die ausgeleierten Phonographen der maurischen Cafés näselten Melodien, die ihr bekannt vorkamen und die sich mit dem Raunen einer langsam wogenden Menge vermischten. Sie mußte schlafen. Aber sie zählte die schwarzen Zelte; hinter ihren Lidern weideten reglose Kamele; unendliche Einöden drehten sich im Kreis. Ja, warum war sie hierhergekommen? Über dieser Frage schlief sie ein.

Ein wenig später erwachte sie. Rings um sie herrschte völlige Stille. Aber am Rand der Stadt heulten heisere Hunde in die stumme Nacht. Janine fröstelte. Sie drehte sich wieder um, spürte die harte Schulter ihres Mannes an der ihren und schmiegte sich plötzlich halb im Schlaf an ihn. Sie trieb an der Oberfläche des Schlafes dahin, ohne in ihn hinabzusinken, sie klammerte sich mit unbewußter Gier an diese Schulter wie an ihre sicherste Zuflucht. Sie sprach, aber kein Ton drang aus ihrem Mund. Sie sprach, aber sie hörte kaum selber, was sie sagte. Sie spürte nur die von Marcel ausgehende Wärme. Seit über zwanzig Jahren war es so, jede Nacht, immer in seiner Wärme, immer sie beide, selbst wenn sie krank waren, selbst auf Reisen wie heute ... Was hätte sie übrigens allein zu Hause tun sollen? Kein Kind! War es nicht gerade das, was ihr fehlte? Sie wußte es nicht. Sie folgte Marcel, weiter nichts, und war froh, zu spüren, daß jemand sie nötig hatte. Er schenkte ihr keine andere Freude als das Bewußtsein ihrer

Notwendigkeit. Gewiß liebte er sie nicht. Die Liebe, selbst die Haßliebe, zeigt kein so mürrisches Gesicht. Aber welches ist ihr wahres Gesicht? Sie pflegten sich nachts zu lieben, tastend, ohne sich zu sehen. Gibt es eine andere Liebe als die der Dunkelheit, eine Liebe, die sich am hellheiteren Tag laut kundtäte? Sie wußte es nicht, aber sie wußte, daß Marcel sie nötig hatte und daß sie selbst dieses Nötigsein nötig hatte, daß es sie am Leben erhielt, in der Nacht wie am Tag, aber vor allem in der Nacht, jede Nacht, wenn er nicht allein sein wollte, nicht alt werden, nicht sterben, immer mit jenem eigensinnigen Ausdruck, den er anzunehmen pflegte und den sie manchmal in anderen Männergesichtern entdeckte – einziger gemeinsamer Ausdruck all dieser Narren, die sich mit dem Anschein der Vernunft tarnen, bis der Wahnsinn sie packt und verzweiflungsvoll dem Leib einer Frau entgegenschleudert, auf daß sie, ohne Verlangen zu spüren, all das Grauen in ihm verbergen, das Nacht und Einsamkeit ihnen zeigen.

Marcel bewegte sich ein wenig, wie um von ihr abzurükken. Nein, er hatte sie nicht lieb, er hatte bloß Angst vor allem, was nicht sie war, und sie und er hätten sich schon längst trennen sollen, um bis zum Ende allein zu schlafen. Aber wer vermag immer allein zu schlafen? Es gibt vereinzelt solche Menschen; sie hat Berufung oder Unglück von den anderen abgesondert, und nun schlafen sie jeden Abend im gleichen Bett wie der Tod. Marcel wäre nie dazu fähig, gerade er nicht, dieses schwache und wehrlose Kind, das jeder Schmerz verstörte, ihr Kind eben, das sie nötig hatte und das in diesem Augenblick eine Art Stöhnen vernehmen ließ. Sie schmiegte sich ein bißchen enger an ihn und legte ihm die Hand auf die Brust. Und still für sich rief sie ihn bei dem Kosenamen, den sie ihm in früheren Zeiten gegeben hatte und den sie noch hie und da ganz gedankenlos gebrauchten, wenn sie allein waren.

Sie rief ihn mit der ganzen Kraft ihres Herzens. Letzten Endes hatte auch sie ihn nötig, seine Kraft, seine kleinen Schrullen, auch sie hatte Angst vor dem Sterben. ‹Wenn ich diese Angst überwinden könnte, wäre ich glücklich ...› Alsogleich überflutete sie eine unnennbare Beklemmung. Sie rückte von Marcel ab. Nein, sie überwand nichts, sie war nicht glücklich, in Wahrheit würde sie sterben, ohne erlöst worden zu sein. Ihr Herz tat ihr weh, sie erstickte unter einem ungeheuren Gewicht, das sie, wie sie plötzlich entdeckte, seit zwanzig Jahren mit sich schleppte und gegen das sie sich nun mit aller Kraft wehrte. Sie wollte erlöst werden, selbst wenn Marcel, selbst wenn alle anderen der Erlösung nie teilhaftig werden sollten! Hellwach richtete sie sich im Bett auf und lauschte auf einen Ruf, der aus der nächsten Nähe zu kommen schien. Aber aus der Tiefe der Nacht drangen nur die erschöpften und unermüdlichen Stimmen der Hunde der Oase. Es war wieder ein schwacher Wind aufgekommen, und sie hörte sein leises Wispern in den Palmen. Er kam von Süden, von dort, wo Nacht und Wüste sich jetzt unter dem von neuem unbeweglichen Himmel vermengten, wo das Leben stillstand, wo niemand mehr alterte oder starb. Dann versiegten die Wasser des Windes, und sie war nicht einmal mehr sicher, überhaupt etwas gehört zu haben, außer einem stummen Ruf, den sie schließlich nach Belieben schweigen heißen oder wahrnehmen konnte, aber dessen Sinn sie nie mehr erfahren würde, wenn sie ihm nicht augenblicklich folgte. Augenblicklich, ja, das wenigstens war gewiß!

Sie erhob sich leise und blieb unbeweglich neben dem Bett stehen, während sie auf den Atem ihres Mannes lauschte. Marcel schlief. Sogleich wich die Wärme des Bettes von ihr, und die Kälte überfiel sie. Sie tastete im schwachen Licht der Straßenlampen, das durch die geschlossenen Rolläden sickerte, nach ihren Kleidern und zog sich langsam an. Mit den Schuhen in der Hand schlich sie zur Tür. Sie verharrte noch ein paar Sekunden abwartend im Dunkeln, dann begann sie sachte zu öffnen. Der Türknauf quietschte, sie blieb wie erstarrt stehen. Ihr Herz schlug wild. Sie lauschte gespannt, nichts rührte sich; beruhigt drehte sie wieder ein wenig am Knauf. Das Öffnen schien endlos lange zu dauern. Endlich war es soweit: sie schlüpfte hinaus und schloß die Tür wieder mit derselben Behutsamkeit. Dann preßte sie die Wange gegen das Holz und wartete. Nach einem Weilchen vernahm sie Marcels ferne Atemzüge. Sie wandte sich um, die eisige Nachtluft peitschte ihr ins Gesicht, sie lief über die Galerie. Der Eingang des Hotels war geschlossen. Während sie sich mit dem Riegel abmühte, erschien mit verschlafenem Gesicht der Nachtportier oben an der Stiege und sagte etwas auf arabisch. «Ich bin gleich zurück», erklärte Janine und stürzte sich in die Nacht.

Sternengeschmeide rankten vom schwarzen Himmel über die Palmen und Häuser herab. Sie lief durch die kurze, jetzt menschenleere Hauptstraße, die zum Fort führte. Die Kälte, die nicht mehr gegen die Sonne zu kämpfen brauchte, hatte von der Nacht Besitz ergriffen; die eisige Luft brannte in Janines Lungen. Aber halb blind rannte sie weiter durch die Dunkelheit. Nun tauchten am oberen Ende der Straße Lichter auf, die sich im Zickzack abwärts bewegten und auf sie zukamen. Sie blieb stehen und vernahm ein Geräusch wie Flügelschwirren, dann sah sie endlich hinter den immer größer werdenden Lichtern mächtige Burnusse, unter denen die zerbrechlichen Speichen von Fahrrädern aufblitzten. Die Burnusse streiften sie; drei rote Schlußlichter leuchteten in der schwarzen Nacht hinter ihr auf und verschwanden alsbald. Sie begann wieder zu laufen, dem Fort entgegen. Auf halber Höhe der Treppe wurde das Brennen der Luft in den Lungen so scharf, daß sie anhalten wollte. Ein letzter Anlauf schleuderte sie willenlos bis auf die Terrasse und an die Brüstung, die jetzt hart gegen ihren Leib drückte. Sie keuchte, alles verschwamm vor ihren Augen. Das Laufen hatte sie nicht erwärmt, sie zitterte noch immer an allen Gliedern. Aber die kalte Luft, die sie stoßweise in sich aufnahm, strömte bald gleichmäßig in sie ein, und inmitten der Schauer begann eine laue Wärme sich schüchtern auszubreiten. Endlich öffneten sich ihre Augen vor den Weiten der Nacht.

Nichts störte die Einsamkeit und Stille, die Janine umgaben, kein Hauch, kein Geräusch, außer zuweilen das dumpfe Knacken der Steine, die die Kälte zu Sand zerrieb. Nach einer Weile hatte sie indessen das Gefühl, der Himmel über ihr werde gleichsam von einer schwerfällig kreisenden Bewegung mitgezogen. In der Dichte der spröden und kalten Nacht bildeten sich unablässig Tausende von Sternen, und ihre schimmernden, sogleich losgelösten Eiskristalle begannen unmerklich dem Horizont entgegenzugleiten. Janine vermochte sich nicht von der Betrachtung dieser dahintreibenden Lichter loszureißen. Sie kreiste mit ihnen, und das gleiche unbewegliche Ziehen verband sie allmählich mit ihrem tiefinnersten Wesen, wo Kälte und Verlangen nun im Widerstreit lagen. Die Sterne vor ihren Augen fielen einer nach dem anderen herab und erloschen dann inmitten der Steine der Wüste, und jedesmal erschloß Janine sich ein bißchen weiter der Nacht. Sie atmete frei, sie vergaß die Kälte, die menschliche Schwere, das wahngepeitschte oder erstarrte Dasein, die lange Bangigkeit des Lebens und des Sterbens. Nachdem sie so viele Jahre lang, vor der Angst fliehend, blindlings und ziellos dahingestürmt war, hielt sie nun endlich inne. Gleichzeitig hatte sie das Gefühl, zu ihren Wurzeln zurückzufinden, der Saft stieg wieder in ihren jetzt nicht mehr zitternden Körper empor. Den Leib fest an die Brüstung pressend, wartete sie, daß ihr noch immer aufgewühltes Herz ebenfalls die Ruhe finde und es still werde in ihr. Die letzten Sterne ließen ihre Trauben tiefer unten über dem Horizont der Wüste fallen und verhielten unbeweglich. Da begann mit unerträglicher Milde das Wasser der Nacht Janine zu erfüllen, es begrub die Kälte unter sich, von dem geheimen Mittelpunkt ihres Wesens stieg es nach und nach empor und drang in ununterbrochener Flut bis in ihren von Stöhnen übergehenden Mund. Im nächsten Augenblick breitete der ganze Himmel sich über ihr, die rücklings auf der kalten Erde lag.

Als Janine wieder mit derselben Behutsamkeit zurückkehrte, schlief Marcel immer noch. Aber er brummte, als sie sich niederlegte, und richtete sich ein paar Sekunden später jäh auf. Er sagte etwas, aber sie konnte seine Worte nicht verstehen. Er stand auf und zündete das Licht an, das sie wie eine Ohrfeige mitten ins Gesicht traf. Er ging schwankend zum Waschbecken und trank lange aus der Flasche Mineralwasser, die dort stand. Er wollte eben wieder unter die Decke schlüpfen und hatte schon ein Knie auf das Bett gestützt, als er sie anschaute, verständnislos. Sie weinte fassungslos, ohne ihren Tränen Einhalt gebieten zu können. «Es ist nichts, Liebling», sagte sie, «es ist nichts.»

Der Abtrünnige oder Ein verwirrter Geist

Was für ein Kuddelmuddel, was für ein Kuddelmuddel! Ich muß Ordnung in meinen Kopf bringen. Seit sie mir die Zunge abgeschnitten haben, läuft eine andere Zunge, was weiß ich, unaufhörlich in meinem Schädel, etwas redet oder vielleicht jemand, der dann plötzlich verstummt, und nachher fängt alles wieder von vorne an, oh, ich höre zu viele Dinge, die ich jedoch nicht weitersage, was für ein Kuddelmuddel, und wenn ich den Mund öffne, tönt es wie rollende Kiesel. Ordnung, eine Ordnung, sagt die Zunge, und zugleich spricht sie von anderen Dingen, ja, nach Ordnung hat mich immer verlangt. Eines wenigstens ist sicher: ich warte auf den Missionar, der meine Stelle einnehmen soll. Ich befinde mich hier eine Stunde von Taghâza entfernt auf der Piste, ich halte mich zwischen ein paar Felsbrocken verborgen und sitze auf dem alten Gewehr. Der Morgen dämmert über die Wüste, es ist noch sehr kalt, gleich wird es zu heiß sein, dieses Land macht einen verrückt, und ich, seit so vielen Jahren, daß ich sie schon gar nicht mehr nachrechnen kann ... Nein, noch ein bißchen ausgeharrt! Der Missionar muß heute morgen kommen oder heute abend. Ich habe gehört, er werde von einem Führer begleitet sein, vielleicht haben sie nur ein Kamel für sie beide. Ich werde warten, ich warte, die Kälte, die Kälte allein läßt mich zittern. Hab weiter Geduld, dreckiger Sklave!

Seit so langer Zeit schon gedulde ich mich. Als ich noch

daheim war, auf jener Hochebene im Massif Central, mein Vater unflätig, meine Mutter grob, der Wein, jeden Tag die Specksuppe, vor allem der Wein, sauer und kalt, und der lange Winter, der eisige Wind, die Schneeverwehungen, die ekelhaften Farnkräuter, oh, ich wollte fort, sie Knall und Fall verlassen und endlich zu leben anfangen, in der Sonne, mit klarem Wasser. Ich glaubte dem Pfarrer, er erzählte mir vom Seminar, er beschäftigte sich jeden Tag mit mir, er hatte ja Zeit in dieser protestantischen Gegend, wo er die Mauern entlangstrich, wenn er das Dorf durchquerte. Er sprach mir von einer Zukunft und von der Sonne, der Katholizismus ist die Sonne, sagte er, und er hielt mich zum Lesen an, er hat mir Latein in meinen harten Schädel gehämmert, «intelligent dieser Kleine, aber ein rechter Maulesel», so hart war mein Schädel übrigens, daß er in meinem ganzen Leben, sooft ich auch umfiel, noch nie geblutet hat, «Kalbskopf» sagte mein Vater, dieses Schwein. Im Seminar waren sie alle stolz, Zuwachs aus dem protestantischen Gebiet, das war ein Sieg, sie sahen meinem Kommen entgegen wie der Sonne von Austerlitz. Eine bläßliche Sonne allerdings, wegen des Alkohols, sie haben den sauren Wein getrunken, und ihre Kinder haben schlechte Zähne, kch kch, seinen Vater töten, das müßte man, aber keine Gefahr, wahrhaftig, daß er sich der Mission verschreibt, sintemal er schon lange tot ist, der saure Wein hat ihm schließlich den Magen zerlöchert, also bleibt nichts anderes als den Missionar zu töten.

Ich habe eine Rechnung zu begleichen mit ihm und mit seinen Meistern, mit seinen Meistern, die mich betrogen haben, mit dem dreckigen Europa, alle haben sie mich betrogen. Die Mission, dieses Wort führten sie ständig im Mund, zu den Wilden gehen und ihnen sagen: «Hier bringe ich euch meinen Herrn, schaut ihn an, er schlägt nicht, und er tötet nicht, er gebietet mit sanfter Stimme, er hält die andere Wange hin, er ist der größte aller Herren, hanget ihm an, schaut wie er mich zu einem besseren Menschen gemacht hat, beleidigt mich, dann werdet ihr schon sehen.» Ja, ich habe geglaubt, kch kch, und ich fühlte mich als besserer Mensch, ich war dicker geworden, ich war beinahe schön, mich verlangte nach Beleidigungen. Wenn wir im Sommer in dichtgefügten schwarzen Reihen durch das sonnige Grenoble marschierten und Mädchen in leichten Kleidern begegneten, wandte ich für mein Teil die Augen nicht ab, ich verachtete sie, ich wartete darauf, daß sie mich beleidigen sollten, und manchmal lachten sie. Dann dachte ich: ‹Möchten sie mich doch schlagen und mir ins Gesicht spucken!› Aber ihr Lachen war eigentlich nichts anderes, seine Zähne und Stacheln zerfleischten mich, die Beleidigung und das Leiden waren süß! Mein Beichtvater begriff mich nicht, wenn ich mich schlecht machte. «Aber nein, Sie haben auch Gutes in sich!» Gutes! Sauren Wein hatte ich in mir, nichts weiter, und es war auch richtig so, wie soll man besser werden, wenn man nicht schlecht ist, das hatte ich aus allen ihren Lehren wohl herausgemerkt. Im Grunde hatte ich nur das begriffen, eine einzige Idee, und als intelligenter Maulesel blieb ich nicht auf halbem Wege stehen, ich heischte Bußübungen, ich kargte mit dem kärglichen Essen, kurz, ich wollte ebenfalls ein Beispiel sein, auf daß man mich sehe, und wenn man mich sah, dem Ehre erwies, was mich besser gemacht hatte, durch mich hindurch ehret meinen Herrn.

Unzähmbare Sonne! Sie geht auf, die Wüste wandelt sich, sie besitzt nicht mehr die Farbe der Bergzyklamen, oh, meine Berge, und der Schnee, der weiche mollige Schnee, nein, sie ist von etwas grauem Gelb, die undankbare Stunde vor dem großen Blenden. Nichts, noch immer nichts bis zum Horizont dort drüben, wo die Hochebene in einem Kreis noch sanfter Farben verschwimmt. Hinter mir steigt die Piste bis zur Düne, die Taghâza, dessen eiserner Name seit so viel Jahren in meinem Kopf hämmert. Der erste, der mir davon sprach, war der alte, halb blinde Priester, der zur Verrichtung seiner Andachtsübungen ins Kloster kam, aber wieso der erste? Der einzige war er, und was mich an seiner Erzählung in Bann schlug, war nicht die Stadt aus Salz, die weißen Mauern in der glühenden Sonne, sondern die Grausamkeit der wilden Bewohner und der Umstand, daß die Stadt allen Fremden verschlossen blieb, ein einziger unter all denen, die versucht hatten, in sie einzudringen, ein einziger, soviel er wußte, hatte erzählen können, was er gesehen. Sie hatten ihn ausgepeitscht und in die Wüste hinausgejagt, nachdem sie Salz in seine Wunden und in seinen Mund gestreut, er hatte Nomaden getroffen, ausnahmsweise waren sie nicht fühllos, ein Glück, und ich träumte fortan von dieser Erzählung, vom Feuer des Salzes und des Himmels, vom Haus des Fetischs und seinen Sklaven, vermochte man sich etwas Barbarischeres, etwas Erregenderes auszudenken, ja, dort lag meine Aufgabe, und ich mußte hingehen und ihnen meinen Herrn zeigen.

Was hat man mir im Seminar nicht alles entgegengehalten, um mich davon abzubringen, ich müsse zuwarten, es sei kein Land für eine Mission, ich sei nicht reif dafür, ich müsse mich besonders vorbereiten, wissen, wer ich sei, und dann müsse man mich erst noch erproben, und dann würde man sehen! Aber immer warten, o nein! Einverstanden meinetwegen mit der besonderen Vorbereitung und der Erprobung, denn sie fand in Algier statt und brachte mich somit meinem Ziele näher, aber im übrigen schüttelte ich meinen harten Schädel und wiederholte immer das gleiche, zu den wildesten Barbaren gehen und mit ihnen leben, ihnen in ihrer eigenen Umgebung und sogar im Hause des Fetischs durch das Beispiel zeigen, daß die Wahrheit meines Herrn stärker war. Sie würden mich zweifellos beleidigen, aber die Beleidigungen flößten mir keine Angst ein, sie gehörten zur Beweisführung, und durch die Art und Weise, wie ich sie erduldete, mußte ich diese Wilden unterwerfen wie eine machtvolle Sonne. Machtvoll, ja, das war das Wort, von dem ich mir ohne Unterlaß die Zunge kitzeln ließ, ich träumte von der unumschränkten Macht, jener Macht, die den Gegner zur Übergabe zwingt, sein Knie zur Erde beugt, ihn schließlich bekehrt, und je größer die Blindheit, die Grausamkeit, die Selbstsicherheit und Überzeugungstreue des Widersachers ist, desto lauter verkündet seine Unterwerfung die Herrlichkeit dessen, der seine Niederlage herbeigeführt hat. Biedere, ein bißchen in die Irre gegangene Leute zu bekehren, war das klägliche Ideal unserer Priester, ich verachtete sie, weil sie so viel vermochten und so wenig wagten, sie hatten den Glauben nicht, und ich hatte ihn, ich wollte selbst von den Henkersknechten anerkannt werden, sie in die Knie zwingen und ihnen den Ruf abtrotzen: «Herr, sieh deinen Sieg», kurz, ich wollte mit dem bloßen Wort über ein Heer von Ungerechten herrschen. Ah, ich war gewiß, in dieser Sache recht zu haben, sonst war ich meiner selbst nie sehr sicher, aber wenn ich einmal eine Idee habe, lasse ich nicht mehr locker, das ist meine Stärke, jawohl, die eigene Stärke in mir, mit dem sie alle Mitleid hatten!

Die Sonne ist höher gestiegen, meine Stirn beginnt zu glühen. Die Steine rings um mich knacken dumpf, nur der Lauf des Gewehrs ist kühl, kühl wie die Wiesen, wie der Abendregen, einst, wenn die Suppe leise brodelte, sie warteten auf mich, mein Vater und meine Mutter, die mir manchmal zulächelten, vielleicht liebte ich sie. Aber das ist vorbei, ein Hitzeschleier beginnt von der Piste aufzusteigen, komm, Missionar, ich warte auf dich, ich weiß jetzt, was es der Botschaft zu erwidern gilt, meine neuen Herren haben mir die Lektion beigebracht, und ich weiß, daß sie recht haben, man muß es der Liebe heimzahlen. Als ich aus dem Seminar in Algier floh, stellte ich sie mir anders vor, diese Barbaren, nur etwas hatte ich mir richtig ausgemalt, sie sind böse. Ich hatte die Kasse des Verwalters gestohlen und die Soutane ausgezogen, ich habe den Atlas überquert, die Hochebenen und die Wüste, der Fahrer der Transsahara-Gesellschaft warnte mich höhnisch, «geh nicht dorthin», auch er, was hatten sie bloß alle, und über Hunderte von Kilometern die Wogen von Sand, zerzaust, vom Wind vorwärtsgepeitscht und wieder zurückgetrieben, und von neuem das Gebirge, lauter schwarze Zacken und Grate, scharf geschliffen wie Eisen, und dann mußte man einen Führer nehmen, um über das Meer aus braunen Kieseln zu gehen, das kein Ende nehmen wollte, das vor Hitze brüllte und aus tausend feuergespickten Spiegeln brannte, bis zu jener Stelle an der Grenze zwischen der Erde der Schwarzen und dem weißen Land, wo die Stadt aus Salz sich erhebt. Und das Geld, das der Führer mir gestohlen hat, vertrauensselig, wie immer vertrauensselig hatte ich es ihm gezeigt, er aber ließ mich auf der Piste, ungefähr hier, nachdem er mich geschlagen hatte, «Hund, dort ist der Weg, ich halte mein Wort, geh dorthin, sie werden es dir schon beibringen», und sie haben es mir beigebracht, o ja, sie sind wie die Sonne, die nicht aufhört, immerfort zu strafen, außer nachts, gleißend und hoffärtig, die mich in diesem Augenblick hart straft, zu hart, mit glühenden, plötzlich aus dem Boden aufschießenden Lanzen o Zuflucht, ja Zuflucht unter dem großen Felsen, ehe alles sich verwirrt.

Der Schatten hier tut gut. Wie kann man in der sälzernen Stadt leben, auf dem Grund jenes von Weißglut erfüllten Bekkens? Auf einer jeden der senkrechten, mit dem Pickel gehauenen und grob geglätteten Mauern sträuben sich die vom Werkzeug hinterlassenen Kerben wie blendende Schuppen, verwehter heller Sand gibt ihnen eine gelbliche Färbung, außer wenn der Wind die schroffen Wände und die Terrassen reinfegt, dann erglänzt alles in blitzender Weiße, und der Himmel ist ebenfalls bis zu seiner blauen Rinde abgeschrubbt. Blind wurde ich in jenen Tagen, da der Brand stundenlang unbeweglich über den weißen Terrassen prasselte, die sich alle zusammenzuschließen schienen, als hätten ihre Bewohner vor Zeiten einmal vereint einen Salzberg angegriffen, ihn zuerst eingeebnet und dann in der Substanz selber die Straßen, das Innere der Häuser und die Fenster ausgehöhlt, oder als hätten sie, ja, das ist besser, als hätten sie ihre weiße brennende Hölle mit kochendem Wasser wie mit einem Lötkolben ausgeschnitten, nur eben um zu zeigen, daß sie an einem Ort zu wohnen verstünden, wo sonst keiner es je vermöchte, dreißig Tage von allem Leben entfernt, in dieser Vertiefung inmitten der Wüste, wo die Hitze des Mittags jede Berührung zwischen den Menschen verbietet, ein Fallgatter unsichtbarer Flammen und siedender Kristalle zwischen ihnen aufrichtet, wo die Kälte der Nacht sie ohne Übergang einzeln in ihren Gemmenmuscheln erstarren läßt, nächtliche Bewohner einer trockenen Eisscholle, schwarze Eskimos, die auf einmal in ihren würfligen Iglus vor Kälte zittern. Schwarz, ja, denn sie sind in lange schwarze Tücher gekleidet, und das Salz, das Haut und Knochen durchdringt, dessen Bitterkeit man im Polarschlaf der Nächte auf der Zunge spürt, das man im Wasser der Quelle trinkt, der einzigen, in einer glänzenden Höhlung gesammelten, es hinterläßt auf ihren Gewändern manchmal schmierige Spuren wie Schnecken nach dem Regen.

Regen, o Herr, einen einzigen richtigen Regen, lang und kräftig, den Regen deines Himmels! Dann endlich würde die allmählich unterhöhlte, fürchterliche Stadt langsam und unaufhaltsam in sich zusammensinken und, gänzlich zu einem schleimigen Wildbach zerschmolzen, ihre grausamen Bewohner in den Sand hinausschwemmen. Einen einzigen Regen, Herr! Aber was denn, welcher Herr, sie sind die Herren! Sie herrschen über ihre unfruchtbaren Häuser, ihre schwarzen Sklaven, die sie im Bergwerk zu Tode schinden, und jede ausgehauene Salzplatte ist in den Ländern des Südens ein Menschenleben wert, sie gehen schweigend, in ihre Trauerschleier gehüllt, durch die mineralische Weiße der Straßen, und wenn die Nacht hereingebrochen ist und die ganze Stadt wie ein milchiger Schemen anmutet, treten sie gebückt in den Schatten der Häuser, wo die Wände aus Salz leise schimmern. Sie schlafen einen schwerelosen Schlaf, und sobald sie erwacht sind, erteilen sie ihre Befehle, sie schlagen drein und sagen, daß sie ein einziges Volk sind, daß ihr Gott der einzig wahre ist und daß man gehorchen muß. Sie sind meine Herren, sie kennen kein Mitleid, und nach Herrenart wollen sie allein sein, allein vorwärtsschreiten, allein herrschen, da sie allein den Wagemut hatten, in Salz und Sand eine kalte, sengende Stadt zu bauen. Und ich ...

Was für ein Kuddelmuddel, wenn die Hitze zunimmt, ich schwitze, sie nie, jetzt wird auch der Schatten heiß, ich spüre die Sonne auf dem Stein über mir, sie sticht, sie hämmert auf alle Steine nieder, und das ist die Musik, die mächtige Musik des Mittags, Schwingung von Luft und Gestein über Hunderte von Kilometern, kch, wie früher wird die Stille mir vernehmbar. Ja, diese gleiche Stille war es, die mich vor Jahren empfing, als die Wächter mich in der Sonne vor sie führten, in die Mitte des Platzes, von dem aus die übereinandergeschichteten Terrassen sich allmählich gegen den auf den Rändern des Beckens aufliegenden Deckel aus hartblauem Himmel erheben. Da lag ich, in der Vertiefung dieses weißen Schildes auf die Knie geworfen, die Augen zerstochen von den Schwertern aus Salz und Feuer, die aus allen Mauern zuckten, bleich vor Müdigkeit, das Ohr blutig vom Schlag, den der Führer mir gegeben hatte, und sie, groß und schwarz, schauten mich wortlos an. Der Tag stand in seiner Mitte. Unter den Hämmern der eisernen Sonne erklirrte der Himmel, weißglühendes Blech, die gleiche Stille umfing mich, und sie schauten mich an, die Zeit verging, sie hörten nicht auf, mich anzuschauen, aber ich konnte ihren Blicken nicht standhalten, ich keuchte stärker und stärker, schließlich weinte ich, und plötzlich kehrten sie mir schweigend den Rücken und gingen alle zusammen in der gleichen Richtung davon. Auf den Knien liegend, sah ich unter den langen, dunklen, bei jedem Schritt wippenden Kleidern nur ihre salzschimmernden Füße in den roten und schwarzen Sandalen mit der leicht aufwärts geschwungenen Spitze und den leise klappernden Absätzen, und als der Platz leer war, schleppte man mich in das Haus des Fetischs.

Kauernd wie heute im Schutze des Felsens, und das Feuer über meinem Kopf dringt durch die Dichte des Gesteins, blieb ich mehrere Tage im schattigen Hause des Fetischs, das ein wenig höher ist als die anderen, umgeben von einem Salzwall, doch fensterlos, erfüllt von funkelnder Nacht. Mehrere Tage, und man gab mir einen Napf mit brackigem Wasser und Körner, die man mir hinwarf wie den Hühnern, ich las sie auf. Tagsüber blieb die Tür verschlossen, und doch wurde das Dunkel lichter, als gelänge es der unwiderstehlichen Sonne, sich einen Weg durch die Salzmassen zu bahnen. Keine Lampe, aber wenn ich mich die Wände entlangtastete, berührte ich Girlanden von dürren Palmblättern, die die Mauern schmückten, und im Hintergrund eine kleine, grob gehauene Tür, deren Riegel ich mit den Fingerspitzen befühlte. Später, viel später, ich vermochte die Tage oder Stunden nicht zu zählen, aber man hatte mir eine Handvoll Körner etwa zehnmal hingeworfen, und ich hatte ein Loch gegraben für meinen Kot, den ich bedeckte, jedoch vergebens, der Zwingergeruch haftete in der Luft, ja, viel später öffneten sich beide Flügel der Tür, und sie kamen herein.

Einer von ihnen trat auf mich zu, der ich in einer Ecke kauerte. Ich spürte an meiner Wange das Feuer des Salzes, ich atmete den Staubgeruch der Palmen, ich sah ihn kommen. Einen Meter vor mir blieb er stehen, starrte mich schweigend an, ein Zeichen, ich stand auf, er starrte mich an aus seinen Metallaugen, die ausdruckslos in seinem braunen Pferdegesicht glänzten, dann erhob er die Hand. Immer noch unbeteiligt faßte er mich bei der Unterlippe, langsam begann er zu schrauben, bis das Fleisch aufriß, und zwang mich dann, ohne die Zange der Finger zu lösen, mich um mich selber zu drehen und zurückzuweichen in die Mitte des Raums, er zog an meiner Lippe, so daß ich dort wie betäubt mit blutendem Mund auf die Knie fiel, dann kehrte er sich ab und gesellte sich zu den anderen, die den Wänden entlang standen. Sie schauten zu, wie ich stöhnte im unerträglichen Brand des schattenlosen Tages, der durch die weitgeöffnete Tür floß, und in diesem Licht tauchte der Zauberer auf, das Haupt mit Basthaar bedeckt, den Oberkörper in einem Panzer von Perlen, mit nackten Beinen unter einem Strohrock, einer Maske aus Schilf und Gras, in der zwei rechteckige Öffnungen ausgeschnitten waren für die Augen. Ihm folgten Musikanten und Frauen in schweren bunten Gewändern, die nichts von ihrem Körper verrieten. Sie tanzten vor der hinteren Tür, aber einen ungeschlachten Tanz mit kaum angedeutetem Rhythmus, sie bewegten sich, weiter nichts, und schließlich öffnete der Zauberer die kleine Tür hinter mir, die Meister rührten sich nicht, sie schauten mich an, ich wandte mich um und sah den Fetisch, seinen axtgleichen Doppelkopf, seine wie eine Schlange gewundene Nase aus Eisen.

Man trug mich vor ihn, an den Fuß des Sockels, man gab mir ein schwarzes Wasser zu trinken, ein bitteres, bitteres Wasser, und alsbald fing mein Kopf an zu brennen, ich lachte, das ist die Beleidigung, ich bin beleidigt worden. Sie zogen mir die Kleider aus, schoren mir Schädel und Leib kahl, wuschen mich mit Öl, schlugen mir mit wasser- und salzgetränkten Seilen ins Gesicht, und ich lachte und wandte den Kopf ab, aber jedesmal nahmen zwei Frauen mich bei den Ohren und boten mein Gesicht den Schlägen des Zauberers dar, von dem ich nur die viereckigen Augen sah, ich lachte noch immer, blutüberströmt. Sie hielten inne, niemand sprach, nur ich, das Kuddelmuddel begann schon in meinem Kopf, dann hoben sie mich auf und zwangen mich, die Augen auf den Fetisch zu richten, ich lachte nicht mehr. Ich wußte, daß ich ihm jetzt geweiht war, um ihm zu dienen, ihn anzubeten, nein, ich lachte nicht mehr, die Angst und der Schmerz erstickten mich. Und dort in diesem weißen Haus, zwischen diesen Mauern, die die Sonne draußen mit Feuereifer versengte, ja, dort versuchte ich mit angespanntem Gesicht und erschöpftem Gedächtnis zum Fetisch zu beten, es gab nur ihn, und sein fürchterliches Gesicht war sogar weniger fürchterlich als der Rest der Welt. Nun fesselten sie meine Knöchel mit einem Strick, der die Länge meines Schritts freigab, dann tanzten sie wieder, aber diesmal vor dem Fetisch, und die Meister gingen einer nach dem anderen hinaus.

Als die Tür sich hinter ihnen geschlossen hatte, wieder Musik, und der Zauberer zündete ein Feuer von Palmrinde an, um das herum er hüpfte, seine Silhouette brach sich in den Winkeln der weißen Wände, zuckte auf den glatten Flächen, füllte den Raum mit tanzenden Schatten. Er zeichnete ein Rechteck in einen Winkel, die Frauen schleppten mich dorthin, ich spürte ihre trockenen und weichen Hände, sie stellten einen Napf mit Wasser und ein Häufchen Körner neben mich und wiesen auf den Fetisch, ich begriff, daß ich die Augen auf ihn gerichtet halten mußte. Dann rief der Zauberer sie eine nach der anderen zum Feuer, er schlug mehrere, sie stöhnten und warfen sich nachher vor dem Fetisch, meinem Gott, nieder, während der Zauberer wiederum tanzte, und sie mußten alle hinausgehen, bis nur noch eine zurückblieb, eine ganz junge, die bei den Musikanten kauerte und noch nicht geschlagen worden war. Er hielt sie an ihrem Zopf, den er immer enger um seine Faust schlang, mit aus den Höhlen tretenden Augen hing ihr Kopf nach hinten, bis sie endlich auf den Rücken fiel. Der Zauberer ließ sie los und schrie, die Musikanten kehrten sich der Wand zu, während hinter der Maske mit den rechteckigen Augen der Schrei anschwoll bis zur Grenze des Möglichen, und die Frau wälzte sich in Zuckungen am Boden, und auf allen vieren endlich, den Kopf in den verschränkten Armen vergraben, schrie auch sie, aber dumpf, und so, ohne aufzuhören zu brüllen und den Fetisch anzuschauen, besprang sie der Zauberer hurtig und böse, ohne daß man das jetzt unter den schweren Falten des Kleides verborgene Gesicht der Frau sehen konnte. Und ich, schrie ich nicht auch, von Sinnen in meiner Einsamkeit, brüllte ich nicht vor Entsetzen dem Fetisch entgegen, bis ein Fußtritt mich an die Mauer schleuderte, wo ich in Salz biß, wie ich heute in den Felsen beiße mit meinem Mund ohne Zunge, während ich auf den warte, den ich töten muß.

Nun hat die Sonne den Zenit ein wenig überschritten. Zwischen den Spalten des Felsens sehe ich das Loch, das sie in das überhitzte Metall des Himmels brennt, einen Mund, gesprächig wie der meine, und der unaufhörlich Flammenströme über die farblose Wüste speit. Auf der Piste vor mir nichts, kein Stäubchen am Horizont, hinter mir suchen sie mich wohl, nein, noch nicht, am späten Nachmittag erst öffnete man die Tür, damit ich ein bißchen hinausgehen konnte, nachdem ich den ganzen Tag das Haus des Fetischs gereinigt und die Opfergaben erneuert hatte, und am Abend begann dann die

Zeremonie, in deren Verlauf ich manchmal geschlagen wurde und manchmal nicht, aber immer diente ich dem Fetisch, dem Fetisch, dessen Bild mir mit dem Eisen ins Gedächtnis gebrannt ist und jetzt auch in die Hoffnung. Noch nie hatte ein Gott mich so in seinen Besitz und seinen Dienst genommen, mein ganzes Leben war ihm Tag und Nacht geweiht, und der Schmerz und das Fehlen von Schmerz, denn ist nicht das Freude? waren sein, und selbst, ja selbst das Verlangen, da ich nun beinahe jeden Tag jener unpersönlichen und bösen Vereinigung beiwohnen mußte, die ich hörte, ohne sie zu sehen, denn ich war jetzt gezwungen, mich der Wand zuzukehren, wollte ich nicht geschlagen werden. Von den tierischen Schatten überflackert, die auf der Wand zuckten, drückte ich mein Gesicht an das Salz, hörte den langen Schrei, und meine Kehle war trocken, und ein glühendes Verlangen ohne Geschlecht schnürte mir Schläfen und Leib. So folgte Tag auf Tag, ich unterschied sie kaum voneinander, als verflüssigten sie sich in der sengenden Hitze und der tückischen Rückstrahlung der Salzmauern, die Zeit war nur mehr ein gestaltloses Plätschern, in dem einzig in regelmäßigen Abständen Schreie des Schmerzes oder des Besitzens ertönten, ein langer, altersloser Tag, da der Fetisch herrschte wie diese blutrünstige Sonne über meinem Felsenhaus, und jetzt wie damals weine ich vor Unglück und vor Verlangen, von einer bösen Hoffnung verzehrt, ich will verraten, ich lecke den Lauf meines Gewehrs und seine Seele im Inneren, seine Seele, die Gewehre allein besitzen eine Seele, o ja, am Tag, da man mir die Zunge abschnitt, habe ich gelernt, die unsterbliche Seele des Hasses anzubeten!

Was für ein Kuddelmuddel, was für eine Raserei, kch, kch, trunken vor Hitze und Zorn, zu Boden geworfen, auf meinem Gewehr liegend! Wer keucht da? Ich kann diese unaufhörliche Hitze nicht länger ertragen, dieses Warten, ich muß ihn töten. Kein Vogel, kein Grashalm, Steine, ein dürres Verlangen, Schweigen, ihre Schreie, diese Zunge in mir, die spricht, und seitdem sie mich verstümmelt haben, das lange Leiden, flach und öde, selbst des Wassers der Nacht beraubt, jener Nacht, von der ich träumte, wenn ich mit dem Gott in meinem sälzernen Bau eingeschlossen war. Einzig die Nacht mit ihren kühlen Sternen und ihren dunklen Brunnen vermochte mich zu retten, mich endlich den bösen Göttern der Menschen zu entreißen, aber ich blieb stets eingeschlossen und konnte sie nicht betrachten. Wenn der andere noch lange nicht kommt, werde ich sie wenigstens aus der Wüste aufsteigen und den Himmel überfluten sehen, kalte goldene Traube, die vom dunklen Zenit herabhängen wird und wo ich nach Herzenslust werde trinken können, jenes schwarze ausgetrocknete Loch befeuchten, das von keinem lebenden, geschmeidigen Muskel aus Fleisch mehr gekühlt wird, endlich jenen Tag vergessen, da der Wahnsinn mich bei der Zunge faßte.

Wie heiß es war, heiß, das Salz schmolz, so kam es mir wenigstens vor, die Luft zerfraß meine Augen, und der Zauberer trat ein ohne Maske. Beinahe nackt unter einem grauen zerlumpten Kleid folgte ihm eine neue Frau, deren Gesicht von einer die Maske des Fetischs nachzeichnenden Tätowierung bedeckt war und nichts anderes ausdrückte als eine böse götzenhafte Starrheit. Einzig ihr dünner, flacher Körper lebte, er sank zu Füßen des Gottes zusammen, als der Zauberer die Tür der hinteren Kammer aufschloß. Dann ging er hinaus, ohne mich anzusehen, die Hitze nahm zu, ich rührte mich nicht, der Fetisch schaute mich an über den unbeweglichen Leib hinweg, dessen Muskeln leise zuckten, und das Götzengesicht der Frau veränderte sich nicht, als ich mich ihm näherte. Nur ihre Augen wurden größer, während sie mich starr anblickten, meine Füße berührten die ihren, da fing die Hitze an zu brüllen, und das Götzenbild sagte nichts, schaute mich aus seinen geweiteten Augen an und drehte sich allmählich auf den Rücken, zog langsam die Beine an und hob sie in die Höhe, während es die Knie sanft auseinanderbog. Aber sogleich darauf, kch, der Zauberer hatte mich belauert, traten sie alle ein und entrissen mich der Frau, schlugen mich entsetzlich auf die Stelle der Sünde, der Sünde, welcher Sünde, daß ich nicht lache, wo ist sie und wo die Tugend, sie drückten mich an die Mauer, eine stählerne Hand umklammerte meine Kiefer, eine andere öffnete mir den Mund und zog an meiner Zunge, bis sie blutete, war ich das, der da schrie wie in Tier, eine schneidende und kühle Liebkosung, ja, endlich kühl, strich über meine Zunge. Als ich wieder zu mir kam, war ich allein im Dunkeln, eng an die Wand geschmiegt, von verkrustetem Blut bedeckt, ein Knebel von seltsam riechenden getrockneten Kräutern steckte in meinem Mund, er blutete nicht mehr, aber er war leer, und in dieser Leere lebte einzig ein quälender Schmerz. Ich wollte aufstehen und fiel zu Boden, glücklich, verzweifelt glücklich, endlich zu sterben, auch der Tod ist kühl, und in seinem Schatten wohnt kein Gott.

Ich bin nicht gestorben, ein junger Haß stand eines Tages mit mir zusammen auf, ging zur Tür der hinteren Kammer, öffnete sie und schloß sie hinter mir, ich haßte die Meinen, der Fetisch war da, und aus der Tiefe des Abgrunds, in dem ich mich befand, betete ich nicht nur zu ihm, nein, ich glaubte an ihn und schwor allem ab, was ich bis dahin geglaubt hatte. Heil, er war die Kraft und die Macht, und man konnte ihn zerstören, doch nicht bekehren, mit seinen leeren verrosteten Augen schaute er über meinen Kopf hinweg. Heil, er war der Meister, der einzige Herr, dessen unbestreitbares Merkmal die Bosheit war, es gibt keine guten Meister. Ich war so beleidigt worden, daß ein einziger Schmerz meinen ganzen Körper zum Schreien brachte, und zum erstenmal gab ich mich dem Fetisch hin und billigte seine unheilstiftende Ordnung, ich betete in ihm das böse Prinzip der Welt an. Gefangener seines Reichs, der unfruchtbaren, in einen Salzberg gehauenen Stadt, die von der Natur abgeschnitten war, der flüchtigen und seltenen Blütezeiten der Wüste beraubt, jenen Zufällen oder Zärtlichkeiten entzogen, die selbst der Sonne oder den Sandböden zuteil werden, eine unvermutete Wolke, ein kurzer Platzregen, Gefangener der Stadt der Ordnung, der rechten Winkel, der viereckigen Räume, der steifen Menschen, freiwillig machte ich mich zu ihrem haßerfüllten, gemarterten Untertan, ich verleugnete die lange Geschichte, die man mich gelehrt hatte. Man hatte mich betrogen, einzig das Reich der Bosheit war fugenlos, man hatte mich betrogen, die Wahrheit ist viereckig, schwer und dicht, sie verträgt keine Abstufungen, das Gute ist ein Traum, ein unaufhörlich hinausgeschobenes und mit erschöpfendem Bemühen verfolgtes Vorhaben, eine Grenze, die man nie erreicht, sein Reich ist unmöglich, einzig das Böse kann bis zu seinen Grenzen gehen und unumschränkt herrschen, ihm muß man dienen, um sein Reich sichtbar aufzurichten, später wird man weitersehen, später, was soll das heißen, einzig das Böse ist gegenwärtig, nieder mit Europa, der Vernunft, der Ehre und dem Kreuz. Ja, ich mußte mich zu dem Glauben meiner Meister bekehren, ja ja, ich war ein Sklave, aber wenn auch ich böse bin, bin ich kein Sklave mehr, trotz meinen gefesselten Füßen und meinem stummen Mund. Oh, diese Hitze macht mich wahnsinnig, die Wüste schreit überall in dem unerträglichen Licht, und ihm, dem anderen, dem Herrn der Sanftmut, dessen bloßer Name mich mit Abscheu erfüllt, ihm schwöre ich ab, denn jetzt kenne ich ihn. Er träumte, und er wollte lügen, man hat ihm die Zunge abgeschnitten, damit sein Wort die Welt nicht mehr betrügt, man hat ihn mit Nägeln durchbohrt, sogar den Kopf, seinen armen Kopf, wie jetzt der meine, was für ein Kuddelmuddel, wie müde ich bin, und die Erde hat nicht gebebt, dessen bin ich gewiß, nicht einen Gerechten hat man umgebracht, ich weigere mich, das zu glauben, es gibt keine Gerechten, sondern böse Meister, die der unerbittlichen Wahrheit zur Herrschaft verhelfen. Ja, allein der Fetisch hat die Macht, er ist der einzige Gott auf dieser Welt, der Haß ist sein Gebot, die Quelle allen Lebens, das frische Wasser, frisch wie die Minze, die den Mund kühlt und den Magen verbrennt.

Da bin ich ein anderer geworden. Sie merkten es, ich küßte ihnen die Hand, wenn ich ihnen begegnete, ich gehörte zu ihnen, bewunderte sie stets aufs neue, vertraute ihnen, ich hoffte, sie würden die Meinen verstümmeln, wie sie mich verstümmelt hatten. Und als ich erfuhr, daß der Missionar kommen werde, wußte ich, was ich zu tun hatte. Jener Tag, der gleich war wie alle anderen, dieser eine blendende Tag, der schon so lange dauerte! Am späten Nachmittag sah man einen Wächter auftauchen, der auf dem Rand des Beckens dahinrannte, und ein paar Minuten später wurde ich ins Haus des Fetischs geschleppt und die Tür geschlossen. Einer von ihnen hielt mich im Dunkeln mit der Drohung seines kreuzförmigen Säbels am Boden nieder, und die Stille währte lange, bis schließlich ein ungewohnter Lärm die sonst so ruhige Stadt erfüllte, Stimmen, die ich lange nicht verstand, weil sie meine Sprache redeten, aber sobald sie erklangen, senkte sich die Spitze der Klinge auf meine Augen, und mein Wächter starrte mich schweigend an. Da näherten sich zwei Stimmen, die ich jetzt noch höre, die eine fragte, warum dieses Haus bewacht werde, ob man die Tür aufbrechen solle, Herr Leutnant, und die andere sagte «Nein», in knappem Ton, und nach einer Weile fügte sie hinzu, es sei ein Abkommen getroffen worden, wonach die Stadt eine Garnison von zwanzig Mann dulden werde unter der Bedingung, daß sie außerhalb der Stadtwälle lagerten und die Bräuche achteten. Der Soldat lachte, sie geben klein bei, aber der Offizier war nicht so sicher, auf jeden Fall ließen sie es zum erstenmal zu, daß jemand kam, um sich der Kinder anzunehmen, und das sollte der Feldprediger sein, mit dem Land würde man sich später befassen. Der andere sagte, sie würden dem Feldprediger das Bewußte abschneiden, wenn die Soldaten nicht zur Stelle wären. «O nein!» antwortete der Offizier, «Pater Beffort wird sogar vor der Garnison eintreffen, in zwei Tagen wird er hier sein.» Ich hörte nichts weiter, unbeweglich unter der Klinge geduckt, es tat weh, ein Rad von Nadeln und Messern drehte sich in mir. Sie waren verrückt, sie waren verrückt, sie ließen es zu, daß man an ihre Stadt rührte, an ihre unbesiegbare Macht, an den wahren Gott, und dem anderen, demjenigen, der kommen sollte, würde man nicht die Zunge abschneiden, er würde sich mit seiner unverschämten Güte brüsten, ohne etwas zu bezahlen, ohne Beleidigungen zu erdulden. Die Herrschaft des Bösen würde verzögert, es würde wieder Zweifel geben, von neuem würde man seine Zeit damit verlieren, vom unmöglichen Guten zu träumen, sich in fruchtlosen Bemühungen erschöpfen, anstatt das Kommen des einzig möglichen Reiches zu beschleunigen, und ich schaute die Klinge an, die mich bedrohte, o Macht, die du allein herrschest über die Welt! O Macht, und die Stadt entleerte sich nach und nach ihrer Geräusche, die Türen wurden endlich geöffnet, und ich blieb allein mit dem Fetisch, versengt und bitter, und ich schwor ihm, meinen neuen Glauben zu retten, meine wahren Meister, meinen herrschsüchtigen Gott, ich schwor ihm, ein guter Verräter zu sein, was immer es mich kosten mochte.

Kch, die Hitze läßt ein wenig nach, die Steine vibrieren nicht mehr, ich kann aus meinem Loch heraustreten und schauen, wie die Wüste sich nach und nach mit allen Tönungen von Gelb und Ocker und bald auch Violett überzieht. In der folgenden Nacht wartete ich, bis sie schliefen, ich hatte das Schloß der Tür gesperrt, mit dem gewohnten, vom Strick bemessenen Schritt ging ich hinaus, ich kannte die Straßen, ich wußte, wo ich das alte Gewehr finden würde, welcher Ausgang nicht bewacht war, und ich gelangte hierher zu der Zeit, da sich die Nacht um eine Handvoll Sterne herum entfärbt, während die Wüste etwas dunkelt. Und jetzt scheint mir, ich kauere schon seit Tagen in diesen Felsen. Schnell, schnell, oh, daß er doch schnell käme! Gleich werden sie anfangen, mich zu suchen, nach allen Seiten werden sie auf den Pisten ausschwärmen, sie wissen nicht, daß ich ihretwegen fortgegangen bin, um ihnen besser zu dienen, meine Beine sind schwach, trunken vor Hunger und Haß. Oh, oh, dort drüben, kch, kch, am Ende der Piste, tauchen zwei Kamele auf, werden größer, traben im Paßgang, von kurzen Schatten bereits überholt, sie laufen auf die lebhafte und verträumte Art, an der man sie immer erkennt. Da sind sie endlich, da sind sie.

Das Gewehr, schnell, und schnell entsichert. O Fetisch, mein Gott dort drüben, auf daß deine Macht erhalten bleibe, die Beleidigung sich vermehre, der Haß gnadenlos über eine

Welt von Verdammten herrsche, das Böse auf immer Herr sei und endlich das Reich komme, da in einer einzigen Stadt von Salz und Eisen schwarze Tyrannen mitleidlos unterjochen und besitzen! Und jetzt, kch, kch, Feuer auf das Mitleid, Feuer auf die Ohnmacht und ihre Nächstenliebe, Feuer auf alles, was das Kommen des Bösen verzögert, zweimal Feuer, und da fallen sie nach hinten, stürzen zu Boden, und die Kamele fliehen geradeaus zum Horizont, wo ein Geiser schwarzer Vögel sich eben in den unveränderten Himmel erhoben hat. Ich lache, lache, dieser dort windet sich in seinem verabscheuten Gewand, er richtet den Kopf ein wenig auf, sieht mich, mich, seinen allmächtigen Meister mit den gefesselten Füßen, warum lächelt er mir zu, ich zerschmettere dieses Lächeln! Wie gut tönt das Geräusch des Kolbens auf dem Gesicht der Güte, heute, heute endlich ist alles vollbracht, und überall in der Wüste, in stundenweiter Entfernung, wittern Schakale in den nicht vorhandenen Wind und setzen sich dann in Bewegung, laufen in einem kleinen geduldigen Trab dem Aasmahl entgegen, das ihrer harrt. Sieg! Ich erhebe die Arme zum Himmel, der weich wird, am gegenüberliegenden Rand ahnt man einen violetten Schatten, o Nächte Europas, Heimat, Kindheit, warum muß ich weinen im Augenblick des Triumphs?

Er hat sich bewegt, nein, das Geräusch kommt von anderswo, von der anderen Seite dort drüben, sie sind es, sie stürzen herbei wie ein Schwarm dunkler Vögel, meine Meister, sie werfen sich auf mich, o ja, schlagt zu, sie fürchten, ihre Stadt aufbrüllend zerfetzt zu sehen, sie fürchten die Rache der Soldaten, die ich, das eben mußte sein, auf die heilige Stadt herabrief. Verteidigt euch jetzt, schlagt zu, schlagt mich zuerst, ihr besitzt die Wahrheit! O meine Meister, dann werden sie die Soldaten besiegen, sie werden das Wort und die Liebe besiegen, sie werden die Wüsteneien durchqueren und über die Meere fahren, das Licht Europas mit ihren schwarzen Schleiern verdunkeln, schlagt auf den Leib, ja, schlagt auf die Augen, werden ihr Salz auf dem Kontinent aussäen, alles Pflanzenleben, alle Jugend wird erlöschen, und stumme Menschenheere mit gefesselten Füßen werden mir zur Seite unter der grausamen Sonne des wahren Glaubens durch die Wüste der Welt ziehen, ich werde nicht mehr allein sein. Ah, wie weh tun sie mir, wie weh, ihr Wüten tut wohl, und auf dem Kriegersattel, auf dem sie mich jetzt in Stücke reißen, Mitleid, lache ich, ich liebe den Schlag, der mich kreuzigt.

Wie still die Wüste ist! Schon ist es Nacht, und ich bin allein, mich dürstet. Wieder warten, wo ist die Stadt, dieser Lärm in der Ferne, und vielleicht siegen die Soldaten, nein, das darf nicht sein, sogar wenn die Soldaten siegen, sind sie nicht böse genug, sie werden nicht zu herrschen verstehen, sie werden immer noch sagen, man müsse besser werden, und immer noch schwanken Millionen von Menschen verstört und zerrissen zwischen Böse und Gut, o Fetisch, warum hast du mich verlassen? Alles ist zu Ende, mich dürstet, mein Leib brennt, dunklere Nacht füllt meine Augen.

Dieser lange, dieser lange Traum, ich erwache, doch nein, ich werde sterben, der Morgen graut, für andere Lebende der Tag, für mich die erbarmungslose Sonne, die Fliegen. Wer spricht, niemand, der Himmel öffnet sich nicht, nein, nein, Gott spricht nicht in der Wüste, und doch, woher kommt diese Stimme, die sagt: «Wenn du bereit bist, um des Hasses und der Macht willen zu sterben, wer wird uns dann vergeben?» Ist es eine andere Zunge in mir oder immer noch dieser hier zu meinen Füßen, der nicht sterben will und ständig wiederholt: «Mut, Mut, Mut»? Ach wenn ich mich wiederum getäuscht hätte! Menschen, die ihr ehemals Brüder wart, einzige Zuflucht, o Einsamkeit, verlaßt mich nicht! Hier, hier, wer bist du, zerrissen, mit blutendem Mund, du bist es, Zauberer, die Soldaten haben dich besiegt, dort drüben brennt das Salz, du bist es, mein geliebter Meister! Laß dieses Haßgesicht, sei gut jetzt, wir haben uns getäuscht, wir wollen von vorne anfangen, wir werden die Stadt des Erbarmens neu erbauen, ich will heim. Ja, hilf mir, so ist's recht, reich deine Hand, gib . . .

Eine Handvoll Salz verschloß den Mund des geschwätzigen Sklaven.

Die Stummen

Es war mitten im Winter, doch brach über der bereits geschäftigen Stadt ein strahlender Tag an. Hinter der Mole verschwammen Meer und Himmel in einem einzigen Glanz. Yvars indessen sah nichts davon. Mühsam radelte er die den Hafen überblickenden Boulevards entlang. Sein verkrüppeltes Bein ruhte steif auf dem unbeweglichen Pedal des Fahrrads, während das gesunde sich abmühte, das von der nächtlichen Feuchtigkeit noch nasse Pflaster zu meistern. Schmächtig sah er aus auf seinem Rad; ohne den Kopf zu wenden, vermied er die Schienen der ehemaligen Straßenbahn, wich mit einer ruckartigen Bewegung der Lenkstange zur Seite, um die ihn überholenden Automobilisten durchzulassen, und schob von Zeit zu Zeit mit dem Ellenbogen den am Rücken baumelnden Brotsack zurecht, in den Fernande sein Mittagessen gepackt hatte. Dann dachte er jedesmal voll Bitterkeit an seinen Inhalt. Zwischen den beiden Scheiben derben Brotes befand sich nicht etwa ein spanischer Eierkuchen, der ihm so gut schmeckte, und auch kein in Öl gebratenes Beefsteak, sondern bloß ein Stück Käse.

Der Weg zur Arbeit war ihm noch nie so lang vorgekommen. Alt wurde er auch. Mit vierzig Jahren werden die Muskeln nicht mehr so schnell warm, obwohl er hager geblieben war wie ein Rehbock. Wenn er hin und wieder die Sportberichte las, in denen ein Wettkämpfer von dreißig Jahren als

Veteran bezeichnet wurde, zuckte er die Achseln. «Wenn das ein Veteran ist», sagte er dann zu Fernande, «gehöre ich bereits zu den Flachgelegten.» Indessen wußte er, daß die Journalisten nicht ganz unrecht hatten. Mit dreißig Jahren wird der Atem schon unmerklich kürzer. Mit vierzig gehört man noch nicht zu den Flachgelegten, nein, aber man bereitet sich von ferne und eine Spur vorzeitig darauf vor. War nicht dies der Grund, warum er schon seit langem auf der Fahrt, die ihn ans andere Ende der Stadt in die Böttcherei brachte, das Meer nicht mehr anschaute? Als er zwanzig war, wurde er nicht müde, es zu betrachten; es verhieß ihm ein glückliches Wochenende am Strand. Trotz oder wegen seines Hinkens hatte er das Schwimmen immer geliebt. Dann waren die Jahre vergangen. Fernande war gekommen, später der Junge, und für das tägliche Brot die Überstunden, am Samstag in der Böttcherei, am Sonntag bei Privatleuten, wo er dies und jenes bastelte. Nach und nach hatte er sich diese leidenschaftlichen, ihn ganz erfüllenden Tage abgewöhnt. Das tiefe, klare Wasser, die kraftvolle Sonne, die Mädchen, das Leben des Körpers – in seiner Heimat gab es kein anderes Glück. Und dieses Glück verging mit dem Jungsein. Yvars liebte das Meer immer noch, aber erst gegen Abend, wenn das Wasser in der Bucht dunkelte. Dann war es schön auf der Terrasse seines Hauses, auf die er sich nach Feierabend setzte, zufrieden mit dem reinen Hemd, das Fernande so gut zu bügeln verstand, und mit dem kühl überperlten Glas Aniswasser. Die Dämmerung senkte sich herab, eine kurze Lieblichkeit überflog den Himmel, die Nachbarn, die mit Yvars plauderten, dämpften plötzlich ihre Stimmen. Dann wußte er nicht, ob er glücklich war oder ob er Lust hatte, zu weinen. In diesen Augenblicken wenigstens fühlte er sich mit sich und der Welt im Einklang, er hatte nichts anderes zu tun, als zu warten, ganz still, ohne recht zu wissen, worauf.

Am Morgen dagegen, wenn er zur Arbeit fuhr, schaute er das Meer nicht mehr gerne an; es war zwar immer getreulich zur Stelle, aber er wollte es erst abends wieder sehen. An jenem Morgen fuhr er mit gesenktem Kopf und noch schwerfälliger als sonst: auch das Herz war ihm schwer. Als er am Vorabend von der Versammlung nach Hause gekommen war und mitgeteilt hatte, die Arbeit werde wiederaufgenommen, hatte Fernande freudig gefragt: «Der Boß gewährt euch also die Aufbesserung?» Der Boß gewährte gar nichts, der Streik war gescheitert. Sie waren allerdings auch nicht geschickt vorgegangen, das mußte man zugeben. Ein aus Zorn geborener Streik, und die Gewerkschaft hatte sich mit Recht nicht energisch hinter sie gestellt. Fünfzehn Arbeiter waren übrigens nicht gerade eine überwältigende Zahl; die Gewerkschaft trug den anderen Böttchereien Rechnung, die nicht in den Ausstand getreten waren. Man durfte ihnen nicht allzu böse sein. Das ganze Böttchergewerbe war durch den Bau von Tankschiffen und Kesselwagen in seinem Bestand bedroht. Es wurden immer weniger kleine und mittelgroße Fässer hergestellt; man besserte hauptsächlich die schon vorhandenen großen Fuderfässer aus. Die Inhaber machten schlechte Geschäfte, das stimmte, aber sie wollten ihre Gewinnmarge ungeschmälert bewahren; am einfachsten schien ihnen noch immer, die Löhne ungeachtet der steigenden Preise niedrig zu halten. Was können Böttcher schon anfangen, wenn die Böttcherei ausstirbt? Man wechselt nicht sein Handwerk, wenn man sich die Mühe genommen hat, eines zu erlernen, und das ihre war schwierig und erforderte eine lange Lehrzeit. Ein wirklich guter Böttcher, der es verstand, seine gebogenen Faßdauben genau abzurichten und sie mit Feuer und Stahlreifen beinahe hermetisch zusammenzufügen, ohne Bast oder Werg zu gebrauchen, war eine Seltenheit. Yvars wußte es und war stolz auf seine Kunst. Den Beruf zu wechseln, ist eine Kleinigkeit, aber auf das, was man kann, auf seine eigene Meisterschaft zu verzichten, ist nicht leicht. Ein schönes Handwerk ohne Verwendung, da gab es keine Wahl, man mußte sich fügen. Aber auch das Sich-Fügen ist nicht leicht. Es fiel schwer, den Mund zu halten, nicht wirklich verhandeln zu können, jeden Morgen den gleichen Weg unter die Füße zu nehmen und die Müdigkeit in sich wachsen zu spüren, um am Ende der Woche doch nur zu bekommen, was man einem gnädigst geben wollte und was je länger desto weniger genügte.

Da waren sie zornig geworden. Zwei oder drei zögerten wohl, aber nach den ersten Unterhandlungen hatte der Zorn auch sie gepackt, denn der Boß hatte kurz und bündig erklärt, wer nicht wolle, der habe gehabt. So darf ein Mann nicht reden. «Was glaubt er eigentlich?» hatte Esposito gesagt. «Daß wir ihm hinten hineinkriechen?» Der Boß war im übrigen kein schlechter Kerl. Er hatte das Geschäft von seinem Vater geerbt, war in der Werkstatt aufgewachsen und kannte beinahe alle Arbeiter seit Jahren. Hin und wieder lud er sie zu einem Imbiß in der Böttcherei ein; da briet man dann Sardinen oder Blutwürste über einem Spanfeuer, und wenn der Wein seine Wirkung tat, war der Boß wirklich sehr nett. Zu Neujahr schenkte er immer jedem seiner Arbeiter fünf gute Flaschen Wein, und wenn einer krank war oder irgendein Familienfest gefeiert wurde, eine Hochzeit oder eine Firmung, machte er oft ein Geldgeschenk. Als sein Töchterchen zur Welt kam, wurden getreu dem Brauch Zuckermandeln verteilt. Zwei- oder dreimal hatte er Yvars zur Jagd auf sein Gut an der Küste eingeladen. Zweifellos hatte er seine Arbeiter gern, und er rief ihnen oft in Erinnerung, daß sein Vater als Lehrling angefangen hatte. Aber er hatte sie nie zu Hause aufgesucht, er hatte keine Ahnung. Er dachte nur an sich, weil er nur sich kannte, und jetzt hieß es, wer nicht will, der hat gehabt. Anders gesagt: er hatte sich seinerseits vertrotzt. Er jedoch konnte es sich leisten.

Sie hatten der Gewerkschaft die Hand forciert, das Unternehmen hatte seine Tore geschlossen. «Macht euch keine Mühe mit Streikposten», hatte der Boß gesagt. «Wenn die Böttcherei stilliegt, mache ich Ersparnisse.» Das stimmte nicht, aber die Bemerkung hatte kein Öl auf die Wogen gegossen, denn damit bedeutete er ihnen ja ohne Umschweife, daß er ihnen aus lauter Barmherzigkeit Arbeit gewährte. Esposito war außer sich geraten und hatte ihm gesagt, er sei kein Mann. Der andere war genauso hitzig, und man hatte die beiden trennen müssen. Aber gleichzeitig hatte es den Arbeitern doch Eindruck gemacht. Zwanzig Tage Ausstand, die Frauen zu Hause von Sorgen bedrückt, zwei oder drei unter den Arbeitern entmutigt, und schließlich hatte die Gewerkschaft geraten, nachzugeben, nachdem ein Schiedsgericht und ein Nachholen der Streiktage durch Überstunden versprochen worden war. Da hatten sie beschlossen, die Arbeit wiederaufzunehmen. Mit großen Sprüchen natürlich und der Versicherung, damit sei die Sache keineswegs erledigt, man werde es nicht dabei bewenden lassen. Aber an diesem Morgen eine Müdigkeit, die der Last der Niederlage glich, der Käse an Stelle des Fleisches – es war keine Illusion mehr möglich. Da mochte die Sonne lang scheinen, das Meer verhieß nichts mehr. Yvars trat auf sein einziges Pedal, und bei jeder Umdrehung des Rades schien ihm, er werde wieder ein bißchen älter. Er vermochte nicht an die Werkstatt, an die Kameraden und an den Boß zu denken, dem er nun wieder entgegentreten mußte, ohne daß ihm das Herz noch schwerer wurde. Fernande hatte besorgt gefragt: «Was werdet ihr ihm sagen?» – «Nichts.» Yvars hatte sein Rad bestiegen und den Kopf geschüttelt. Er hatte die Zähne zusammengebissen, sein feingeschnittenes Gesicht, schmal, braun, schon ein wenig runzlig, hatte sich verschlossen. «Wir arbeiten. Das genügt.» Und jetzt fuhr er zur Arbeit, immer noch mit zusammengebissenen Zähnen und einer traurigen, spröden Wut, die selbst den Himmel verdüsterte.

Er verließ den Boulevard und das Meer und gelangte in die feuchten Gassen des alten spanischen Viertels. Sie mündeten in eine Gegend, in der sich einzig Schuppen, Alteisenlager und Garagen befanden und wo auch die Werkstätte lag: eine Art Hangar mit Mauern bis auf halbe Höhe, dann eingeglast bis zum Wellblechdach. Diese Werkstatt schloß sich an die ehemalige Böttcherei an, einen von alten Vordächern umgebenen Hof, aus dem man ausgezogen war, als das Unternehmen sich vergrößerte, und in dem man jetzt bloß noch ausgediente Maschinen und nicht mehr verwendbare Fässer unterbrachte. Jenseits dieses Hofes und durch einen mit alten Ziegeln überdachten Durchgang mit ihm verbunden, begann der Garten des Besitzers, und am Ende dieses Gartens stand das Wohnhaus. Es war groß und häßlich, hatte aber dank dem wilden Wein, der es überwuchs, und dem dürftigen Geißblatt, das sich um die Außentreppe rankte, trotzdem etwas Ansprechendes.

Yvars bemerkte sofort, daß das Tor der Werkstatt geschlossen war. Eine Gruppe von Arbeitern stand schweigend davor. Seit er hier arbeitete, war es das erste Mal, daß er bei seiner Ankunft die Türen verschlossen fand. Der Boß wollte ihnen den Meister zeigen. Yvars fuhr links hinüber, stellte sein Rad unter dem Vordach ein, das auf dieser Seite an den Hangar angebaut war, und schritt dem Tor zu. Von weitem schon erkannte er Esposito, seinen Nebenmann in der Werkstatt, einen großgewachsenen, dunkelhäutigen Burschen mit üppigem Haarwuchs; Marcou, den Vertrauensmann der Gewerkschaft, der aussah wie ein kleiner Salontenor; Said, den einzigen Araber in der Böttcherei, und alle die anderen, die ihm schweigend entgegensahen. Aber noch ehe er zu ihnen gelangte, wandten sie sich plötzlich dem Tor zu, das sich eben zu öffnen begann. Ballester, der Werkmeister, erschien auf der Schwelle. Er schloß eine der schweren Türen auf, drehte dann den Arbeitern den Rücken zu und schob das Tor langsam über seine gußeiserne Schiene zurück.

Ballester, der älteste von allen, war gegen den Streik gewesen, aber er hatte von dem Augenblick an geschwiegen, da Esposito ihm vorwarf, er sei ein Söldling des Bosses. Nun stand er neben der Tür, klein und stämmig in seinem dunkelblauen Leibchen, bereits barfuß (er und Said waren die einzigen, die barfuß arbeiteten), mit Augen, die so hell waren, daß sie in seinem alten, gebräunten Gesicht gleichsam ohne Farbe schienen, und schaute zu, wie sie einer nach dem anderen eintraten; sein Mund unter dem dichten, hängenden Schnurrbart war traurig. Sie sagten kein Wort, gedemütigt durch diesen Einzug als Besiegte, wütend über ihr eigenes Schweigen, aber immer weniger fähig, es zu brechen, je länger es dauerte. Ohne Ballester anzublicken, gingen sie an ihm vorbei; sie wußten, daß er einem Befehl gehorchte, wenn er sie auf diese Weise einzutreten zwang, und sein bitteres, bekümmertes Gesicht verriet ihnen, was er dachte. Yvars dagegen schaute ihn an. Ballester, der ihn gut mochte, nickte ihm wortlos zu.

Nun befanden sie sich alle in der kleinen Garderobe rechts vom Eingang: offene Abteile, die durch Bretter aus rohem Holz voneinander abgetrennt waren; zu beiden Seiten dieser Zwischenwände hing jeweils ein kleines, verschließbares Kästchen. Das vom Eingang aus gesehen letzte Abteil, das an die Mauern des Schuppens stieß, war als Duschraum ausgebaut worden, für dessen Abfluß eine Rinne direkt in den Boden aus gestampfter Erde gegraben war. In der Mitte des Hangars sah man, je nach dem Arbeitsplatz, bereits fertige, aber erst locker gebundene große Bordeauxfässer, die auf das Anziehen der Reifen über dem Feuer warteten, klobige Bänke, die eine lange Spalte aufwiesen (in einigen staken runde Bodenstücke, die mit dem Hobel geschlichtet werden mußten), und schließlich geschwärzte Feuerstellen. Links vom Eingang reihten sich der Wand entlang Hobelbänke, und davor türmten sich die Haufen der zu hobelnden Dauben. An der rechten Mauer blitzten nicht weit von der Garderobe zwei mächtige, gut geölte und leise arbeitende Kreissägen.

Seit langem schon war der Hangar zu groß für die Handvoll Männer, die darin arbeiteten. Während der heißen Jahreszeit war das ein Vorteil, im Winter ein Nachteil. Heute jedoch trug alles dazu bei, der Werkstatt ein trostloses Aussehen zu verleihen: der weite Raum, die im Stich gelassene Arbeit, die in den Ecken herumliegenden Fässer, die nur einen einzigen Reifen aufwiesen, während die am unteren Ende zusammengebundenen Dauben nach oben auseinanderstrebten wie grobschlächtige Holzblumen, und der Staub des Sägemehls, der die Tische, die Werkzeugkisten und die Maschinen überzog. Die Männer trugen nun ihre alten Leibchen, ihre verwaschenen und geflickten Hosen, sie schauten sich um, und sie zögerten. Ballester beobachtete sie. «Na», sagte er, «wollen wir dahinter?» Wortlos begab sich ein jeder an seinen Platz. Ballester ging von einem zum anderen und rief kurz in Erinnerung, welche Arbeit begonnen oder beendet werden mußte. Niemand gab Antwort. Bald erdröhnte der erste Hammer auf dem eisenbeschlagenen Holzkeil, der einen Reifen über den Bauch eines Fasses trieb, ein Hobel stieß ächzend auf einen Astknorren, und eine der Sägen, die von Esposito in Betrieb gesetzt wurde, hob laut an zu kreischen. Said brachte je nach Bedarf Dauben herbei oder zündete die Spanfeuer an, über die man die Fässer stülpte, um sie in ihrem Panzer aus Eisenreifen aufquellen zu lassen. Wenn niemand ihn benötigte, vernietete er an den Hobelbänken mit kräftigen Hammerschlägen die breiten, verrosteten Reifen. Der Hangar begann nach den brennenden Hobelspänen zu riechen. Yvars, der die von Esposito geschnittenen Dauben hobelte und abrichtete, atmete den altgewohnten Geruch ein, und der Druck über seinem Herzen lockerte sich ein wenig. Sie arbeiteten alle schweigend, aber in der Werkstatt entstand nach und nach wieder ein bißchen Wärme und Leben. Frisches Licht flutete durch die großen Scheiben und füllte den Hangar. Die Räuchlein blauten in der goldenen Luft; Yvars hörte sogar das nahe Summen eines Insekts.

In diesem Augenblick öffnete sich in der hinteren Wand die Tür, die zur ehemaligen Böttcherei führte, und Monsieur Lassalle, der Boß, stand auf der Schwelle. Er war knapp über dreißig, schlank und dunkelhaarig. Er trug ein weißes Hemd mit offenem Kragen, einen beigen Gabardineanzug und schien sich in seiner Haut wohl zu fühlen. Trotz seines sehr knochigen, messerscharf geschnittenen Gesichts fand man ihn im allgemeinen sympathisch, wie die meisten Leute, denen der Sport ein gelöstes Auftreten verleiht. Indessen schien er ein bißchen befangen, als er nun die Werkstatt betrat. Sein Gruß war weniger klangvoll als sonst; auf jeden Fall wurde er von niemand erwidert. Das Klopfen der Hämmer verlangsamte sich, geriet ein wenig aus dem Takt und ertönte gleich darauf um so kräftiger. Monsieur Lassalle machte unschlüssig ein paar Schritte, dann ging er auf den kleinen Valery zu, der erst seit einem Jahr mit ihnen arbeitete. Nicht weit von Yvars entfernt, stand er neben der Kreissäge und setzte einem Bordeauxfaß den Boden ein. Der Boß schaute ihm zu. Valery arbeitete weiter, ohne ein Wort zu sagen. «Na, mein Junge», sagte Monsieur Lassalle, «wie geht's?» Die Bewegungen des jungen Mannes wurden plötzlich unbeholfener. Er warf einen Blick auf Esposito, der neben ihm auf seinen riesigen Armen einen Stoß Dauben aufschichtete, um sie Yvars zu bringen. Esposito blickte ihn ebenfalls an, ohne seine Arbeit zu unterbrechen, und Valery steckte die Nase wieder in sein Faß und blieb dem Boß die Antwort schuldig. Leicht verdutzt stand Lassalle noch einen Augenblick vor dem Jungen, dann zuckte er die Achseln und kehrte sich Marcou zu. Dieser saß rittlings auf seiner Bank und war dabei, mit kleinen, langsamen und genauen Bewegungen die Schmalseite eines Bodens zurechtzuhobeln. «Guten Morgen, Marcou», sagte Lassalle etwas weniger liebenswürdig. Marcou gab keine Antwort, er schien einzig darauf bedacht, seinem Holz nur ganz dünne Späne abzunehmen. «Was fällt euch ein?» Lassalle erhob die Stimme und wandte sich diesmal an alle. «Wir waren verschiedener Meinung, zugegeben. Aber das hindert nicht, daß wir miteinander arbeiten müssen. Was hat das dann für einen Zweck?» Marcou stand auf, hob seinen Boden in die Höhe, prüfte mit der flachen Hand die Rundung, kniff mit einem Ausdruck tiefer Befriedigung seine schmachtenden Augen zusammen und ging immer noch wortlos auf einen anderen Arbeiter zu, der ein Bordeauxfaß zusammenband. In der ganzen Werkstatt war außer dem Lärm der Hämmer und der Kreissäge nichts zu hören. «Gut», sagte Lassalle, «wenn ihr wieder normal seid, laßt es mich durch Ballester wissen.» Ruhigen Schrittes verließ er den Schuppen.

Beinahe unmittelbar darauf übertönte ein zweimaliges Klingeln das Gedröhn der Werkstatt. Ballester, der sich eben gesetzt hatte, um eine Zigarette zu drehen, stand schwerfällig auf und ging durch die hintere Tür hinaus. Nach seinem Fortgehen schlugen die Hämmer weniger kräftig; einer der Arbeiter hatte sogar eben innegehalten, als Ballester zurückkam.

Von der Tür aus sagte er bloß: «Marcou und Yvars, der Boß will euch sprechen.» Yvars' erste Regung war, sich die Hände zu waschen, aber Marcou faßte ihn im Vorübergehen beim Arm, und Yvars hinkte ihm nach.

Draußen im Hof war das Licht so frisch, so flüssig, daß Yvars es auf seinem Gesicht und seinen bloßen Armen geradezu körperlich spürte. Sie stiegen die Außentreppe empor, wo sich im Geißblatt schon die ersten Blüten zeigten. Als sie den mit Diplomen tapezierten Flur betraten, hörten sie Kinderweinen und Monsieur Lassalles Stimme, die sagte: «Nach dem Mittagessen bringst du sie zu Bett. Wenn es nicht besser wird, rufen wir den Arzt.» Dann tauchte der Boß im Gang auf und führte sie in das kleine, ihnen wohlbekannte Arbeitszimmer; die Einrichtung bestand aus unechten Bauernmöbeln, und Sporttrophäen schmückten die Wände. «Setzt euch», sagte Lassalle und nahm hinter seinem Schreibtisch Platz. Sie blieben stehen. «Ich habe euch rufen lassen, weil Sie, Marcou, der Vertrauensmann sind, und du, Yvars, neben Ballester mein ältester Angestellter. Ich will die Diskussion nicht wiederaufnehmen, die ist jetzt zu Ende. Ich kann euch nicht geben, was ihr verlangt, wirklich nicht. Die Sache ist beigelegt, wir sind zum Schluß gekommen, daß die Arbeit wiederaufgenommen werden mußte. Ich sehe, daß ihr mir böse seid, und das schmerzt mich. Das sage ich euch offen. Ich möchte nur folgendes hinzufügen: was mir heute unmöglich ist, wird vielleicht später möglich, wenn die Geschäfte wieder besser gehen. Und wenn es möglich wird, werde ich es tun, noch bevor ihr es von mir verlangt. Inzwischen sollten wir doch versuchen, in Frieden miteinander zu arbeiten.» Er verstummte, schien zu überlegen, dann erhob er die Augen zu ihnen. «Nun?» sagte er. Marcou schaute aus dem Fenster. Yvars hatte die Zähne zusammengebissen, wollte sprechen und vermochte es nicht. «Hört», sagte Lassalle, «ihr habt euch alle verrannt. Das wird euch auch wieder vergehen. Wenn ihr vernünftig geworden seid, vergeßt nicht, was ich euch gesagt habe.» Er erhob sich, trat auf Marcou zu und streckte ihm die Hand entgegen.

«Ciao!» sagte er. Marcou erbleichte, sein Barsängergesicht wurde hart und eine Sekunde lang böse. Dann kehrte er sich jäh auf dem Absatz um und ging hinaus. Lassalle war ebenfalls bleich geworden und schaute Yvars an, ohne ihm die Hand hinzuhalten. «Schert euch zum Teufel!» schrie er.

Als sie in die Werkstatt zurückkehrten, aßen die Arbeiter zu Mittag. Ballester war verschwunden. Marcou sagte bloß «Bluff» und ging an seinen Arbeitsplatz. Esposito hielt im Brotkauen inne, um zu fragen, was sie geantwortet hätten; Yvars sagte, sie hätten keine Antwort gegeben. Dann holte er seinen Brotsack und setzte sich auf die Bank, an der er arbeitete. Er hatte eben angefangen zu essen, als er nicht weit von sich Said gewahrte, der rücklings in einem Haufen Hobelspäne lag und mit verlorenem Blick zu den Scheiben schaute, die ein jetzt weniger strahlender Himmel blau tönte. Er fragte ihn, ob er schon fertig sei. Said antwortete, er habe seine Feigen gegessen. Yvars hielt inne. Das Unbehagen, das er seit der Unterredung mit Lassalle nicht losgeworden war, verschwand plötzlich und machte einer wohltuenden Wärme Platz. Er stand auf, teilte sein Brot und sagte, als Said es nicht annehmen wollte, bis in einer Woche werde alles besser gehen. «Dann kannst du ja mich einladen.» Said lächelte. Er biß nun in ein Stück von Yvars' Brot, aber leichthin, wie ein Mensch, der keinen Hunger hat.

Esposito nahm einen alten Kochtopf und machte ein kleines Feuer aus Hobelspänen und Holz. Er wärmte den Kaffee, den er in einer Flasche mitgebracht hatte. Er sagte, sein Krämer habe ihn der Werkstatt gestiftet, als er vernahm, daß der Streik gescheitert war. Ein Senfglas ging von Hand zu Hand. Esposito schenkte jedem einzelnen das bereits gezuckerte Getränk ein. Said hatte mehr Freude an diesem Schluck Kaffee als zuvor am Essen. Esposito trank den Rest schmatzend und fluchend geradewegs aus dem heißen Kochtopf. In diesem Augenblick trat Ballester ein und verkündete das Ende der Mittagspause.

Während sie sich erhoben und Papier und Geschirr in ihre

Brotsäcke packten, stellte Ballester sich mitten unter sie und sagte plötzlich, es sei für alle ein harter Schlag, auch für ihn, aber das sei kein Grund, sich wie Kinder zu benehmen, und Schmollen führe zu nichts. Esposito hielt den Kochtopf noch in der Hand, während er sich ihm zukehrte; sein derbes, langes Gesicht war jäh rot geworden. Yvars wußte, was er sagen würde und was sie alle in diesem Augenblick dachten, nämlich daß sie nicht schmollten, daß man ihnen den Mund verschlossen hatte, wer nicht will, der hat gehabt, und daß der Zorn und die Ohnmacht zuweilen so weh tun, daß man nicht einmal schreien kann. Sie waren Männer, mehr war nicht dabei, und sie würden nicht anfangen, Lächeln aufzusetzen und zu scharwenzeln. Aber Esposito sagte nichts von alledem, sein Gesicht entspannte sich endlich, und freundlich klopfte er Ballester auf die Schulter, während die anderen an ihre Arbeit zurückkehrten. Von neuem erdröhnten die Hämmer, der große Schuppen füllte sich mit dem vertrauten Lärm, dem Geruch der Hobelspäne und der alten, schweißfeuchten Kleider. Die große Säge fraß sich knirschend durch das frische Holz der Daube, die Esposito langsam vor sich her schob. An der Stelle, wo sie hineinbiß, sprudelten feuchte Sägespäne empor und bedeckten die groben, behaarten Hände, die sich zu beiden Seiten der heulenden Klinge fest um das Holz schlossen, mit einer Art Paniermehl. Wenn eine Daube durchgesägt war, hörte man nur mehr das Summen des Motors.

Yvars spürte jetzt die Müdigkeit seines über den Hobel gebeugten Rückens. Gewöhnlich machte sie sich erst zu späterer Stunde bemerkbar. Offensichtlich war er in diesen Wochen der Untätigkeit aus der Übung gekommen. Aber er dachte auch an das Alter, das einen die Arbeit der Hände saurer ankommen läßt, wenn es sich nicht um bloße Präzisionsarbeit handelt. Der Schmerz im Rücken war der Vorbote des Alters. Dort, wo die Muskeln mit im Spiel sind, wird die Arbeit schließlich zum Fluch, sie geht dem Tod voraus, und nach einem besonders anstrengenden Tag gleicht der Schlaf bereits dem Tod. Der Junge wollte Lehrer werden, recht hatte er, all die Leute, die da Lobreden hielten auf die Handarbeit, wußten nicht, wovon sie sprachen.

Als Yvars sich aufrichtete, um Atem zu schöpfen und auch um die unguten Gedanken zu verjagen, ertönte von neuem die Klingel. Sie schrillte eindringlich, aber auf so merkwürdige Weise, mit kurzen Pausen, nach denen sie ungeduldig neu einsetzte, daß die Arbeiter innehielten. Ballester hörte erstaunt hin, dann entschloß er sich und ging langsam zur Tür. Er war bereits seit ein paar Sekunden verschwunden, als das Läuten endlich aufhörte. Sie machten sich wieder an die Arbeit. Von neuem wurde die Tür aufgestoßen, und Ballester rannte zur Garderobe. Als er wieder herauskam, trug er Schlappen an den Füßen, und während er noch in seine Jacke schlüpfte, sagte er im Vorbeilaufen zu Yvars: «Die Kleine hat einen Anfall gehabt. Ich hole Germain.» Damit lief er zum Tor hinaus. Doktor Germain war der Arzt, der die Werkstatt betreute; er wohnte in der Vorstadt. Yvars gab die Neuigkeit kommentarlos weiter. Sie standen um ihn herum und schauten sich ratlos an. Man hörte nur noch den leerlaufenden Motor der Kreissäge. «Vielleicht ist's nicht so schlimm», sagte einer. Sie gingen an ihre Plätze zurück, der Schuppen füllte sich wieder mit den verschiedenen Geräuschen, aber sie arbeiteten langsam, als warteten sie auf etwas.

Nach einer Viertelstunde kam Ballester zurück, legte seine Jacke ab und ging wortlos zur hinteren Tür wieder hinaus. Das Licht jenseits der Glaswände verlor an Kraft. In den kurzen Pausen, da die Säge nicht kreischte, hörte man ein bißchen später das dumpfe Klingeln eines Krankenwagens, zuerst ferne, dann näher, ganz nahe, und dann war es verstummt. Nach einer Weile kam Ballester zurück, und alle umringten ihn. Esposito hatte den Motor abgestellt. Ballester berichtete, die Kleine habe sich in ihrem Zimmer ausgekleidet und sei auf einmal wie vom Blitz getroffen zu Boden gestürzt. «So was!» sagte Marcou. Ballester nickte und wies mit unentschlossener Gebärde auf die Werkstatt; in seinem Gesicht stand Erschütterung. Von neuem war das Bimmeln des Krankenwagens zu hören. Da standen sie alle in der stillen Werkstatt, im gelben Licht, das durch die Scheiben flutete, und ihre verarbeiteten Hände hingen unnütz an den alten, sägemehlbestäubten Hosen herab.

Der Rest des Nachmittags wollte kein Ende nehmen. Yvars fühlte nur noch seine Müdigkeit und sein immer noch bedrücktes Herz. Er hätte sprechen wollen. Aber er hatte nichts zu sagen, und die anderen auch nicht. Auf ihren schweigsamen Gesichtern waren bloß Kummer und eine Art Eigensinn zu lesen. Manchmal bildete sich in ihm das Wort Unglück, aber nur flüchtig, und es verschwand allsogleich wieder, wie eine Blase, die schon im Entstehen zerplatzt. Es drängte ihn, heimzukehren, Fernande wiederzufinden, den Jungen, und auch die Terrasse. Und nun verkündete Ballester endlich den Arbeitsschluß. Die Maschinen standen still. Ohne sich zu beeilen, begannen sie die Feuer zu löschen und an ihren Plätzen aufzuräumen, dann gingen sie einer nach dem anderen in die Garderobe. Said war der letzte, er mußte die Werkstatt kehren und den staubigen Boden besprengen. Als Yvars in die Garderobe kam, stand der riesige, dicht behaarte Esposito bereits unter der Dusche. Er kehrte ihnen den Rücken zu und seifte sich geräuschvoll ein. Sonst neckte man ihn immer wegen seiner Schamhaftigkeit; dieser mächtige Bär verbarg nämlich seine edlen Teile beharrlich vor allen Blicken. Aber heute schien niemand es zu beachten. Esposito kam rückwärts heraus und schlang ein Handtuch als Lendenschurz um seinen Leib. Dann duschte sich einer nach dem anderen, und Marcou klatschte eben kräftig auf seine nackten Hüften, als man das Tor langsam auf seinem Eisenrad rollen hörte. Lassalle trat ein.

Er war gleich angezogen wie bei seinem ersten Besuch, aber seine Haare waren ein bißchen in Unordnung geraten. Er stand auf der Schwelle still, betrachtete die weite, verödete Werkstatt, machte ein paar Schritte, hielt wieder inne und blickte zur Garderobe hinüber. Esposito, immer noch mit seinem Lendenschurz angetan, drehte sich ihm zu. Nackt und verlegen trat er von einem Fuß auf den anderen. Yvars dachte, es sei an Marcou, etwas zu sagen. Aber Marcou stand unsichtbar hinter dem Wasserfall, der ihn umsprühte. Esposito griff nach seinem Hemd und war dabei, es sich eilig überzuziehen, als Lassalle mit etwas tonloser Stimme «Gute Nacht» sagte und auf die Hintertür zuging. Als es Yvars in den Sinn kam, man müßte ihn herbeirufen, fiel die Türe bereits wieder ins Schloß.

Da zog Yvars sich an, ohne sich zu waschen, wünschte seinerseits gute Nacht, aber voll Herzlichkeit, und sie erwiderten seinen Gruß mit der gleichen Wärme. Er ging schnell hinaus, nahm sein Rad und fand, als er es bestieg, auch seine Müdigkeit wieder. Nun fuhr er im sich neigenden Nachmittag durch das Gedränge der Stadt. Er beeilte sich, er wollte heim, in das alte Haus und auf die Terrasse. Er würde sich in der Waschküche waschen, bevor er sich hinsetzte und auf das Meer hinausschaute, das ihn jetzt schon, dunkler als am Morgen, jenseits der Kehren des Boulevards begleitete. Aber auch das kleine Mädchen begleitete ihn, und er konnte seine Gedanken nicht von ihm lösen.

Als er heimkam, war der Junge aus der Schule zurück und las in illustrierten Zeitschriften. Fernande fragte Yvars, ob alles gut gegangen sei. Er sagte nichts, wusch sich in der Waschküche und setzte sich dann auf die Bank am Terrassenmäuerchen. Gestopfte Wäsche hing über ihm, der Himmel wurde durchsichtig; jenseits der Mauer konnte man das weiche, abendliche Meer sehen. Fernande brachte den Anis, zwei Gläser, den Krug mit frischem Wasser. Sie setzte sich neben ihren Mann. Er erzählte ihr alles, während er ihre Hand hielt wie in der ersten Zeit ihrer Ehe. Als er fertig war, verharrte er unbeweglich, dem Meere zugekehrt, über das bereits von einem Zipfel des Horizonts zum anderen die Dämmerung huschte. «Ach, er ist selber schuld!» sagte er. Er hätte jung sein mögen mit einer noch jungen Fernande, und sie wären fortgezogen, übers Meer.

Der Gast

Der Lehrer schaute zu, wie die beiden Männer zu ihm emporstiegen. Der eine war beritten, der andere zu Fuß. Sie waren noch nicht bei dem Steilhang angelangt, der zu seiner an den Hügel gebauten Schule führte. Inmitten der Steine stapften sie mühsam durch den Schnee über die unermeßliche Weite der öden Hochebene. Das Pferd strauchelte von Zeit zu Zeit. Man hörte es noch nicht, aber man sah die Dampfwolke, die dann jedesmal aus seinen Nüstern drang. Einer der Männer zumindest kannte die Gegend. Sie folgten der Piste, die doch schon seit Tagen unter einer schmutzigweißen Decke begraben lag. Der Lehrer rechnete sich aus, daß sie nicht vor einer halben Stunde oben ankommen würden. Es war kalt; er kehrte in die Schule zurück, um einen Sweater anzuziehen.

Er durchquerte das leere, eiskalte Klassenzimmer. Auf der Wandtafel flossen die vier mit verschiedenfarbigen Kreiden gezeichneten Ströme Frankreichs seit drei Tagen ihrer Mündung entgegen. Nach acht Monaten der Trockenheit hatte der Schneefall jäh um die Oktobermitte eingesetzt, ohne daß der Regen einen Übergang gebracht hätte, und die etwa zwanzig Schüler, die in den über die Hochebene verstreuten Dörfern wohnten, kamen nicht mehr. Man mußte besseres Wetter abwarten. Daru heizte nur noch den einen, an das Klassenzimmer anstoßenden Raum, der ebenfalls die Hochebene gegen Osten überblickte und seine Wohnung bildete. Ein Fenster ging außerdem wie die des Klassenzimmers nach Süden. Auf dieser Seite befand sich die Schule ein paar Kilometer von der Stelle entfernt, wo das Hochplateau gegen Süden abzufallen begann. Bei klarem Wetter konnte man die wuchtigen violetten Ausläufer des Gebirges sehen, in dem sich das Tor der Wüste öffnete.

Nachdem Daru sich ein bißchen gewärmt hatte, trat er wieder ans Fenster, von dem aus er die beiden Männer zuerst erblickt hatte. Man sah sie nicht mehr. Sie befanden sich jetzt also am Steilhang. Der Himmel war weniger dunkel, in der Nacht hatte es aufgehört zu schneien. Der Tag war mit einem schmutzigen Licht angebrochen, das kaum an Stärke zunahm, als die Wolkendecke höher stieg. Um zwei Uhr nachmittags hätte man meinen können, der Tag beginne eben erst zu dämmern. Aber das war immer noch besser als diese drei Tage, da inmitten der unaufhörlichen Finsternis dichter Schnee gefallen war, während hie und da ein Windstoß an der Doppeltür des Klassenzimmers rüttelte. Daru verbrachte lange Stunden geduldig in seinem Zimmer, das er nur verließ, um im Schuppen nach den Hühnern zu sehen und aus dem Kohlenvorrat zu schöpfen. Zum Glück hatte der kleine Lieferwagen von Tadjid, dem nächsten, nördlich gelegenen Dorf, ihn zwei Tage vor dem Sturm mit Lebensmitteln versehen. In achtundvierzig Stunden würde er wiederkommen.

Er hatte übrigens genug Vorräte, um eine ganze Belagerung auszuhalten: die Säcke voll Korn, die das kleine Zimmer beengten, waren ihm von den Behörden als Notvorrat überlassen worden, damit er den Schülern, deren Familien von der Dürre getroffen worden waren, etwas verteilen konnte. In Tat und Wahrheit hatte das Unglück alle getroffen, da sie ja alle arm waren. Jeden Tag erhielten die Kleinen eine Ration. Daru wußte genau, daß sie ihnen während dieser Zeit des schlechten Wetters gemangelt hatte. Vielleicht würde einer der Väter oder der großen Brüder an diesem Abend heraufkommen, und dann konnte er sie mit Korn versorgen. Es galt, die Zeit bis zur neuen Ernte zu überbrücken, weiter nichts. Jetzt waren Getreideschiffe aus Frankreich unterwegs, das Schlimmste war überstanden. Aber es würde schwerhalten, dieses Elend zu vergessen, dieses Heer zerlumpter, in der Sonne umherirrender Schatten, die Monat um Monat versengten Hochplateaus, die allmählich in sich zusammengeschrumpfte, buchstäblich geröstete Erde, auf der jeder Stein unter den Füßen zu Staub zerbarst. Da starben die Schafe zu Tausenden, und auch ein paar Menschen hier und dort, ohne daß man dies immer erfuhr.

Er, der in seiner abgelegenen Schule ein beinahe mönchisches Dasein führte, zufrieden übrigens mit dem so wenigen, das er besaß, und mit der Rauheit seines Lebens, fühlte sich angesichts dieses Elends geradezu als Herr, wenn er an seine vier verputzten Wände, sein schmales Ruhebett, seine Bücherregale aus rohem Holz, seine Zisterne und seine wöchentliche Versorgung mit Nahrung und Wasser dachte. Und da plötzlich dieser Schnee, ohne Warnung, ohne die entspannende Wohltat des Regens. So war das Land, es machte das Leben grausam und schwer, selbst abgesehen von den Menschen, die wahrhaftig nichts vereinfachten. Aber Daru war hier geboren. Überall sonst fühlte er sich als Fremdling.

Er trat aus dem Haus und schritt über den ebenen Vorplatz vor der Schule. Die beiden Männer befanden sich jetzt auf halber Höhe des Abhangs. Der Reiter war Balducci, der alte Gendarm, den er schon seit langem kannte. An einem Strick führte er einen Araber, der mit gefesselten Händen und gesenkter Stirn hinterdrein trottete. Der Gendarm machte eine grüßende Gebärde, die Daru unbeantwortet ließ, so sehr war er damit beschäftigt, den Araber zu betrachten; er trug eine ehemals blaue Djellabah und Sandalen an den mit Socken aus grober, ungefärbter Wolle bekleideten Füßen; ein schmaler, kurzer Chèche bedeckte seinen Kopf. Sie kamen näher. Balducci ritt ständig im Schritt, um den Araber nicht zu verletzen, und so ging es nur langsam vorwärts.

Als sie sich auf Rufweite genähert hatten, schrie Balducci: «Eine Stunde für die drei Kilometer von El Ameur hierher!»

Daru, klein und vierschrötig in seinem dicken Sweater, gab keine Antwort, sondern schaute zu, wie sie emporstiegen. Kein einziges Mal hatte der Araber den Kopf erhoben. «Willkommen», sagte Daru, als sie auf den Vorplatz gelangten. «Kommt herein und wärmt euch.» Balducci stieg schwerfällig aus dem Sattel, ohne den Strick loszulassen. Unter seinem gesträubten Schnurrbart lächelte er dem Lehrer zu. Seine kleinen, dunklen, tiefliegenden Augen unter der sonnenverbrannten Stirn und sein von Fältchen umgebener Mund verliehen ihm ein aufmerksames, beflissenes Aussehen. Daru faßte das Tier beim Zügel und brachte es in den Schuppen, dann kehrte er zu den beiden Männern zurück, die nun in der Schule auf ihn warteten. Er führte sie in seine Stube. «Ich will im Klassenzimmer heizen», sagte er, «wir haben es bequemer dort.» Als er zurückkehrte, saß Balducci auf dem Diwan. Er hatte den Strick gelöst, der ihn an den Araber band, und dieser kauerte nun neben dem Ofen. Seine Hände waren nach wie vor gefesselt, er hatte seine Kopfbedeckung nach hinten geschoben und schaute zum Fenster hinüber. Daru sah zunächst nur seine riesigen, vollen und glatten Lippen, die beinahe an einen Neger gemahnten; die Nase indessen war gerade, seine dunklen Augen schimmerten fiebrig. Der Chèche gab jetzt eine eigensinnige Stirn frei, und das ganze Gesicht mit der gegerbten, von der Kälte nun ein wenig entfärbten Haut trug einen zugleich ängstlichen und aufrührerischen Ausdruck, der Daru betroffen machte, als der Araber ihm den Kopf zukehrte und ihm voll in die Augen blickte.

«Kommt ins Klassenzimmer», sagte der Lehrer, «ich mache euch Minzentee.»

«Danke», sagte Balducci. «So eine Schinderei! Wenn ich nur schon pensioniert wäre!» Und an seinen Gefangenen gerichtet, fügte er auf arabisch hinzu: «Komm.» Der Araber erhob sich und begab sich langsam, seine gefesselten Handgelenke vor der Brust zusammenschließend, ins Schulzimmer.

Gleichzeitig mit dem Tee brachte Daru einen Stuhl. Aber Balducci thronte bereits auf dem vordersten Schülerpult, und der Araber hockte zusammengekauert am Lehrerpodium, dem Ofen gegenüber, der zwischen Schreibtisch und Fenster stand. Als Daru dem Gefangenen sein Glas Tee reichen wollte, zögerte er beim Anblick seiner gebundenen Hände. «Vielleicht könnte man ihm das abnehmen?»

«Gewiß», sagte Balducci. «Es war nur für unterwegs.» Er machte Anstalten, sich zu erheben. Aber schon hatte Daru das Glas auf den Boden gestellt und war neben dem Araber niedergekniet. Der schaute ihm wortlos aus seinen fiebernden Augen zu. Als seine Hände frei waren, rieb er seine geschwollenen Handgelenke aneinander, dann nahm er sein Glas und sog die kochend heiße Flüssigkeit hastig in sich ein.

«Schön», sagte Daru. «Und wohin soll die Reise denn gehen?»

Balducci hob seinen Schnurrbart aus dem Tee. «Hierher, mein Sohn.»

«Ihr seid mir sonderbare Schüler! Wollt ihr hier übernachten?»

«Nein. Ich kehre gleich nach El Ameur zurück. Und du wirst unseren Kumpan in Tinguit abliefern. Er wird in der frankoarabischen Gemeinde erwartet.»

Balducci schaute Daru mit einem leisen, freundschaftlichen Lächeln an.

«Was faselst du da?» sagte der Lehrer. «Du willst mich wohl auf den Arm nehmen!»

«Nein, mein Sohn. So lauten die Befehle.»

«Die Befehle? Ich bin doch kein . . .» Daru zögerte, er wollte den alten Korsen nicht kränken. «Ich meine, es ist nicht mein Beruf.»

«Na und? Was will das schon heißen? Im Krieg übt man jeden Beruf aus.»

«Dann will ich die Kriegserklärung abwarten!»

Balducci nickte beifällig. «Gut. Aber die Befehle sind da, und sie gehen auch dich an. Es rumort, wie es scheint. Man munkelt von einer nahe bevorstehenden Erhebung. Wir sind in gewissem Sinn auf Kriegsfuß gestellt.»

Daru bewahrte seinen verstockten Ausdruck.

«Hör zu, mein Sohn», sagte Balducci. «Ich mag dich gut, aber so begreif doch! Wir sind in El Ameur kaum ein Dutzend Leute, um ein Land zu überwachen, das so groß ist wie ein kleines Departement, und ich muß zurück. Ich habe den Auftrag, dir diesen Burschen zu übergeben und unverzüglich zurückzukehren. Wir konnten ihn nicht behalten. Sein Dorf geriet in Aufruhr, sie wollten ihn heimholen. Du mußt ihn im Verlauf des morgigen Tages nach Tinguit bringen. Du willst mir doch nicht angeben, daß zwanzig Kilometer einem strammen Kerl wie dir Angst machen. Nachher bist du die Sache los. Du kehrst zu deinen Schülern und zu deinem sorglosen Leben zurück.»

Jenseits der Mauer hörte man das Pferd prusten und scharren. Daru schaute zum Fenster hinaus. Das Wetter wurde ganz entschieden besser, das Licht breitete sich weiter über die verschneite Hochebene aus. Sobald der Schnee völlig geschmolzen war, würde die Sonne wieder herrschen und abermals die Felder von Stein versengen. Tagelang würde der unwandelbare Himmel von neuem sein trockenes Licht über die einsame Weite ausgießen, wo nichts an den Menschen gemahnte.

«Nun», fragte er und wandte sich wieder Balducci zu, «was hat er denn verbrochen?» Und ehe der Gendarm den Mund auftun konnte, erkundigte er sich noch: «Spricht er Französisch?»

«Nein, kein Wort. Es wurde seit einem Monat nach ihm gefahndet, aber sie hielten ihn versteckt. Er hat seinen Vetter umgebracht.»

«Ist er gegen uns?»

«Ich glaube nicht. Aber das weiß man ja nie.»

«Warum hat er getötet?»

«Familienhändel, glaube ich. Der eine soll dem anderen Korn schuldig geblieben sein. Eine unklare Sache. Kurz und gut, er hat den Vetter mit der Hippe umgebracht, weißt du, wie ein Schaf, zack! . . .»

Balducci mimte den Schnitt einer Klinge an seiner Kehle und erregte damit die Aufmerksamkeit des Arabers, der ihn mit einer gewissen Besorgnis anblickte. Jäher Zorn überflutete Daru gegen diesen Mann, gegen alle Menschen und ihre drekkige Bosheit, ihren unermüdlichen Haß, ihren Blutwahn.

Aber der Wasserkessel summte auf dem Ofen. Daru schenkte Balducci nochmals Tee ein, zögerte und füllte dann auch das Glas des Arabers wieder, der ein zweites Mal gierig trank. Seine erhobenen Arme ließen jetzt die Djellabah aufspringen, und der Lehrer konnte seine magere, sehnige Brust sehen.

«Danke, mein Junge», sagte Balducci. «Und jetzt will ich machen, daß ich fortkomme.»

Er stand auf und näherte sich dem Araber, während er ein dünnes Seil aus der Tasche zog.

«Was machst du?» fragte Daru schroff.

Betroffen zeigte Balducci ihm den Strick.

«Nicht nötig.»

Der alte Gendarm zauderte. «Wie du willst. Du bist doch bewaffnet?»

«Ich habe mein Jagdgewehr.»

«Wo?»

«Im großen Koffer.»

«Neben deinem Bett solltest du es haben.»

«Warum? Ich habe nichts zu fürchten.»

«Du bist nicht ganz bei Trost, mein Sohn. Wenn sie sich erheben, ist keiner sicher, wir sitzen alle im gleichen Boot.»

«Ich werde mich zur Wehr setzen. Ich habe alle Zeit, sie herankommen zu sehen.»

Balducci setzte zu einem Lachen an, dann senkte sich der Schnurrbart plötzlich wieder über die noch weißen Zähne.

«Du hast alle Zeit? Schön. Das sagte ich ja eben. Du warst schon immer ein bißchen angeschlagen. Gerade deshalb mag ich dich gut, mein Sohn war genau wie du.»

Während er sprach, zog er seinen Revolver hervor und legte ihn auf den Schreibtisch.

«Du kannst ihn behalten, ich brauche keine zwei Waffen von hier nach El Ameur.»

Der Revolver schimmerte auf dem Schwarz der Tischplatte. Als der Gendarm sich umdrehte, roch der Lehrer den von ihm ausgehenden Leder- und Pferdegeruch.

«Hör, Balducci», sagte Daru, «die ganze Geschichte widert mich an, angefangen bei deinem Kunden da. Aber ich werde ihn nicht ausliefern. Mich schlagen will ich, gewiß, wenn es sein muß. Aber das nicht.»

Der alte Gendarm stand aufrecht vor ihm und schaute ihn vorwurfsvoll an.

«Du begehst eine Dummheit», sagte er langsam. «Auch ich mag das nicht. Einem Menschen einen Strick anlegen – man gewöhnt sich nicht daran, trotz der Jahre nicht, und man schämt sich sogar, ja wahrhaftig. Aber man kann sie nicht einfach gewähren lassen.»

«Ich werde ihn nicht ausliefern», sagte Daru wieder.

«Es ist Befehl, mein Sohn. Ich wiederhole es dir noch einmal.»

«Ganz recht. Wiederhole ihnen, was ich dir gesagt habe: ich werde ihn nicht ausliefern.»

Balducci machte eine sichtliche Anstrengung, um nachzudenken. Er schaute den Araber an und dann Daru. Endlich faßte er seinen Entschluß.

«Nein. Ich werde keine Meldung erstatten. Wenn du dich von uns lossagen willst, tu, was du nicht lassen kannst, ich werde dich nicht anzeigen. Ich habe Befehl, den Gefangenen abzugeben, und das tue ich. Jetzt mußt du mir nur noch den Zettel unterschreiben.»

«Überflüssig. Ich werde nicht abstreiten, daß du ihn mir dagelassen hast.»

«Sei doch nicht so widerborstig. Ich weiß genau, daß du die Wahrheit sagen wirst. Du bist von hier, du bist ein Mann. Aber unterschreiben mußt du, das ist Vorschrift.»

Daru öffnete seine Schublade, holte ein viereckiges Fläschchen mit violetter Tinte hervor, den Federhalter aus rotem Holz mit der Spitzfeder, die ihm zum Vorzeichnen der Buchstaben diente, und unterschrieb. Der Gendarm faltete das Blatt sorgfältig zusammen und legte es in seine Brieftasche. Dann begab er sich zur Tür.

«Ich begleite dich hinaus», sagte Daru.

«Nein», erwiderte Balducci. «Gib dir keine Mühe mit Höflichkeiten. Du hast mich beleidigt.»

Er schaute den Araber an, der noch unbeweglich an der gleichen Stelle hockte, schniefte kummervoll und wandte sich zur Tür. «Lebe wohl, mein Sohn», sagte er. Die Tür fiel hinter ihm zu. Seine Gestalt tauchte vor dem Fenster auf und verschwand. Sein Schritt wurde vom Schnee gedämpft. Jenseits der Mauer begann das Pferd zu stampfen, Hühner gerieten in Aufruhr. Kurz darauf kam Balducci nochmals am Fenster vorbei, er zog das Pferd am Halfter nach sich. Ohne sich umzudrehen, ging er zum Steilhang; er verschwand, und das Pferd folgte ihm. Man hörte einen großen Stein dumpf hinunterkollern. Daru kehrte zum Gefangenen zurück, der sich nicht gerührt hatte, ihn jedoch nicht aus den Augen ließ. «Warte», sagte der Lehrer auf arabisch und schickte sich an, sein Zimmer aufzusuchen. Als er über die Schwelle treten wollte, besann er sich, ging zum Schreibtisch, nahm den Revolver und steckte ihn in die Tasche. Dann begab er sich in seine Stube, ohne sich umzuwenden.

Er blieb lange auf seinem Bett ausgestreckt liegen, schaute zu, wie der Himmel sich allmählich verschloß, und lauschte auf die Stille. Gerade diese Stille hatte ihn während der ersten Zeit bedrückt, als er nach dem Krieg hierhergekommen war. Er hatte um eine Stelle in der kleinen Stadt am Fuß des Vorgebirges eingegeben, das die Hochplateaus von der Wüste trennt. Im Norden grünes und schwarzes, im Süden rosarotes und violettes Felsgemäuer bezeichnete dort die Grenze des ewigen Sommers. Man hatte ihm einen anderen Posten zugewiesen, weiter im Norden, auf der Hochebene selber. Anfänglich waren ihn die Einsamkeit und das Schweigen in diesem undankbaren, nur von Steinen bevölkerten Land hart angekommen. Zuweilen täuschten Furchen ein bebautes Feld vor, aber man hatte sie nur aufgebrochen, um einen bestimmten, zum Bauen geeigneten Stein zutage zu fördern. Man pflügte hier nur, um Steine zu ernten. Manchmal kratzte man auch ein paar Erdkrumen zusammen, die sich in Vertiefungen angesammelt hatten, um damit die kärglichen Gärten in den Dörfern fruchtbarer zu machen. So war es nun einmal, der Kiesel bedeckte für sich allein drei Viertel des Landes. Städte entstanden hier, blühten auf und gingen unter; Menschen traten flüchtig auf, liebten sich oder fuhren sich an die Gurgel und starben. In dieser Wüste zählte keiner einen Deut, er nicht und sein Gast nicht. Und doch hätte außerhalb dieser Wüste, dessen war Daru gewiß, der eine so wenig wie der andere wirklich zu leben vermocht.

Als er sich erhob, drang kein Geräusch aus dem Klassenzimmer. Er verwunderte sich über die ungeteilte Freude, die er beim bloßen Gedanken empfand, der Araber sei vielleicht entwichen und er werde wieder allein sein, ohne irgendeine Entscheidung treffen zu müssen. Aber der Gefangene war da. Er hatte sich bloß zwischen Ofen und Schreibtisch am Boden ausgestreckt. Mit weit offenen Augen betrachtete er die Zimmerdecke. In dieser Stellung sah man vor allem seine wulstigen Lippen, die ihm einen schmollenden Ausdruck verliehen. «Komm», sagte Daru. Der Araber erhob sich und folgte ihm. Im anderen Zimmer wies der Lehrer auf einen Stuhl neben dem Tisch am Fenster. Der Araber setzte sich, ohne die Augen von Daru abzuwenden.

«Hast du Hunger?»

«Ja», sagte der Gefangene.

Daru legte zwei Gedecke auf. Er nahm Mehl und Öl, knetete in einer Schüssel einen Fladenteig und zündete den kleinen Butangas-Backofen an. Während der Fladen buk, ging er hinaus, um im Schuppen Käse, Eier, Datteln und Kondensmilch zu holen. Als der Fladen fertig war, stellte er ihn zum Abkühlen auf den Fenstersims, machte mit Wasser verdünnte Kondensmilch warm und schlug schließlich die Eier zu einem Pfannkuchen. Im Verlauf seiner Hantierungen stieß er an den in der rechten Hosentasche steckenden Revolver. Er stellte die

Schüssel auf den Tisch, ging ins Klassenzimmer hinüber und legte den Revolver in seine Schreibtischschublade. Als er wieder ins Zimmer trat, war die Dämmerung hereingebrochen. Er zündete Licht an und bediente den Araber. «Iß», sagte er. Der andere nahm ein Stück Fladen, führte es gierig zum Munde und hielt inne.

«Und du?» fragte er.

«Du zuerst. Ich esse dann auch.»

Die dicken Lippen öffneten sich ein wenig, der Araber zögerte, dann biß er entschlossen in sein Stück Fladen.

Als sie gegessen hatten, schaute der Araber den Lehrer fragend an.

«Bist du der Richter?»

«Nein. Ich behalte dich bis morgen hier.»

«Warum ißt du mit mir?»

«Ich habe Hunger.»

Der andere schwieg. Daru erhob sich und ging hinaus. Er brachte ein Feldbett aus dem Schuppen und stellte es quer zu seinem eigenen Bett zwischen Tisch und Ofen auf. Aus einem großen, aufrecht in einer Ecke stehenden Koffer, auf dem er seine Akten aufbewahrte, holte er zwei Decken und breitete sie über das Feldbett. Dann blieb er stehen, kam sich müßig vor und setzte sich auf sein Bett. Es gab nichts mehr zu tun, nichts mehr vorzubereiten. Er war gezwungen, diesen Mann anzuschauen. Also schaute er ihn an und versuchte, sich dieses Gesicht in rasendem Zorn vorzustellen. Es wollte ihm nicht gelingen. Er sah nur den zugleich düsteren und glänzenden Blick und den tierhaften Mund.

«Warum hast du ihn getötet?» fragte er in einem Ton, dessen Feindseligkeit ihn selbst überraschte.

Der Araber wandte die Augen ab. «Er ist davongelaufen. Ich habe ihm nachgesetzt.»

Er schaute Daru wieder an, und in seinen Augen stand etwas wie unglückliches Fragen.

«Was wird man jetzt mit mir machen?»

«Hast du Angst?»

Der andere saß plötzlich steif da und blickte zur Seite.

«Tut es dir leid?»

Der Araber schaute ihn mit offenem Mund an. Es war ganz klar, daß er nicht verstand. Ärger begann in Daru hochzusteigen. Gleichzeitig kam er sich mit seinem kräftigen, zwischen den beiden Betten eingezwängten Körper linkisch und unbeholfen vor.

«Leg dich dahin», sagte er ungeduldig. «Es ist dein Bett.»

Der Araber rührte sich nicht.

«Sag mal!»

Der Lehrer blickte ihn an.

«Kommt der Gendarm morgen wieder?»

«Ich weiß nicht.»

«Kommst du mit uns?»

«Ich weiß nicht. Warum?»

Der Gefangene stand auf und legte sich mit den Füßen gegen das Fenster auf die Decken. Das Licht der elektrischen Birne fiel ihm gerade in die Augen, die er sogleich schloß.

«Warum?» wiederholte Daru, breitbeinig vor dem Bett stehend.

Der Araber schlug die Augen unter dem grellen Licht auf und sah ihn an, wobei er sich bemühte, nicht zu blinzeln.

«Komm mit uns», sagte er.

Mitten in der Nacht schlief Daru immer noch nicht. Er hatte sich zu Bett gelegt, nachdem er sich völlig ausgekleidet hatte: er pflegte nackt zu schlafen. Aber als er aller Kleider entblößt im Zimmer stand, zögerte er. Er fühlte sich verwundbar und war versucht, sich wieder anzuziehen. Dann zuckte er die Achseln; er hatte sich schon in mancher mißlichen Lage befunden, notfalls würde er seinen Gegner zu Boden schlagen. Von seinem Bett aus konnte er ihn beobachten; er lag nach wie vor unbeweglich auf dem Rücken und hielt die Augen vor dem harten Licht geschlossen. Als Daru es löschte, schienen die nächtlichen Schatten wie auf einen Schlag zu Eis zu erstarren. Allmählich gewann die Nacht wieder Leben, und der sternlose Himmel hinter den Scheiben begann sich sanft zu regen. Bald vermochte der Lehrer die vor ihm liegende Gestalt zu erkennen. Der Araber rührte sich noch immer nicht, aber seine Augen schienen jetzt offenzustehen. Ein leiser Wind strich um die Schule. Vielleicht würde er die Wolken verjagen, und die Sonne kehrte zurück.

Im Verlauf der Nacht nahm der Wind an Stärke zu. Die Hühner gackerten ein wenig und verstummten dann. Der Araber drehte sich auf die Seite, so daß er Daru den Rücken zukehrte, und der Lehrer vermeinte ihn stöhnen zu hören. Dann lauschte er auf seine Atemzüge, die kräftiger und regelmäßiger geworden waren. Er horchte auf diesen so nahen Atem und sann vor sich hin, ohne einschlafen zu können. In diesem Zimmer, wo er seit einem Jahr allein schlief, empfand er die Gegenwart des anderen als störend. Sie störte ihn auch, weil sie ihm eine Art Brüderlichkeit aufzwang, die er unter den gegebenen Umständen ablehnte und deren Wesen ihm wohlbekannt war: Männer, Soldaten oder Gefangene, die ein und denselben Raum teilen, gehen eine seltsame Bindung ein, als fänden sie sich jeden Abend, sobald sie mit den Kleidern ihre Rüstung abgelegt haben, über ihre Eigenheiten hinweg in der zeitlosen Gemeinschaft der Müdigkeit und des Traums zusammen. Aber Daru verwies sich diese Gedanken, solche Dummheiten waren ihm zuwider, er mußte schlafen.

Als der Araber sich jedoch ein wenig später unmerklich regte, schlief der Lehrer noch immer nicht. Bei der zweiten Bewegung des Gefangenen straffte sein Körper sich in Alarmbereitschaft. Der Araber richtete sich langsam, beinahe schlafwandlerisch auf den Ellenbogen auf. Dann saß er auf dem Bettrand und wartete unbeweglich, ohne den Kopf nach Daru umzuwenden, als lausche er mit gespanntester Aufmerksamkeit. Daru rührte sich nicht; ihm war eben eingefallen, daß er den Revolver in der Schreibtischschublade gelassen hatte. Es war klüger, unverzüglich zu handeln. Indessen fuhr er fort, den Gefangenen zu beobachten, der mit derselben Geschmeidigkeit seine Füße auf den Boden setzte, wiederum wartete und dann anfing, leise aufzustehen. Daru wollte ihn gerade anrufen, als der Araber sich in ganz natürlichem, aber unglaublich lautlosem Schritt zu entfernen begann. Er begab sich zur hinteren Tür, die in den Schuppen führte. Behutsam schob er den Riegel zurück, ging hinaus und zog die Tür hinter sich zu, ohne sie zu schließen. Daru hatte sich nicht bewegt. ‹Er reißt aus›, dachte er bloß. ‹Fort mit Schaden!› Dennoch horchte er angestrengt. Die Hühner blieben still, der andere war also auf dem freien Platz draußen. Dann vernahm er ein leises Geplätscher, dessen Bedeutung ihm erst klar wurde, als der Araber wieder unter der Tür auftauchte, sie sorgfältig schloß und sich geräuschlos hinlegte. Da kehrte Daru ihm den Rücken zu und schlief ein. Noch später vermeinte er in der Tiefe seines Schlafs schleichende Schritte um das Schulhaus zu hören. ‹Ich träume, ich träume!› redete er sich ein. Und er schlief.

Als er erwachte, war der Himmel wolkenlos; durch die Ritzen des Fensters drang kalte, reine Luft. Der Araber schlief; er lag jetzt zusammengerollt unter den Decken, mit offenem Mund, in rückhaltloser Preisgabe. Aber als Daru ihn wachrüttelte, fuhr er in tiefstem Schrecken auf und schaute ihn, ohne ihn zu erkennen, aus verstörten Augen und mit einem so angstvollen Ausdruck an, daß der Lehrer einen Schritt zurückwich.

«Hab keine Angst. Ich bin's. Komm und iß.»

Der Araber schüttelte den Kopf und sagte ja. Sein Gesicht war wieder ruhig, aber sein Ausdruck blieb abwesend und zerstreut.

Der Kaffee war fertig. Sie saßen nebeneinander auf dem Feldbett, tranken und bissen in ihre Fladen. Dann führte Daru den Araber in den Schuppen und zeigte ihm den Wasserhahn, unter dem er sich zu waschen pflegte. Er kehrte ins Zimmer zurück, faltete die Decken, klappte das Feldbett zusammen, machte sein eigenes Bett und räumte auf. Dann ging er durch das Schulzimmer auf den Vorplatz hinaus. Schon stieg die Sonne am blauen Himmel empor; ein weiches, helles Licht überflutete das öde Hochplateau. Am Steilhang begann der Schnee stellenweise zu schmelzen. Bald würden die Steine wieder zum Vorschein kommen. Der Lehrer kauerte am Rand der Hochebene und betrachtete die wüste Weite. Er dachte an Balducci. Er hatte ihm weh getan, er hatte ihn gewissermaßen fortgeschickt, als wollte er nicht mit ihm im gleichen Boot sitzen. Das Lebewohl des Gendarmen klang ihm noch im Ohr, und ohne zu wissen warum, fühlte er sich merkwürdig leer und hilflos. In diesem Augenblick vernahm man das Husten des Gefangenen auf der anderen Seite der Schule. Daru hörte beinahe wider Willen hin, dann warf er wütend einen Stein, der durch die Luft pfiff, ehe er sich im Schnee vergrub. Das sinnlose Verbrechen dieses Mannes empörte ihn, aber ihn auszuliefern ging gegen die Ehre: der bloße Gedanke daran war eine Demütigung, die ihn rasend machte. Und er verfluchte zugleich die Seinen, die ihm diesen Mann geschickt hatten, und den Araber, der es gewagt hatte, zu töten, der es aber nicht verstanden hatte, zu fliehen. Daru erhob sich, ging unentschlossen auf dem freien Platz hin und her, verharrte unbeweglich und betrat dann die Schule.

Der Araber stand über den Zementboden des Schuppens gebeugt und putzte sich mit zwei Fingern die Zähne. Daru betrachtete ihn. «Komm», sagte er dann. Von dem Gefangenen gefolgt, betrat er sein Zimmer. Er zog eine Jagdjoppe über seinen Sweater und schlüpfte in seine Marschschuhe. Er wartete stehend, bis der Araber seinen Chèche wieder aufgesetzt und die Sandalen angezogen hatte. Sie gingen ins Schulzimmer hinüber, und der Lehrer wies auf die Tür. «Geh», sagte er. Der andere rührte sich nicht. «Ich komme», sagte Daru. Der Araber ging hinaus. Daru kehrte in sein Zimmer zurück, holte Zwieback, Datteln und Zucker und packte alles ein. Ehe er das Klassenzimmer verließ, stand er eine Sekunde zögernd vor seinem Schreibtisch, dann trat er über die Schwelle und schloß die Schule hinter sich ab. «Hier durch», sagte er. Er schlug die Richtung nach Osten ein, und der Gefangene folgte ihm. Aber als sie ein kleines Stückchen von der Schule entfernt waren, glaubte Daru, ein leises Geräusch in seinem Rükken zu hören. Er kehrte um und machte einen Rundgang um das Haus: es war niemand da. Der Araber sah ihm zu, offensichtlich ohne zu begreifen. «Gehen wir», sagte Daru.

Sie marschierten eine Stunde und machten dann neben einer Felsnadel aus Kalkstein halt. Der Schnee schmolz immer rascher, die Sonne sog die Lachen allsogleich auf und säuberte mit unglaublicher Geschwindigkeit die ganze Hochebene, die nach und nach trocknete und wie die Luft zu vibrieren begann. Als sie sich wieder auf den Weg machten, hallte der Boden unter ihren Schritten. Von Zeit zu Zeit schwang sich ein Vogel mit lebensfrohem Schrei vor ihnen durch den Raum. Tiefatmend sog Daru das frische Licht in sich ein. Eine gewisse Berauschtheit stieg in ihm auf angesichts der gewaltigen, vertrauten Weite, die jetzt unter ihrer Haube blauen Himmels beinahe überall gelb gefärbt war. Sie marschierten wieder eine Stunde in südlicher Richtung und gelangten auf eine abgeflachte Anhöhe aus bröckeligem Fels. Von hier an senkte sich das Hochplateau gegen Osten in eine Tiefebene, in der man ein paar dürftige Bäume erkennen konnte, und südwärts einem Gewirr von Felsen entgegen, das der Landschaft ein zerrissenes Aussehen verlieh.

Daru blickte forschend in beide Richtungen. Man sah nur Himmel bis zum Horizont, kein menschliches Wesen zeigte sich. Er kehrte sich dem Araber zu, der ihn verständnislos anschaute. Daru streckte ihm ein Päckchen hin. «Nimm», sagte er. «Es sind Datteln, Brot und Zucker drin. Damit kannst du zwei Tage durchhalten. Und da hast du tausend Francs.» Der Araber nahm das Päckchen und das Geld, aber er hielt seine vollen Hände auf Brusthöhe, als wisse er nicht, was er mit diesen Gaben anfangen solle. «Jetzt paß auf», sagte der Lehrer und zeigte nach Osten, «das ist der Weg nach Tinguit. Du hast zwei Stunden zu gehen. In Tinguit befinden sich die Behörden und die Polizei. Sie erwarten dich.» Der Araber blickte nach Osten, er hielt Lebensmittel und Geld noch immer an sich gedrückt. Daru faßte ihn am Arm und zwang ihn unsanft zu einer Vierteldrehung nach Süden. Am Fuß der Anhöhe, auf der sie standen, konnte man einen kaum erkennbaren Weg ahnen. «Das ist die Piste, die über die Hochebene führt. In einem Tagesmarsch kommst du zu den Weiden und den ersten Nomaden. Sie werden dich aufnehmen und beschützen, wie ihr Gesetz es verlangt.» Der Araber hatte sich jetzt Daru zugewandt, und so etwas wie panische Angst erfüllte sein Gesicht. «Hör zu», sagte er. Daru schüttelte den Kopf. «Nein, schweig. Ich gehe jetzt.» Er kehrte ihm den Rücken und machte zwei große Schritte in Richtung auf die Schule, schaute den unbeweglich dastehenden Araber noch einmal mit unentschlossener Miene an und ging dann weiter. Ein paar Minuten lang hörte er nur seine eigenen Schritte, die hart auf der kalten Erde aufklangen, und wandte den Kopf nicht um. Nach einem Weilchen blickte er indessen zurück. Der Araber stand immer noch am Rand des Hügels, mit hängenden Armen jetzt, und schaute dem Lehrer nach. Daru spürte, wie seine Kehle sich zusammenschnürte. Aber er fluchte vor Ungeduld, winkte noch einmal und schritt weiter. Er war schon ein gutes Stück entfernt, als er wieder stehenblieb und zurückblickte. Der Hügel war leer.

Daru zauderte. Die Sonne stand jetzt ziemlich hoch und begann, seine Stirn zu zerstechen. Der Lehrer kehrte um, erst unschlüssig, dann voll Entschiedenheit. Als er die kleine Anhöhe erreichte, war er in Schweiß gebadet. Er hastete hinauf und blieb atemlos oben stehen. Die Felsenfelder im Süden zeichneten sich deutlich am blauen Himmel ab, aber über der Ebene im Osten erhoben sich bereits die Dunstschleier der Hitze. Und in diesem leichten Dunst entdeckte Daru mit beklommenem Herzen den Araber, der langsam dahinschritt auf dem Weg zum Gefängnis.

Ein wenig später stand der Lehrer am Fenster seines Klassenzimmers und schaute blicklos in das junge Licht hinaus, das sich stürmisch von der Höhe des Himmels über die ganze Weite des Hochplateaus ergoß. Hinter ihm auf der Wandtafel breiteten sich zwischen den Windungen der Ströme Frankreichs die von ungelenker Hand mit Kreide geschriebenen Worte, die er eben gelesen hatte: ‹Du hast unseren Bruder ausgeliefert. Das wirst du büßen.› Daru sah den Himmel, die Hochebene und was sich unsichtbar dahinter bis zum Meer erstreckte. In diesem weiten Land, das er so sehr geliebt hatte, war er allein.

Jonas oder Der Künstler bei der Arbeit

Nehmt mich und werft mich ins Meer...
Denn ich weiß, daß solch groß Ungewitter
über euch kommt um meinetwillen.
Jonas I, 12

Gilbert Jonas, Kunstmaler, glaubte an seinen Stern. Das war übrigens das einzige, woran er glaubte, obwohl er eine gewisse Achtung und sogar etwas wie Bewunderung für die Religion der anderen empfand. Sein eigenes Glaubensbekenntnis war indessen nicht aller Löblichkeit bar, da es darin bestand, im Grunde seines Herzens zuzugeben, daß er viel verlangen werde, ohne dabei je ein Verdienst zu haben. So zeigte er sich denn auch keineswegs überrascht, als etwa in seinem fünfunddreißigsten Jahr rund ein Dutzend Kritiker sich plötzlich den Ruhm streitig machte, sein Talent entdeckt zu haben. Seine hie und da als Dünkel ausgelegte heitere Seelenruhe erklärte sich im Gegenteil ganz einfach aus einer vertrauensvollen Bescheidenheit. Jonas ließ nicht so sehr seinen eigenen Verdiensten als seinem Stern Gerechtigkeit widerfahren.

Er zeigte sich schon ein wenig erstaunter, als ein Kunsthändler ihm einen monatlichen Wechsel antrug, der ihn aller Sorgen entheben würde. Umsonst suchte der Architekt Rateau, der Jonas und seinem Stern seit der Gymnasialzeit zugetan war, ihm klarzumachen, daß diese monatliche Zuwendung ihm ein kaum eben menschenwürdiges Dasein sicherte, während der Händler reichlich auf seine Rechnung kommen werde. «Immerhin», sagte Jonas. Rateau, der in allen seinen Unternehmungen Erfolg hatte, allerdings dank seiner streitbaren Tatkraft, machte seinem Freund Vorhaltungen. «Was heißt schon immerhin? Verhandeln muß man.» Es half alles nichts. In seinem Herzen dankte Jonas seinem Stern. «Mir soll's recht sein», sagte er dem Händler. Und er gab die Tätigkeit auf, die er im väterlichen Verlagsunternehmen ausübte, um sich völlig der Malerei zu widmen. «Das nenne ich Glück!» sagte er.

Bei sich dachte er sogar: ‹Das nenne ich fortgesetztes Glück.› Soweit er sich zurückerinnern konnte, fand er dieses Glück am Werk. So hegte er zärtliche Dankbarkeit für seine Eltern, einmal, weil sie ihn mit Zerstreutheit erzogen und ihm so die nötige Muße zum Träumen gewährt hatten, zum zweiten, weil sie wegen Ehebruchs ihre Gemeinschaft aufgegeben hatten. Dies war zumindest der von seinem Vater geltend gemachte Vorwand, wobei er allerdings hinzuzufügen vergaß, daß es sich um eine recht besondere Art Ehebruch handelte: Er konnte sich nicht mit den guten Werken seiner Frau abfinden, die als wahre Weltheilige ganz arglos ihre Person der leidenden Menschheit zum Geschenk dargebracht hatte. Aber der Ehemann erhob Anspruch auf das ausschließliche Verfügungsrecht über die Tugenden seiner Frau. «Ich habe genug davon», sagte dieser Othello, «mit den Armen betrogen zu werden.»

Dieses Mißverständnis erwies sich für Jonas als vorteilhaft. Da seine Eltern irgendwo gelesen oder aufgeschnappt hatten, daß mehrere Fälle bekannt seien, wo Kinder aus geschiedenen Ehen zu Lustmördern geworden waren, verwöhnten sie ihn um die Wette, um jeden Ansatz zu einer so betrüblichen Entwicklung im Keim zu ersticken. Je weniger augenfällig die Folgen des ihrer Meinung nach vom kindlichen Bewußtsein erlittenen Schocks waren, desto unruhiger wurden sie: die verborgenen Verheerungen waren ohne Zweifel auch die tiefstgreifenden. Und wenn Jonas sich gar von sich oder seinem Tag befriedigt erklärte, grenzte die Besorgtheit seiner Eltern an Panik. Dann waren sie doppelt um ihn bemüht, und dem Jungen blieb kein Wunsch versagt.

Sein vermeintliches Unglück beschied Jonas schließlich einen ergebenen Bruder in der Gestalt seines Freundes Rateau, dessen Eltern den kleinen Schulkameraden häufig einluden, weil sie sein widriges Schicksal bedauerten. Ihre mitleidigen Reden erweckten in ihrem kräftigen, sportlichen Sohn den Wunsch, den Jungen, dessen lässige Erfolge er bereits bewunderte, unter seine Fittiche zu nehmen. Bewunderung und wohlwollende Herablassung ergaben eine glückliche Mischung in dieser Freundschaft, die Jonas wie alles übrige mit ermutigender Schlichtheit entgegennahm.

Als Jonas seine Studien abgeschlossen hatte, ohne daß ihn dies besondere Mühe gekostet hätte, wurde ihm das weitere Glück zuteil, in den Verlag seines Vaters einzutreten, wo er eine gute Stellung und auf Umwegen auch seine Berufung zum Maler fand. Als größter Verleger Frankreichs war Jonas' Vater der Ansicht, mehr denn je und gerade wegen der Krise der Kultur gehöre die Zukunft dem Buch. «Die Geschichte beweist», pflegte er zu sagen, «daß die Leute desto mehr Bücher kaufen, je weniger sie lesen.» Infolgedessen las er selber die Manuskripte, die ihm unterbreitet wurden, nur selten; zur Veröffentlichung entschloß er sich lediglich auf Grund der Persönlichkeit des Verfassers oder der Aktualität des behandelten Themas (und da von diesem Gesichtspunkt aus betrachtet das einzige immer aktuelle Thema die Erotik war, hatte der Verleger sich schließlich spezialisiert) und beschränkte seine Tätigkeit auf die Suche nach originellen Aufmachungen und unentgeltlicher Werbung. So sah sich Jonas denn zugleich mit der Lektoratsabteilung auch mit reichlicher Freizeit bedacht, die es auszufüllen galt. Auf diese Weise machte er Bekanntschaft mit der Malerei.

Zum erstenmal entdeckte er einen überraschenden, doch anhaltenden Eifer in sich, bald widmete er seine Tage ganz der Malerei und wurde wiederum mühelos ein Meister in dieser Kunst. Nichts anderes schien ihn zu fesseln, kaum daß es ihm gelang, sich im schicklichen Alter zu verheiraten, so sehr verschlang ihn das Malen. Den Menschen und dem Alltag des Lebens gewährte er nur ein wohlwollendes Lächeln, das ihn jeder Anteilnahme enthob. Es bedurfte eines Motorradunfalls, den Rateau mit dem Freund auf dem Soziussitz durch sein allzu forsches Fahren verursachte, damit Jonas, dessen Rechte endlich unbeweglich in einem Verband lag und der sich langweilte, Muße für die Liebe finden konnte. Auch diesmal sah er sich veranlaßt, in dem schlimmen Unfall das günstige Wirken seines Sterns zu erblicken. Ohne ihn hätte er sich nie die Zeit genommen, Luise Poulin so anzuschauen, wie sie es verdiente.

Nach Rateaus Meinung verdiente Luise allerdings nicht, angeschaut zu werden. Da er selbst klein und vierschrötig war, gefielen ihm nur großgewachsene Frauen. «Ich weiß nicht, was du an dieser Ameise findest», sagte er. Luise war in der Tat klein, dunkel an Haut, Haar und Augen, aber wohlgestaltet und mit einem hübschen Frätzchen ausgestattet. Den großen, breitschultrigen Jonas überkam angesichts der Ameise zärtliche Rührung, um so mehr, als sie sehr geschäftig war. Luisens Berufung war Betriebsamkeit. Eine solche Berufung bildete eine glückliche Ergänzung zu Jonas' Hang zur Trägheit und deren Vorteilen. Luise verschrieb sich zuerst der Literatur, zumindest solange sie glaubte, das Verlagswesen interessiere Jonas. Sie las alles, regellos durcheinander, und war nach wenigen Wochen fähig, über alles zu reden. Jonas bewunderte sie und glaubte nun endgültig auf alle Lektüre verzichten zu dürfen, da Luise ihn auf dem laufenden hielt und ihm so erlaubte, in großen Zügen über die wesentlichen zeitgenössischen Entdeckungen Bescheid zu wissen. «Man darf nicht mehr sagen, dieser oder jener sei böse oder häßlich», versicherte Luise, «sondern er wolle sich böse oder häßlich.» Die Unterscheidung war von Bedeutung und mochte wohl, wie Rateau bemerkte, zur Verdammung des gesamten Menschengeschlechts führen. Aber Luise machte die entscheidende Feststellung, daß diese Wahrheit allgemeingültig und unanfechtbar sein mußte, da sie von den Frauenblättchen und von den philosophischen Zeitschriften gleichermaßen vertreten wurde. «Mir soll's recht sein», sagte Jonas und vergaß diese grausame Entdeckung allsogleich, um wieder seinem Stern nachzuträumen.

Luise ließ die Literatur im Stich, sobald sie merkte, daß

Jonas sich nur für die Malerei interessierte. Unverzüglich verschrieb sie sich den schönen Künsten, eilte in Museen und Ausstellungen und schleppte auch Jonas mit, der nicht recht begriff, was seine Zeitgenossen malten, und in seiner Künstlereinfalt darob ein gewisses Unbehagen empfand. Er freute sich indessen, in allem, was seine Kunst betraf, so wohlunterrichtet zu sein. Es stimmte allerdings, daß er schon am nächsten Tag alles vergaß, selbst den Namen des Künstlers, dessen Werke er eben gesehen hatte. Aber Luise hatte ganz recht, wenn sie ihm nachdrücklich eine der Gewißheiten in Erinnerung rief, die ihr aus ihrer literarischen Zeit geblieben waren, daß man nämlich in Wirklichkeit nie etwas vergaß. Der Stern war Jonas ganz entschieden wohlgesinnt, da er ihm auf diese Weise erlaubte, die Gewißheiten des Gedächtnisses und die Annehmlichkeiten des Vergessens ohne Gewissensbisse miteinander zu verbinden.

Aber die Schätze an Aufopferung, die Luise verschwenderisch darbrachte, offenbarten ihr glanzvollstes Sprühen in Jonas' Alltagsleben. Dieser gütige Engel ersparte ihm das Einkaufen von Schuhen, Kleidern und Wäsche, das für jeden normalen Mann die Tage des an sich schon so kurzen Lebens verkürzt. Tatkräftig übernahm sie es, mit den tausend Erfindungen des zeittötenden Räderwerks fertig zu werden, angefangen bei den geheimnisvollen Formularen der Sozialversicherung, bis zu den unablässig abgeänderten Bestimmungen des Fiskus. «Schön und gut», sagte Rateau. «Aber sie kann nicht für dich zum Zahnarzt gehen.» Das tat sie auch nicht, aber sie telefonierte und vereinbarte die Besuche zu den günstigsten Zeiten; sie kümmerte sich um den Ölwechsel des Renault-Heck, um das Vorbestellen der Ferienhotels, um den Kohlenvorrat für den Winter; sie kaufte selber die Geschenke ein, die Jonas zu machen wünschte, wählte und verschickte seine Blumen und fand an manchen Abenden sogar noch Zeit, in seiner Abwesenheit auf einen Sprung zu ihm nach Hause zu gehen, um sein Bett herzurichten, so daß er in dieser Nacht dann nur noch hineinzuschlüpfen brauchte.

Mit dem gleichen Schwung schlüpfte sie selber in dieses Bett, kümmerte sich zwei Jahre, bevor Jonas' Talent endlich anerkannt wurde, um das Rendezvous mit dem Bürgermeister, sorgte dafür, daß es eingehalten wurde, und organisierte die Hochzeitsreise dergestalt, daß alle Museen besucht wurden. Nicht ohne zuvor ungeachtet der schlimmsten Wohnungsnot eine Dreizimmerwohnung gefunden zu haben, wo sie sich nach ihrer Rückkehr einrichteten. Daraufhin brachte sie in rascher Folge zwei Kinder zur Welt, einen Jungen und ein Mädchen, gemäß dem Plan, der insgesamt drei vorsah und der dann auch erfüllt wurde, kurz nachdem Jonas aus dem Verlag ausgetreten war, um sich ganz der Malerei zu widmen.

Sogleich nach der Niederkunft verschrieb Luise sich übrigens ausschließlich ihren Kindern. Sie versuchte wohl noch, ihrem Mann zu helfen, aber sie hatte keine Zeit mehr. Gewiß tat es ihr leid, Jonas zu vernachlässigen, aber ihr entschlossenes Wesen verbot ihr, sich bei derlei Bedauern aufzuhalten. «Es ist nun leider einmal so», sagte sie, «jedem Schuster seinen Leisten.» Jonas zeigte sich übrigens von diesem Ausspruch entzückt, war ihm doch wie allen Künstlern seiner Zeit daran gelegen, als Handwerker zu gelten. Der Handwerker wurde also ein wenig vernachlässigt und mußte seine Schuhe selber kaufen. Aber abgesehen davon, daß dies in der Ordnung der Dinge lag, war Jonas versucht, sich auch darob zu beglückwünschen. Gewiß kostete es ihn einige Selbstüberwindung, die Geschäfte aufzusuchen, aber diese Mühe fand ihren Lohn in einer jener Stunden des Alleinseins, das dem Glück der Ehepaare einen so großen Wert verleiht.

Das Problem des Lebensraums überwog jedoch alle anderen Probleme ihres Haushalts, denn Zeit und Raum rings um sie schrumpften gleichermaßen zusammen. Die Geburt der Kinder, Jonas' neuer Beruf, die enge Wohnung, die Bescheidenheit des monatlichen Einkommens, die den Kauf einer größeren Wohnung untersagte, dies alles ließ Luisens und Jonas' beiderseitiger Tätigkeit nur ein beschränktes Feld. Die Wohnung befand sich in einem alten Viertel der Hauptstadt im ersten Stock eines ehemaligen Herrschaftshauses aus dem 18. Jahrhundert. Zahlreiche Künstler wohnten in diesem Stadtkreis, getreu dem Grundsatz, daß in der Kunst die Suche nach Neuem sich in einem alten Rahmen vollziehen soll. Jonas teilte diese Überzeugung und schätzte sich glücklich, in diesem Viertel zu wohnen.

Alt war seine Wohnung allerdings. Aber ein paar höchst moderne Einrichtungen hatten ihr etwas Originelles verliehen, das vornehmlich darin bestand, daß sie ihren Bewohnern ein beträchtliches Luftvolumen bot und doch nur eine beschränkte Oberfläche beanspruchte. Die außergewöhnlich hohen, mit prächtigen Fenstern geschmückten Räume waren, nach ihren überwältigenden Proportionen zu schließen, ursprünglich ohne Zweifel für prunkvolle Empfänge gedacht. Aber die Erfordernisse des städtischen Zusammenpferchens und der Rendite hatten die aufeinanderfolgenden Hausbesitzer gezwungen, diese zu weitläufigen Räume durch Zwischenwände aufzuteilen und auf diese Weise die Zahl der Boxen zu vermehren, die sie zu Höchstpreisen an ihre Herde von Mietern abgaben. Das hinderte sie nicht, die Vorzüge des «bedeutenden Luftinhalts», wie sie das nannten, gebührend hervorzuheben. Es war unbestreitbar ein Vorzug. Man mußte ihn einzig dem Umstand zuschreiben, daß die Besitzer keine Möglichkeit hatten, die Räume auch in ihrer Höhe abzutrennen, ansonsten sie keine Sekunde gezögert hätten, die notwendigen Opfer zu bringen, um der jungen, zu jener Zeit ganz besonders heiratslustigen und fruchtbaren Generation ein paar zusätzliche Heimstätten zur Verfügung zu stellen. Der Luftinhalt bot übrigens nicht nur Vorteile. Er hatte zum Beispiel den Nachteil, daß die Zimmer im Winter schwer zu heizen waren, was die Besitzer unglücklicherweise zwang, den Heizungszuschlag zu erhöhen. Im Sommer wurde die Wohnung infolge der großen Glasfläche vom Licht buchstäblich vergewaltigt: es waren keine Fensterläden vorhanden. Wohl von der Höhe der Fenster und dem Preis der Schreinerarbeiten entmutigt, hatten die Besitzer es unterlassen, welche anzubringen. Schwere Vorhänge konnten schließlich den gleichen Dienst leisten; zudem stellten sie keinerlei Kostenprobleme, da sie zu Lasten der Mieter gingen. Die Besitzer waren übrigens durchaus nicht abgeneigt, diesen behilflich zu sein, und boten ihnen zu Spottpreisen Vorhänge an, die aus ihren eigenen Geschäften stammten. Philanthropie in Wohnungsdingen war nun einmal ihr Steckenpferd. Im grauen Alltag des Lebens verkauften diese neuen Fürsten Samt und Perkal.

Jonas zeigte sich von den Vorzügen der Wohnung begeistert und nahm ihre Nachteile unbekümmert hin. «Mir soll's recht sein», sagte er dem Hausherrn, als vom Heizungszuschlag die Rede war. Was die Vorhänge betraf, so ging er völlig mit Luise einig, die fand, es sei durchaus genügend, das Schlafzimmer mit Gardinen zu versehen und die anderen Fenster entblößt zu lassen. «Wir haben nichts zu verbergen», sagte dieser Unschuldsengel. Jonas war ganz besonders vom größten Raum angetan, der so hoch war, daß von der Einrichtung einer Deckenbeleuchtung überhaupt keine Rede sein konnte. Beim Betreten der Wohnung gelangte man unmittelbar in diesen Raum, den ein schmaler Gang mit den beiden dahinterliegenden, beträchtlich kleineren Zimmern verband. Am anderen Ende der Wohnung befanden sich nebeneinander die Küche, die Toilette und ein Kämmerchen, das den hochtrabenden Namen Duschraum trug. Es konnte sogar als solcher gelten, vorausgesetzt, daß man eine entsprechende Vorrichtung anschaffte, sie senkrecht aufstellte und gewillt war, den wohltuenden Strahl der Brause in völliger Unbeweglichkeit über sich ergehen zu lassen.

Die wahrhaft beeindruckende Höhe der Decken und die Winzigkeit der Zimmer machten aus dieser Wohnung ein merkwürdiges Gefüge von beinahe völlig eingeglasten, aus lauter Türen und Fenstern bestehenden Parallelepipeden, wo die Möbel sich nirgends anlehnen konnten und wo die im weißen, grellen Licht verlorenen Menschen gleichsam auf und ab zu schweben schienen wie kartesianische Teufelchen in einem hochgestellten Aquarium. Überdies gingen alle Fenster auf den Hof, das heißt in geringer Entfernung auf andere Fenster gleicher Art, durch die hindurch man beinahe allsogleich den hohen Umriß weiterer Fenster gewahrte, die ihrerseits auf einen zweiten Hof gingen. «Der reinste Spiegelsaal», sagte Jonas entzückt. Auf Rateaus Rat beschloß man, das Ehegemach in eines der kleinen Zimmer zu verlegen und das andere für das Kind vorzusehen, dessen Kommen sich bereits ankündigte. Der große Raum diente tagsüber als Atelier für Jonas, abends und für die Mahlzeiten als Wohnzimmer. Man konnte übrigens notfalls auch in der Küche essen, sofern Jonas oder Luise sich bereit fand, die Mahlzeit stehend einzunehmen. Rateau hatte seinerseits zahlreiche sinnvolle Vorrichtungen angebracht. Unter beträchtlichem Aufwand an Schiebetüren, versenkbaren Regalen und Klapptischen war es ihm gelungen, den Mangel an Möbeln wettzumachen und gleichzeitig das Juxbudenhafte dieser wunderlichen Wohnung noch zu betonen.

Als aber die Zimmer mit Bildern und Kindern angefüllt waren, mußte man die Wohnung ungesäumt anders einrichten. Bis das dritte Kind zur Welt kam, arbeitete Jonas nämlich im großen Atelierraum, während Luise im Ehegemach strickte und die beiden Kleinen laut im hintersten Zimmer herumtobten und sich, so gut sie es vermochten, auch über die ganze übrige Wohnung ausbreiteten. Man beschloß daher, das Neugeborene in einem Winkel des Ateliers unterzubringen, den Jonas abtrennte, indem er seine Bilder gewissermaßen als spanische Wand übereinanderstellte; das gewährte den Vorteil, das Kind in Hörweite zu haben und somit beim ersten Schrei herbeieilen zu können. Jonas war übrigens nie gezwungen, nach ihm zu sehen, Luise kam ihm stets zuvor. Sie wartete gar nicht erst, bis das Kind schrie, um das Atelier zu betreten, allerdings mit größter Behutsamkeit und immer auf den Zehenspitzen. Von dieser Rücksichtnahme gerührt, versicherte Jonas ihr eines Tages, so empfindlich sei er nicht, und er könne sehr wohl auch beim Geräusch ihrer Schritte arbeiten. Luise gab zur Antwort, es gehe ebensosehr darum, das Kind nicht zu wecken. Voll Bewunderung für die Mütterlichkeit, die sie so offenbarte, lachte Jonas herzlich über seinen Irrtum. Gleichzeitig wagte er nicht mehr, Luise zu gestehen, daß ihr sachtes Eindringen viel störender wirkte als ein unbekümmertes Hereinplatzen. Einmal, weil es länger dauerte, und zum zweiten, weil sie dabei mit weit ausgebreiteten Armen, leicht rückwärts geneigtem Oberkörper und hoch erhobenem und kräftig vorwärtsgeschleudertem Bein einherstelzte, so daß sie wirklich nicht unbemerkt bleiben konnte. Diese Technik wirkte zudem Luisens offenkundigen Absichten entgegen, da sie jeden Augenblick Gefahr lief, an irgendeinem der über das Atelier verstreuten Bilder hängenzubleiben. Dann weckte der Lärm das Kind, das seine Unzufriedenheit mit den ihm zur Verfügung stehenden und nebenbei bemerkt recht kräftigen Mitteln kundtat. Der vom Fassungsvermögen der Lungen seines Sohnes begeisterte Vater eilte dann, um ihn einzuwiegen, und wurde bald von seiner Frau abgelöst. Daraufhin pflegte Jonas seine Bilder aufzuheben und anschließend mit dem Pinsel in der Hand verzückt der eindringlichen und gebieterischen Stimme seines Sohnes zu lauschen.

Dies war auch die Zeit, da Jonas dank seiner Erfolge zahlreiche Freunde gewann. Diese Freunde machten sich über den Draht oder anläßlich von Überraschungsbesuchen bemerkbar. Das Telefon, das nach reiflicher Überlegung im Atelier aufgestellt worden war, schrillte häufig und immer zum Nachteil des schlafenden Kleinen, der seine Schreie in das unduldsame Klingeln des Apparats mischte. Wenn Luise zufällig mit den beiden anderen Kindern beschäftigt war, bemühte sie sich, mit ihnen herbeizueilen; aber zumeist fand sie Jonas schon am Telefon, wobei er in der einen Hand das Kind hielt und in der anderen die Pinsel mitsamt dem Hörer, der ihm eine herzliche Einladung zum Mittagessen übermittelte. Jonas konnte es gar nicht recht fassen, daß irgend jemand mit ihm zu speisen begehrte, wußte er doch keine geistvollen Gespräche zu führen; jedenfalls zog er es vor, abends auszugehen, um seinen Arbeitstag nicht zu zerstückeln. Zumeist war es leider so, daß der Freund nur zum Mittagessen und nur zu diesem einen Mittagessen frei war; er bestand darauf, es mit dem lieben Jonas einzunehmen. Der liebe Jonas sagte zu: «Mir soll's recht sein», hängte auf, «so ein netter Kerl!» und erstattete Luisen das Kind zurück. Dann machte er sich wieder an die Arbeit, die gar bald durch das Mittagessen unterbrochen wurde. Man mußte die Bilder beiseite schieben, den vervollkommneten Tisch aufklappen und sich mit den Kleinen daran niederlassen. Während des Essens blickte Jonas ständig mit einem Auge auf das angefangene Bild, und es kam vor, wenigstens in der ersten Zeit, daß er fand, seine Kinder seien ein bißchen langsam im Kauen und Herunterschlucken, weswegen sich jede Mahlzeit ungebührlich in die Länge zog. Aber er las in seinem Leibblatt, daß es notwendig sei, langsam zu essen, um die Nahrung richtig zu verarbeiten, und von da an bot ihm jede Mahlzeit Gelegenheit, sich ausgiebig zu freuen.

Andere Male kamen seine neuen Freunde zu Besuch. Rateau zwar erschien immer erst nach dem Essen. Er war tagsüber in seinem Büro, und zudem wußte er, daß die Maler bei Tageslicht arbeiten. Aber Jonas' neue Freunde gehörten beinahe alle zur Gattung der Künstler oder Kritiker. Die einen hatten gemalt, andere wollten malen, und die übrigen schließlich befaßten sich mit allem, was gemalt worden war oder werden würde. Sie alle hegten unzweifelhaft die größte Hochachtung für das künstlerische Schaffen und beklagten die Bedingungen des modernen Lebens, die es so unendlich schwer machen, in besagtem Schaffen fortzufahren und sich daneben der für den Künstler unerläßlichen Meditation hinzugeben. Sie klönten ganze Nachmittage lang und baten Jonas dabei inständigst, sich in seiner Arbeit nicht stören zu lassen, zu tun, als ob sie nicht da wären, ja keine Rücksicht auf sie zu nehmen, da sie wahrhaftig keine Spießbürger waren und wohl wußten, wie kostbar die Zeit eines Künstlers war. Froh, Freunde zu besitzen, die es nicht für unannehmbar hielten, daß man in ihrer Gegenwart arbeitete, kehrte Jonas zu seinem

Bild zurück, ohne indessen aufzuhören, die an ihn gerichteten Fragen zu beantworten oder über die Witze, die man ihm erzählte, zu lachen.

So viel Ungezwungenheit bewirkte, daß seine Freunde sich immer heimischer fühlten. Ihre gute Laune war so echt, daß sie sogar die Essenszeit vergaßen. Die Kinder aber hatten ein besseres Gedächtnis. Sie kamen herbeigelaufen, gesellten sich zu den Erwachsenen, tollten herum, wurden von den Besuchern übernommen und von Schoß zu Schoß gereicht. Endlich verblaßte der Tag in dem vom Viereck des Hofs umgrenzten Stück Himmel, und Jonas legte seine Pinsel nieder. Es blieb nichts anderes übrig, als die Freunde einzuladen, wenn sie vorlieb nehmen wollten, und wiederum bis spät in die Nacht zu reden, von der Kunst natürlich, aber vor allem von den Malern, die kein Talent besaßen, sich mit fremden Federn schmückten oder liebedienerten und die gerade nicht da waren. Jonas aber liebte es, früh aufzustehen, um das Licht der ersten Tagesstunden auszunützen. Er wußte, daß es schwerhalten würde, das Frühstück würde nicht beizeiten bereit und er selbst müde sein. Doch freute er sich auch, an einem einzigen Abend so viele Dinge zu erfahren, die ihm in seiner Kunst ganz gewiß, wenn auch auf unsichtbare Weise, zum Vorteil ausschlagen mußten. «In der Kunst wie in der Natur geht nichts verloren», pflegte er zu sagen. «Das ist eine Auswirkung des Sterns.»

Zu den Freunden gesellten sich zuweilen die Schüler: Jonas machte jetzt Schule. Anfänglich hatte es ihn überrascht, er sah nicht ein, was man bei ihm lernen konnte, da ihm doch selber noch alles zu entdecken blieb. Der Künstler in ihm wandelte im Dunkeln, wie hätte er da die wahren Wege aufzeigen sollen? Aber er merkte ziemlich bald, daß ein Schüler nicht unbedingt jemand war, der darauf brannte, etwas zu lernen. In der Mehrzahl der Fälle machte man sich im Gegenteil zum Schüler, um das uneigennützige Vergnügen zu genießen, seinen Meister etwas zu lehren. Als Jonas dies begriffen hatte, konnte er demütig diese zusätzliche Ehre entgegennehmen. Seine Schüler erklärten ihm des langen und breiten, was er gemalt hatte und warum. Jonas entdeckte so in seinem Werk eine Fülle von Absichten, die ihn ein wenig überraschten, und eine Unmenge Dinge, die er gar nicht hineingelegt hatte. Er hielt sich für arm und fand sich dank seinen Schülern mit einem Schlage reich. Bisweilen überkam ihn angesichts so vieler bisher ungeahnter Reichtümer ein Anflug von Stolz. ‹Es ist wirklich wahr›, sagte er sich, ‹dieses Gesicht da im Hintergrund zieht alle Aufmerksamkeit auf sich. Ich weiß zwar nicht recht, was sie sagen wollen, wenn sie von indirekter Vermenschlichung sprechen. Und doch, mit diesem Effekt bin ich in eine schöne Tiefe vorgedrungen.› Aber sehr schnell schob er diese unbequeme Meisterschaft auf seinen Stern ab. «Der Stern ist's», sagte er, «der in die Tiefe vordringt. Ich selber bleibe bei Luise und den Kindern.»

Die Schüler hatten übrigens noch ein weiteres Verdienst: sie zwangen Jonas zu strengerer Selbstzucht. Sie stellten ihn in ihren Reden so hoch, und zwar insbesondere wenn es um seine Gewissenhaftigkeit und Arbeitskraft ging, daß er sich daraufhin überhaupt keine Schwächen mehr leisten konnte. So legte er seine alte Gewohnheit ab, sooft er eine schwierige Partie fertig hatte, ein Stück Zucker oder Schokolade zu essen, ehe er die Arbeit fortsetzte. In der Einsamkeit hätte er dieser Schwäche wohl trotz allem heimlich nachgegeben. Aber er wurde auf dem Weg der moralischen Besserung durch die beinahe ständige Gegenwart seiner Schüler und Freunde unterstützt, in deren Beisein es ihm peinlich war, Schokolade zu knabbern, und deren Gespräche viel zu tiefsinnig waren, als daß er sie um einer so törichten Schwäche willen hätte unterbrechen dürfen.

Zudem verlangten seine Schüler, daß er seiner Ästhetik treu blieb. Da Jonas nur in langem, mühsamem Ringen von Zeit zu Zeit eine flüchtige Erleuchtung erfuhr, die die Wirklichkeit in unversehrtem Licht vor seinen Augen erstehen ließ, hatte er bloß eine dunkle Vorstellung von seiner eigenen Ästhetik. Seine Schüler dagegen hatten deren mehrere, ebenso widersprüchliche wie endgültige: in dieser Beziehung verstanden sie keinen Spaß. Jonas hätte sich manchmal gerne auf die Willkür der Laune berufen, diese bescheidene Freundin des Künstlers. Aber das Stirnrunzeln seiner Schüler angesichts gewisser von ihren Vorstellungen abweichender Bilder zwang ihn, ein bißchen mehr über seine Kunst nachzudenken, was wiederum nur von Vorteil war.

Schließlich förderten die Schüler Jonas auch noch auf eine andere Weise, indem sie ihn nämlich nötigten, seine Meinung zu ihren eigenen Erzeugnissen abzugeben. Es verging in der Tat kein Tag, ohne daß man ihm irgendein kaum skizziertes Gemälde brachte, das der Urheber zwischen Jonas und das in Arbeit befindliche Bild stellte, um dem Entwurf ein möglichst günstiges Licht zuteil werden zu lassen. Jonas mußte eine Meinung äußern. Bis dahin hatte er sich insgeheim immer ein bißchen geschämt, weil er zutiefst unfähig war, ein Kunstwerk zu beurteilen. Abgesehen von einer Handvoll Bilder, die ihn in Begeisterung versetzten, und von den ganz eindeutig geschmierten Kleckserеien, fand er alles gleichermaßen interessant und gleichgültig. Nun mußte er sich notgedrungen einen Vorrat an Werturteilen zulegen, die um so vielfältiger zu sein hatten, als seine Schüler, wie eigentlich alle in der Hauptstadt lebenden Künstler, im Grunde nicht ganz unbegabt waren und er dementsprechend, wenn sie bei ihm weilten, eine hinlängliche Auswahl fein abgestufter Wendungen zur Verfügung halten mußte, um einen jeden zufriedenzustellen. Diese glückliche Verpflichtung zwang ihn also, sich einen Wortschatz und darüber hinaus bestimmte Ansichten über seine Kunst zuzulegen. Seine angeborene Gutmütigkeit litt übrigens nicht unter dieser Anstrengung. Er erkannte bald, daß seine Schüler keine Kritik von ihm erwarteten, mit der sie sowieso nichts anzufangen wußten, sondern lediglich Aufmunterung und wenn möglich Lob. Es galt nur, das Lob in verschiedene Formen zu kleiden. Jonas begnügte sich nicht mehr damit, wie gewohnt, ganz einfach liebenswürdig zu sein: er wurde dabei erfinderisch.

So verging die Zeit. Er malte, umgeben von Freunden und Schülern, die auf den nunmehr halbkreisförmig um die Staffelei angeordneten Stuhlreihen saßen. Häufig kam es auch vor, daß Nachbarn an den gegenüberliegenden Fenstern auftauchten und so die Zahl seiner Zuschauer vergrößerten. Er erging sich in Diskussion und Meinungsaustausch, begutachtete die ihm vorgelegten Bilder, lächelte Luise zu, sooft sie vorbeikam, tröstete die Kinder und beantwortete mit unveränderlicher Wärme alle Telefonanrufe, ohne je die Pinsel aus der Hand zu legen, mit denen er von Zeit zu Zeit wieder einen Strich auf dem angefangenen Bild anbrachte. In gewissem Sinn war sein Leben wohl ausgefüllt, keine Stunde blieb müßig, und er dankte seinem Schicksal, das ihn vor der Langeweile bewahrte. Andererseits waren viele Striche nötig, um ein Bild zu füllen, und manchmal dachte er, daß die Langeweile auch ihr Gutes habe, da man ihr durch angestrengte Arbeit entgehen konnte. Jonas' Schaffen jedoch verlangsamte sich immer mehr, je anregender seine Freunde wurden. Selbst in den seltenen Stunden, da er ganz allein war, fühlte er sich zu müde, um mit verdoppeltem Eifer das Versäumte nachzuholen. In solchen Stunden war er nur fähig, einer Neuordnung nachzusinnen, die den Freuden der Freundschaft und den Vorzügen der Langeweile gleichermaßen gerecht würde.

Er sprach mit Luise darüber, die das Heranwachsen der beiden Ältesten und die Enge des ihnen zugewiesenen Zimmers ihrerseits mit Besorgnis erfüllte. Sie schlug vor, die Kinder im großen Raum unterzubringen, das Bett hinter einer spanischen Wand zu verbergen und dafür den Jüngsten in das kleine Zimmer zu verlegen, wo er nicht ständig durch das Telefon geweckt würde. Und da der Kleine sozusagen keinen Raum einnahm, konnte Jonas in diesem Zimmer sein Atelier einrichten. Dann konnte man im bisherigen Atelier tagsüber die Besucher empfangen, und Jonas gewann die nötige Bewegungsfreiheit, um nach Belieben mit seinen Freunden zu plaudern oder zu arbeiten, da sein Bedürfnis nach Alleinsein bestimmt bei jedermann auf volles Verständnis stoßen mußte.

Zudem würde die Notwendigkeit, die größeren Kinder zu Bett zu bringen, ihnen erlauben, die geselligen Abende abzukürzen. «Großartig», sagte Jonas nach reiflicher Überlegung. – «Und wenn deine Freunde zeitig nach Hause gehen», sagte Luise, «haben wir ein bißchen mehr voneinander.» Jonas schaute sie an. Ein Schatten von Traurigkeit überflog Luisens Gesicht. Gerührt drückte er sie an sich und küßte sie mit all seiner Zärtlichkeit. Sie überließ sich seiner Umarmung, und einen Augenblick lang waren sie so glücklich wie in den ersten Tagen ihrer Ehe. Aber sie riß sich gleich wieder zusammen. Vielleicht war das Zimmer überhaupt zu klein für Jonas. Luise holte ein Metermaß, und sie entdeckten, daß infolge der Anhäufung seiner eigenen Bilder und derer seiner Schüler, die sich bei weitem in der Überzahl befanden, sein gewohnter Arbeitsraum kaum größer war, als was ihm von nun an zur Verfügung stehen sollte. Jonas machte sich schnurstracks an den Umzug.

Seine Berühmtheit wuchs zum Glück immer mehr, je weniger er arbeitete. Jede Ausstellung wurde begierig erwartet und im voraus gefeiert. Allerdings dämpften ein paar wenige Kritiker, unter denen sich zwei Stammgäste des Ateliers befanden, die Wärme ihres Berichts durch ein paar Einschränkungen. Aber die Empörung der Schüler wog dieses kleine Mißgeschick mehr als reichlich auf. Sie versicherten mit allem Nachdruck, daß ihnen zwar selbstverständlich nichts über die Bilder der Frühzeit gehe, daß aber die gegenwärtigen Bestrebungen eine wahre Revolution vorbereiteten. Jonas machte sich die leichte Gereiztheit zum Vorwurf, die ihn überkam, sooft man seine ersten Werke pries, und dankte überschwenglich. Nur Rateau war unzufrieden. «Komische Käuze ... Sie sähen dich am liebsten als unveränderliches Standbild. Wenn man sie hört, ist es nicht erlaubt, zu leben!» Jonas aber nahm seine Schüler in Schutz. «Du kannst das nicht verstehen», sagte er zu Rateau, «denn du liebst einfach alles, was ich mache.» Rateau lachte. «Das will ich meinen! Ich liebe eben nicht deine Bilder, sondern deine Malerei.»

Wie dem auch sein mochte, die Bilder gefielen nach wie vor, und eine mit Begeisterung aufgenommene Ausstellung bewog den Händler, unaufgefordert eine Erhöhung des monatlichen Wechsels anzubieten. Jonas erklärte sich unter warmen Dankesbezeigungen einverstanden. «Man könnte beinahe meinen, daß Sie dem Geld Bedeutung beimessen», sagte der Händler. Eine solche Treuherzigkeit überwältigte den Maler. Als er den Händler indessen um die Erlaubnis bat, für einen wohltätigen Zweck ein Bild zu stiften, erkundigte sich jener besorgt, ob es eine ‹einträgliche› Wohltätigkeit sei. Jonas hatte keine Ahnung. Also schlug der Händler ihm vor, sich ganz bieder an die Abmachungen des Vertrages zu halten, der ihm das ausschließliche Verkaufsrecht einräumte. «Ein Vertrag ist ein Vertrag», sagte er. Und in dem ihren war Wohltätigkeit nicht vorgesehen. «Mir soll's recht sein», sagte der Maler.

Die Wohnungsumstellung brachte Jonas lauter Befriedigungen. Er konnte sich tatsächlich ziemlich oft zurückziehen, um die zahlreichen Briefe zu beantworten, die er jetzt erhielt und die unbeantwortet zu lassen ihm seine Höflichkeit verbot. Die einen betrafen seine Kunst, die anderen und weitaus meisten die Person des Briefstellers, der entweder in seiner Berufung zum Maler bestärkt werden wollte oder einen Rat oder finanzielle Unterstützung benötigte. Als sein Name immer häufiger in den Gazetten auftauchte, wurde Jonas wie jeder andere aufgefordert, sich einzusetzen, um besonders empörendes Unrecht anzuprangern. Jonas antwortete, schrieb über die Kunst, dankte, gab Ratschläge, versagte sich einen Schlips, um eine kleine Unterstützung gewähren zu können, und setzte schließlich seinen Namen unter die gerechten Proteste, die ihm unterbreitet wurden. «Treibst du jetzt Politik? Überlaß das den Schriftstellern und den häßlichen Frauenzimmern», sagte Rateau. Nicht doch, Jonas unterzeichnete nur die Proteste, die ausdrücklich jedem Parteigeist fremd waren. Aber alle erhoben sie Anspruch auf diese schöne Unabhängigkeit. Woche um Woche trug Jonas in seinen prallen Taschen die ebenso beständig vernachlässigte wie erneuerte Post mit sich herum. Er beantwortete die dringendsten Briefe, die im allgemeinen von Unbekannten stammten, und verschob auf bessere Zeiten, was eine in Geruhsamkeit verfaßte Antwort erforderte, das heißt die Briefe der Freunde. Die unzähligen Verpflichtungen untersagten ihm auf jeden Fall alles Bummeln und alle Unbeschwertheit des Herzens. Er fühlte sich immer verspätet und immer schuldig, selbst wenn er arbeitete, was von Zeit zu Zeit vorkam.

Luise wurde mehr und mehr von den Kindern in Anspruch genommen und verausgabte ihre Kräfte in all den Kleinigkeiten des Haushalts, die Jonas unter anderen Umständen hätte übernehmen können. Das machte ihn unglücklich. Schließlich arbeitete er zu seinem Vergnügen, und die ganze Plackerei blieb an ihr hängen. Er merkte es wohl, wenn sie ausgegangen war, um Einkäufe zu machen. «Telefon!» schrie der Älteste, und Jonas ließ sein Bild im Stich, um gleich darauf mit beruhigtem Gewissen und einer weiteren Einladung zu ihm zurückzukehren. «Die Gasrechnung!» brüllte ein Angestellter unter der Tür, die eines der Kinder ihm geöffnet hatte. «Ich komme, ich komme!» Wenn Jonas von Telefon oder Tür loskam, begleitete ihn ein Freund oder ein Schüler, und manchmal mehr als einer, bis in das kleine Zimmer, um das begonnene Gespräch zu Ende zu führen. Nach und nach wurden sie alle im Gang heimisch. Man hielt sich hier auf, man plauderte unter sich, rief Jonas von weitem zum Zeugen an oder drang für einen Augenblick in das kleine Zimmer ein. «Hier kann man sich wenigstens ein bißchen sehen, ohne ständig gestört zu werden», riefen die Eintretenden. Gerührt entgegnete Jonas: «Sie haben recht. Am Ende sieht man sich überhaupt nicht mehr.» Er spürte auch sehr wohl, daß er die Leute enttäuschte, die er nicht empfing, und das betrübte ihn. Häufig waren es Freunde, mit denen er gern zusammen gewesen wäre. Aber er hatte keine Zeit, er konnte nicht alle Einladungen annehmen. Sein Ruf litt denn auch darunter. «Er ist stolz geworden, seit er berühmt ist», sagte man. «Er will keinen Menschen mehr sehen.» Oder: «Er liebt niemand, nur sich selbst.» Nein, er liebte seine Malerei, Luise, die Kinder, Rateau, ein paar andere mehr, und er empfand Sympathie für jedermann. Aber das Leben ist kurz, die Zeit verfliegt, und seine eigene Energie hatte ihre Grenzen. Es war schwer, die Welt und die Menschen zu malen und zur gleichen Zeit mit ihnen zu leben. Andererseits durfte er sich nicht beklagen und auch die Gründe seiner Absagen nicht erklären. Denn dann klopfte man ihm auf die Schulter und rief: «Glückspilz! Das hat man davon, wenn man berühmt ist!»

Die Post blieb also liegen, die Schüler duldeten kein noch so geringfügiges Sichgehenlassen, und die gute Gesellschaft begann herbeizuströmen. Jonas empfand übrigens Achtung für diese Leute, weil sie sich für die Malerei interessierten, während sie sich doch wie alle anderen für die englische Königsfamilie oder feine Restaurants hätten begeistern können. Genaugenommen waren es vor allem Damen der guten Gesellschaft, die jedoch mit unübertrefflicher Schlichtheit auftraten. Sie kauften selber keine Bilder, aber sie brachten ihre Freunde mit, in der freilich häufig enttäuschten Hoffnung, daß sie an ihrer Statt kaufen würden. Dafür halfen sie Luise, insbesondere indem sie den Besuchern Tee machten. Die Tassen gingen von Hand zu Hand, aus der Küche durch den Gang in das große Zimmer und wieder zurück und landeten schließlich in dem kleinen Atelier, wo Jonas, von einer Handvoll den Raum füllender Freunde und Besucher umgeben, weitermalte, bis er die Pinsel niederlegen mußte, um voll Dankbarkeit die Tasse in Empfang zu nehmen, die ein bezauberndes Wesen eigens für ihn gefüllt hatte.

Er trank seinen Tee, betrachtete den Entwurf, den ein Schüler eben auf seine Staffelei gestellt hatte, lachte mit seinen Freunden, dachte plötzlich daran, einen unter ihnen zu bitten, den Stoß der in der Nacht geschriebenen Briefe zur Post zu bringen, richtete das über seine Füße gestolperte Zweitjüngste auf, ließ sich fotografieren, dann hieß es: «Jonas, Telefon!» und er hob seine Tasse über die Köpfe, bahnte sich unter tausend Entschuldigungen einen Weg durch die in seinem Gang zusammengedrängte Menge, kam wieder, malte ein Eckchen Bild, hielt inne, um der Bezaubernden die hochheilige Versicherung zu geben, daß er sie porträtieren werde, und kehrte wieder zur Staffelei zurück. Er arbeitete, aber «Jonas, unterschreiben!» – «Ist's der Briefträger?» – «Nein, die Zwangsarbeiter von Kaschmir.» – «Ich komme, ich komme!» Er eilte also zur Tür, um einen jungen Freund der Menschen und seinen Protest zu empfangen, erkundigte sich, ob Politik dahinter stecke, und unterschrieb, nachdem er mitsamt allen diesbezüglichen Beruhigungen auch eindringliche Ermahnungen hinsichtlich der aus seiner bevorzugten Stellung als Künstler entstehenden Verpflichtungen erhalten hatte, dann tauchte er wieder auf, um sich den neuesten Boxmeister oder den größten Dramatiker eines fremden Landes vorstellen zu lassen, ohne dabei die Namen zu verstehen. Der Dramatiker stand ihm fünf Minuten lang gegenüber und drückte durch bewegte Blicke aus, was seine Unkenntnis des Französischen ihm nicht in verständliche Worte zu kleiden erlaubte, während Jonas voll aufrichtiger Anteilnahme mit dem Kopf nickte. Zum Glück wurde er durch das plötzliche Auftreten des zur Zeit beliebtesten, die Weiblichkeit betörenden Predigers, der die Bekanntschaft des großen Malers zu machen begehrte, aus dieser ausweglosen Lage erlöst. Erfreut sagte Jonas «freut mich sehr», betastete das Bündel Briefe in seiner Tasche, griff entschlossen nach seiner Palette und schickte sich an, eine Partie auszuarbeiten, mußte jedoch zuerst für das Setter-Pärchen danken, das ihm eben gebracht wurde, versorgte die Hunde im Ehegemach, kam zurück, um die Einladung der Geberin zum Mittagessen anzunehmen, stürzte auf Luisens Gezeter wieder hinaus, um ganz eindeutig festzustellen, daß die Setter nicht für das Leben in einer Stadtwohnung erzogen waren, und brachte sie im Duschraum unter, wo sie mit solcher Unermüdlichkeit heulten, daß man sie schließlich überhaupt nicht mehr hörte. Von Zeit zu Zeit erhaschte Jonas über die Köpfe hinweg Luisens Blick, und ihm schien, dieser Blick sei traurig. Endlich ging der Tag zu Ende, ein Teil der Besucher verabschiedete sich, andere säumten noch im großen Zimmer und schauten gerührt zu, wie Luise die Kinder zu Bett brachte; eine elegante, hutbewehrte Dame war so nett, ihr dabei behilflich zu sein, und beklagte unterdessen ihr Los, das sie zwang, gleich darauf in die Villa zurückzukehren, wo das über zwei Stockwerke verstreute Leben so viel weniger traulich und gemütlich war als bei Jonas.

Eines Samstagnachmittags kam Rateau, um Luise eine höchst sinnreiche Vorrichtung zum Wäschetrocknen zu bringen, die an der Küchendecke befestigt werden konnte. Die Wohnung wimmelte von Besuchern; im kleinen Zimmer stand Jonas, von Kennern umringt, und malte die Hundegeberin, während er selber von einem offiziellen Künstler porträtiert wurde. Luise erzählte, dieser führe einen staatlichen Auftrag aus. «Es soll *Der Künstler bei der Arbeit* heißen.» Rateau zog sich in eine Ecke des Zimmers zurück, um seinen sichtlich in der Anstrengung aufgehenden Freund zu betrachten. Einer der Kenner, der Rateau noch nie gesehen hatte, neigte sich zu ihm. «Er sieht gut aus, was!» Rateau gab keine Antwort. «Sie malen», fuhr der andere fort, «ich auch. Nun, glauben Sie mir, er läßt nach.» – «Schon?» sagte Rateau. – «Ja, das macht der Erfolg. Keiner widersteht dem Erfolg. Es ist aus mit ihm.» – «Läßt er nach, oder ist es aus mit ihm?» – «Wenn ein Künstler nachläßt, ist es aus mit ihm. Sie sehen ja, er hat nichts mehr zu malen. Jetzt wird er selber gemalt und dann an die Wand gehängt.»

Später, mitten in der Nacht, waren sie im Schlafzimmer beisammen, Luise und Rateau saßen auf einer Kante des Bettes, Jonas stand daneben. Sie schwiegen. Die Kinder schliefen, die Hunde waren auf dem Land in Pension, Luise hatte eben die Berge von Geschirr gespült, Jonas und Rateau hatten abgetrocknet, sie waren rechtschaffen müde. «Nehmt doch ein Dienstmädchen», hatte Rateau angesichts des Stapels von Tellern gesagt. Aber Luise hatte trübsinnig gefragt: «Wo sollten wir sie unterbringen?» Also schwiegen sie. «Bist du zufrieden?» fragte Rateau unvermittelt. Jonas lächelte, aber er sah abgespannt aus. «Ja. Alle Leute sind nett mit mir.» – «Nein», sagte Rateau. «Nimm dich in acht. Nicht alle sind dir wohlgesinnt.» – «Wer?» – «Deine Malerfreunde zum Beispiel.» – «Ich weiß», sagte Jonas. «Aber viele Künstler sind nun einmal so. Sie sind der Wirklichkeit ihrer eigenen Existenz nicht sicher, selbst die größten. Darum suchen sie nach Beweisen, sie richten, sie verdammen. Das gibt ihnen Kraft, es ist ein Anfang von Existenz. Sie sind allein!» Rateau schüttelte den Kopf. «Glaub mir», sagte Jonas, «ich kenne sie. Man muß sie lieben.» – «Und du», fragte Rateau, «existierst du denn? Du sagst nie etwas Böses über irgend jemand.» Jonas fing an zu lachen. «Ach, ich denke oft Böses von ihnen. Bloß vergesse ich es wieder.» Ernst fügte er hinzu: «Nein, ich bin nicht sicher, daß ich existiere. Aber ich werde existieren, dessen bin ich gewiß.»

Rateau fragte Luise, was sie davon halte. Sie schüttelte ihre Müdigkeit ab und versicherte, Jonas habe recht, und die Meinung der Besucher sei völlig einerlei. Wichtig war nur Jonas' Arbeit. Sie merkte wohl, daß das Kind ihn störte. Es wurde übrigens größer, und man mußte daran denken, einen Diwan anzuschaffen, der wiederum Platz wegnehmen würde. Wie sollten sie sich bloß behelfen, bis sie eine größere Wohnung gefunden hatten! Jonas schaute sich im Schlafzimmer um. Gewiß, eine ideale Lösung bot es nicht, das Ehebett war sehr breit. Aber das Zimmer stand den ganzen Tag hindurch leer. Das sagte er Luise; sie überlegte. In diesem Zimmer würde Jonas wenigstens nicht gestört, es würde sich doch wohl niemand erdreisten, sich auf ihr Bett zu legen. «Was halten Sie davon?» fragte Luise nun ihrerseits Rateau. Der schaute Jonas an. Jonas betrachtete angelegentlich die Fenster der gegenüberliegenden Wohnung. Dann erhob er den Blick zum sternenlosen Himmel und ging zum Fenster, um die Vorhänge zuzuziehen. Als er zurückkam, lächelte er Rateau zu und setzte sich neben ihn auf das Bett, ohne ein Wort zu sagen. Luise, die vor Erschöpfung beinahe umfiel, erklärte, sie wolle jetzt ihre Dusche nehmen. Als die beiden Freunde allein waren, spürte Jonas Rateaus Schulter an der seinen. Er schaute ihn nicht an, aber er sagte: «Ich liebe das Malen. Mein ganzes Leben lang möchte ich Tag und Nacht nichts anderes tun. Ist das nicht ein Glück?» Rateau blickte ihn gerührt an und sagte: «Gewiß, das ist ein Glück.»

Die Kinder wuchsen heran, und Jonas war froh, sie so munter und lebenstrotzend zu sehen. Sie gingen zur Schule und kamen um vier Uhr nach Hause. Jonas konnte ihre Gegenwart überdies am Samstagnachmittag und am Donnerstag genießen, und natürlich von morgens bis abends während der häufigen und ausgedehnten Schulferien. Sie waren noch nicht alt genug, um sich still für sich zu beschäftigen, doch zeigten sie sich durchaus kräftig genug, um die Wohnung mit ihren Händeln und ihrem Lachen zu erfüllen. Man mußte sie zur Ruhe anhalten, sie ausschelten, ihnen bisweilen sogar mit Schlägen drohen. Und man mußte die Wäsche sauberhalten, die Knöpfe annähen – Luise konnte nicht allein mit allem fertig werden. Da sie kein Dienstmädchen beherbergen oder auch nur in die Enge ihrer Lebensgemeinschaft aufnehmen konnten, schlug Jonas vor, Luisens Schwester Rosa, die verwitwet war und eine erwachsene Tochter besaß, zu Hilfe zu rufen. «Fein», sagte Luise, «mit Rosa braucht man keine Umstände zu machen. Man kann sie wieder wegschicken, wenn man will.» Jonas war froh über diese Lösung, die gleichzeitig Luise und sein eigenes, durch die Müdigkeit seiner Frau beschwertes Gewissen entlasten würde. Die Entlastung war um so spürbarer, als die Schwester häufig ihre Tochter als Verstärkung mitbrachte. Sie hatten beide ein goldenes Herz, Tugend und Selbstlosigkeit strahlten aus ihrem redlichen Wesen. Sie rissen sich in Stücke, um ihren Verwandten zu helfen, und scheuten weder Zeit noch Mühe. Die Langeweile ihres einsamen Lebens und die angenehme Zwanglosigkeit, die sie in Luisens Haushalt fanden, erleichterten ihnen ihr löbliches Tun. Wie vorausgesehen, wurden tatsächlich von niemand Umstände gemacht, und die beiden Verwandten fühlten sich vom ersten Tag an wirklich wie zu Hause. Der große Raum wurde zum allgemeinen Aufenthaltsort, Speisezimmer, Flickstube und Kindergarten in einem. Im kleinen Zimmer, wo der Jüngste schlief, wurden die Bilder untergebracht sowie ein Feldbett, auf dem Rosa zuweilen übernachtete, wenn sie gerade tochterlos war.

Jonas richtete sich im ehelichen Schlafzimmer ein und arbeitete in dem freien Raum zwischen Bett und Fenster. Er mußte nur warten, bis nach den Betten der Kinder auch das seine gemacht war. Dann blieb er ungestört, außer wenn jemand ein Wäschestück holen mußte, denn der einzige Schrank des Hauses befand sich in eben diesem Zimmer. Die zwar ein bißchen weniger zahlreichen Besucher hatten ihrerseits Gewohnheiten angenommen und zögerten ganz gegen Luisens Hoffnung mitnichten, sich auf dem Ehebett auszustrecken, um gemütlicher mit Jonas plaudern zu können. Auch die Kinder kamen herein, um dem Vater guten Tag zu sagen. «Zeig dein Bildchen!» Jonas zeigte ihnen das angefangene Bild und küßte sie zärtlich. Wenn er sie wieder hinausschickte, spürte er, daß sie sein Herz ganz ausfüllten, rückhaltlos, bis in den geheimsten Winkel. Ohne ihre Gegenwart war er nur noch von Leere und Einsamkeit umgeben. Er liebte sie ebenso innig wie seine Malerei, besaßen doch auf der weiten Welt nur sie dasselbe Leben.

Und doch: Jonas arbeitete weniger, ohne den Grund herausfinden zu können. Er war immer noch fleißig, aber das Malen fiel ihm nun schwer, selbst in den Augenblicken des Alleinseins. Diese Augenblicke verbrachte er damit, in den Himmel zu gucken. Er war schon immer zerstreut und selbstvergessen gewesen, nun wurde er verträumt. Er dachte an die Malerei, an seine Berufung, anstatt zu malen. ‹Ich male gern›, sagte er sich noch jetzt, und die Hand mit dem Pinsel hing schlaff an seinem Körper herab, während er auf einen fernen Lautsprecher lauschte.

Zur gleichen Zeit verlor er an Berühmtheit. Man brachte ihm mit Vorbehalten untermischte oder gar abfällige Kritiken, und ein paar Artikel waren so gehässig, daß sein Herz sich zusammenschnürte. Aber er sagte sich, daß er aus diesen Angriffen auch eine Lehre ziehen konnte, da sie ihn zu besseren Leistungen anspornten. Wer noch zu ihm kam, behandelte ihn mit weniger Ehrerbietigkeit, gewissermaßen wie einen alten Freund, auf den man keine Rücksicht zu nehmen braucht. Wenn er sich wieder an die Arbeit machen wollte, hieß es: «Ach was, das eilt doch nicht!» Jonas fühlte, daß sie ihn in gewissem Sinn schon in ihr eigenes Versagen einbezogen. Aber andererseits besaß diese neue Gemeinschaft auch etwas Wohltuendes. Rateau zuckte die Achseln. «Du bist verboten einfältig. Im Grunde liebt dich keiner.» – «Ein klein wenig liebt man mich jetzt», erwiderte Jonas. «Ein bißchen Liebe, das ist ungeheuer viel. Was tut's, wie man dazu kommt!» Er fuhr also fort, zu reden, Briefe zu schreiben und zu malen, so gut er es vermochte. Hie und da malte er sogar wirklich, besonders am Sonntagnachmittag, wenn die Kinder mit Luise und Rosa spazierengingen. Am Abend war er dann froh, mit dem angefangenen Bild ein bißchen vorwärtsgekommen zu sein. In dieser Zeit malte er Himmel.

Als der Händler eines Tages mitteilte, daß er sich angesichts des beträchtlichen Rückgangs des Verkaufs zu seinem Bedauern gezwungen sehe, den monatlichen Scheck zu kürzen, pflichtete Jonas ihm bei, aber Luise war beunruhigt. Es war im September, die Kinder mußten für den bevorstehenden Schulanfang eingekleidet werden. Mit ihrer gewohnten Tatkraft machte sie sich selbst an die Arbeit, die ihr jedoch bald über den Kopf wuchs. Rosa konnte zwar flicken und Knöpfe annähen, aber nicht schneidern. Dafür war die Kusine ihres verstorbenen Mannes Schneiderin; sie kam, um Luise beizuspringen. Von Zeit zu Zeit setzte sich diese stille Frau in einer Ecke von Jonas' Zimmer auf einen Stuhl, wo sie sich im übrigen ruhig verhielt. So ruhig sogar, daß Luise Jonas vorschlug, eine *Arbeiterin* zu malen. «Gute Idee», sagte Jonas. Er versuchte es, verpfuschte eine Leinwand, dann eine zweite, und kehrte wieder zu einem angefangenen Himmel zurück. Am nächsten Tag ging er lange in der Wohnung auf und ab und dachte nach, anstatt zu malen. Ein Schüler brachte ihm voll Aufregung einen langen Artikel, den er andernfalls nicht gelesen hätte und aus dem er erfuhr, daß seine Malerei gleichzeitig überbewertet und überholt sei; der Händler rief ihn an, um ihm erneut seine angesichts der Umsatzkurve wachsende Besorgnis mitzuteilen. Dessen ungeachtet fuhr Jonas fort, zu träumen und zu sinnieren. Dem Schüler sagte er, es sei etwas Wahres an diesem Artikel, aber er, Jonas, könne noch auf viele Jahre der Arbeit rechnen. Dem Händler antwortete er, daß er seine Besorgnis zwar verstehe, aber nicht teile. Er habe ein bedeutendes, wahrhaft neues Werk zu schaffen; es werde einen großen Neubeginn geben. Er fühlte, daß er die Wahrheit sprach und daß sein Stern ihm treu war. Alles, was not tat, war eine richtige Einteilung.

In den folgenden Tagen versuchte er zuerst, im Gang zu arbeiten, dann bei elektrischem Licht im Duschraum, dann in der Küche. Aber zum erstenmal störten ihn die Leute, denen er überall begegnete, die fremden, die er kaum kannte, und die eigenen, die er liebhatte. Eine Zeitlang hörte er auf zu schaffen und dachte nach. Er hätte nach der Natur gemalt, wenn die Jahreszeit dies gestattet hätte. Aber leider stand der Winter vor der Tür, es war schwierig, vor dem Frühling Landschaften zu malen. Er versuchte es trotzdem und mußte es aufgeben. Die Kälte drang ihm bis ins Mark. Ein paar Tage verbrachte er mit seinen Bildern; zumeist saß er daneben, oder aber er stand am Fenster; er malte nicht mehr. Dann gewöhnte er sich an, vormittags auszugehen. Er nahm sich vor, irgendein Detail in Skizzen festzuhalten, einen Baum, ein windschiefes Haus, ein im Vorübergehen erhaschtes Gesicht. Der Tag neigte sich, und er hatte nichts gearbeitet. Hingegen wurde er von jeder noch so geringfügigen Versuchung, den Zeitungen, einer Begegnung, den Schaufenstern, der Wärme eines Cafés, unwiderstehlich angezogen. Jeden Abend erfand er unermüdlich triftige Entschuldigungen für sein ewig schlechtes Gewissen. Er würde wieder malen, ganz bestimmt, und zwar besser malen nach dieser Zeit scheinbarer Leere. Es arbeitete in ihm, das war es, der Stern würde blankgefegt und strahlend aus den düsteren Nebeln aufsteigen. Unterdessen verbrachte er seine Tage in Kaffeehäusern. Er hatte entdeckt, daß der Alkohol ihn in die gleiche gehobene Stimmung versetzte wie früher die Zeiten versessener Arbeit, als er noch mit der Hingebung und Wärme an sein Bild dachte, die er sonst nur seinen Kindern gegenüber empfand. Beim zweiten Cognac kehrte wieder das übermächtige Gefühl in ihn ein, das ihn gleichzeitig zum Herrn und zum Diener des Weltalls machte. Nur genoß er es jetzt im leeren Raum, mit müßigen Händen, ohne es in ein Werk umzusetzen. Aber es war doch die Empfindung, die der Freude, für die er lebte, am nächsten kam, und er verbrachte nun lange Stunden sitzend und träumend in rauchgeschwängerten, lärmerfüllten Gaststätten.

Er mied indessen die Lokale und Viertel, wo die Künstler verkehrten. Wenn er einem Bekannten begegnete, der von seiner Malerei zu reden anfing, wurde er von Panik gepackt. Er hatte Lust, zu fliehen, man sah es ihm an, und dann floh er. Er wußte, daß man hinter seinem Rücken sagte: ‹Er hält sich für Rembrandt›, und sein Unbehagen wuchs. Er lächelte nicht mehr, das stand fest, und seine ehemaligen Freunde zogen daraus die merkwürdige, aber unvermeidliche Schlußfolgerung: ‹Wenn er nicht mehr lächelt, heißt das einfach, daß er überaus mit sich zufrieden ist.› Da er dies wußte, wurde er immer scheuer und argwöhnischer. Wenn er beim Betreten eines Cafés das Gefühl hatte, von irgendeinem der Gäste erkannt zu werden, genügte das, um alles in ihm zu verfinstern. Eine Sekunde lang blieb er wie angewurzelt stehen, von Ohnmacht und seltsamem Kummer erfüllt, und sein Gesicht verschloß sich über seiner Verstörtheit und auch über seinem heißhungrigen, plötzlichen Verlangen nach Freundschaft. Er dachte an Rateaus warmen Blick und ging schnell hinaus. «Macht der aber eine Schnauze!» sagte einmal jemand ganz in seiner Nähe, als er eben im Begriff war, den Rückzug anzutreten.

Er besuchte nur noch abgelegene Stadtteile, wo ihn niemand kannte. Dort konnte er reden und lächeln, seine Freundlichkeit kehrte zurück, man wollte nichts von ihm. Er gewann ein paar wenig anspruchsvolle Freunde. Besonders schätzte er die Gesellschaft eines Obers, der ihn in dem Bahnhofsrestaurant, wo er ein häufiger Gast geworden war, zu bedienen pflegte. Dieser Kellner hatte ihn gefragt, was er von Beruf sei. «Maler», hatte Jonas geantwortet. – «Kunstmaler oder Flachmaler?» – «Kunstmaler.» – «Ach ja», hatte der andere gesagt, «das ist nicht leicht.» Dann hatten sie nicht mehr davon gesprochen. Gewiß, es war nicht leicht, aber Jonas würde den Weg finden, wenn er nur erst wußte, wie er seine Arbeit einteilen sollte.

Im Zufall der Tage und Tränke machte er andere Bekanntschaften. Frauen halfen ihm. Mit ihnen konnte er sprechen, vor oder nach der Umarmung, und sich vor allem ein bißchen herausstreichen, sie verstanden ihn, selbst wenn sie nicht überzeugt waren. Manchmal hatte er das Gefühl, seine frühere Kraft kehre zurück. Eines Tages, als eine seiner Freundinnen ihm Mut zugesprochen hatte, ging er nach Hause und versuchte, wieder in seinem Zimmer zu arbeiten, da die Schneiderin gerade abwesend war. Aber nach einer Stunde räumte er seine Leinwand weg, lächelte Luise zu, ohne sie zu sehen, und verließ das Haus. Er trank den ganzen Tag und verbrachte die Nacht bei seiner Freundin, übrigens ohne in der Lage zu sein, sie zu begehren. Am Morgen empfing ihn der verkörperte Schmerz mit verwüstetem Gesicht in der Gestalt Luisens. Sie wollte wissen, ob er mit dieser Frau geschlafen habe. Jonas sagte, dazu sei er zu betrunken gewesen, aber er habe vor ihr mit anderen geschlafen. Und zum erstenmal sah er mit zerrissenem Herzen an Luise das entstellte Gesicht, das Überraschung und Übermaß des Schmerzes einem verleihen können. Da merkte er, daß er all die Zeit über nicht an sie gedacht hatte, und er schämte sich. Er bat sie um Verzeihung, es war vorbei, morgen würde alles wieder sein wie früher. Luise war keines Wortes mächtig und wandte sich ab, um ihre Tränen zu verbergen.

Am folgenden Morgen ging Jonas sehr früh aus. Es regnete. Als er bis auf die Haut durchnäßt heimkam, war er mit Brettern beladen. Zu Hause fand er zwei alte Freunde vor, die sich nach seinem Ergehen erkundigen wollten und eben im großen Zimmer Kaffee tranken. «Jonas wechselt seine Technik. Jetzt malt er auf Holz!» sagten sie. Jonas lächelte. «Das nicht. Aber ich fange in der Tat etwas Neues an.» Er begab sich in den schmalen Gang, der zu Duschraum, Toilette und Küche führte. In dem von den beiden Gängen gebildeten rechten Winkel blieb er stehen und betrachtete eingehend die hohen Wände, die sich bis zur im Dunkeln verlorenen Decke erhoben. Er benötigte einen Schemel und ging zum Concierge hinunter, um sich einen auszuborgen.

Als er wieder heraufkam, waren noch ein paar Leute mehr da, und er mußte sich der Herzlichkeit der vom Wiedersehen beglückten Besucher und der Neugier seiner Angehörigen erwehren, um wieder ans Ende des Ganges zu gelangen. In diesem Augenblick trat seine Frau aus der Küche. Jonas stellte seinen Schemel ab und drückte Luise heftig an sich. Sie schaute ihn an. «Ich bitte dich, fang nicht wieder an.» – «Nein, nein», sagte Jonas. «Ich will malen. Ich muß malen.» Aber er schien zu sich selber zu sprechen, und sein Blick weilte anderswo. Er machte sich an die Arbeit. Auf halber Höhe der Wände baute er einen Boden, um sich eine Art engen, wenn auch hohen und tiefen Zwischenstock herzurichten. Am späten Nachmittag war alles fertig. Jonas stieg auf den Schemel, hängte sich an den eben eingezogenen Boden und machte ein paar Turnübungen, um sich der Festigkeit seiner Arbeit zu vergewissern. Dann gesellte er sich zu den anderen, und jedermann war hocherfreut, ihn von neuem so aufgeschlossen zu sehen. Am Abend, als die Wohnung ungefähr leer war, holte Jonas eine Petroleumlampe, einen Stuhl, einen Hocker und einen Rahmen. Unter den neugierigen Blicken der drei Frauen und der Kinder verbrachte er alles in seinen Verschlag. «So», sagte er von seinem luftigen Sitz aus, «jetzt kann ich arbeiten, ohne jemand zu stören.» Luise fragte, ob er ganz sicher sei. «Aber natürlich», erwiderte er, «es braucht wenig Platz. Ich werde mich freier fühlen. Es gibt Beispiele großer Maler, die bei Kerzenlicht arbeiteten, und . . .» – «Ist der Boden auch solid genug?»

Er war es. «Sei ganz ruhig», sagte Jonas. «Es ist eine vorzügliche Lösung.» Und er stieg wieder herunter.

Am nächsten Morgen kletterte er in aller Frühe in seinen Verschlag, setzte sich, stellte den Rahmen gegen die Wand gelehnt auf den Hocker und wartete, ohne die Lampe anzuzünden. Die einzigen unmittelbar vernehmbaren Geräusche rührten aus der Küche oder der Toilette. Aller andere Lärm schien fern, und die Besuche, das Klingeln der Hausglocke oder des Telefons, das Kommen und Gehen, die Gespräche drangen nur gedämpft bis zu ihm, als kämen sie von der Straße oder vom anderen Hof. Überdies war das hier herrschende Halbdunkel ausruhend, während die ganze übrige Wohnung in grellem Licht badete. Von Zeit zu Zeit kam ein Freund und stellte sich unter dem Hängeboden auf. «Was treibst du da oben, Jonas?» – «Ich arbeite.» – «Ohne Licht?» – «Im Augenblick ja.» Er malte nicht, aber er dachte nach. Im Dämmer und dem gedämpften Raunen, das ihn im Vergleich zu allem bisher Erlebten wie das Schweigen der Wüste oder des Grabes anmutete, lauschte er auf sein eigenes Herz. Die Geräusche, die seine Klause erreichten, schienen ihn nichts mehr anzugehen, selbst wenn sie an ihn gerichtet waren. Er glich jenen Menschen, die daheim mitten im Schlaf sterben, allein, und wenn dann der Morgen kommt, schrillen die Telefonanrufe fieberhaft und aufdringlich im verlassenen Haus über einen auf immer tauben Körper hinweg. Er aber lebte, er lauschte dem Schweigen in seinem Inneren, er erwartete seinen Stern, der noch verborgen war, der sich aber anschickte, wieder aufzugehen, endlich in seiner Unantastbarkeit über dem Wirrsal dieser wüsten Tage emporzusteigen. «Leuchte», bat er, «leuchte. Beraube mich nicht deines Lichts.» Er würde wieder leuchten, dessen war er gewiß. Aber er bedurfte einer noch längeren Zeit der Besinnung, da ihm endlich das Glück gewährt war, allein zu sein, ohne sich von den Seinen zu trennen. Er mußte herausfinden, was er noch nicht klar begriffen hatte, obwohl er es seit jeher wußte und immer gemalt hatte, als wisse er es. Er mußte sich endlich des Geheimnisses bemächtigen, das, wie er eingesehen hatte, nicht bloß das Geheimnis der Kunst war. Aus diesem Grund zündete er die Lampe nicht an.

Von da an begab sich Jonas jeden Morgen auf seinen Boden. Die Besucher wurden seltener, da Luise den Kopf anderswo hatte und nicht zum Plaudern aufgelegt war. Jonas kam zu den Mahlzeiten herunter und verschwand unmittelbar darauf wieder in seiner Klause. Den ganzen Tag verharrte er unbeweglich im Dunkeln. Nachts ging er zu Bett, wenn seine Frau sich schon niedergelegt hatte. Nach ein paar Tagen bat er Luise, ihm sein Mittagessen hinaufzureichen, und sie folgte seinem Wunsch mit einer Fürsorglichkeit, die Jonas rührte. Um sie andere Male nicht bemühen zu müssen, schlug er ihr vor, ein paar Vorräte anzulegen, die er auf dem Boden aufbewahren konnte. Mit der Zeit kam er den ganzen Tag nicht mehr herunter. Aber seine Vorräte rührte er kaum an.

Eines Abends rief er Luise und bat sie um ein paar Decken. «Ich will die Nacht hier verbringen.» Luise legte den Kopf in den Nacken und schaute ihn an. Sie öffnete den Mund, aber sie schwieg. Sie musterte Jonas nur mit einem besorgten, traurigen Ausdruck. Er gewahrte auf einmal, wie sehr sie gealtert war und wie sehr ihr zermürbendes Leben auch an ihr gezehrt hatte. Da dachte er, daß er ihr nie wahrhaft beigestanden hatte. Aber ehe er etwas sagen konnte, lächelte sie ihm mit einer Innigkeit zu, die ihm das Herz abdrückte. «Wie du willst, Liebster», sagte sie.

Von nun an verbrachte er die Nächte auf dem Boden, den er sozusagen nicht mehr verließ. Das hatte zur Folge, daß die Wohnung sich ihrer Besucher entleerte, da man Jonas nicht mehr zu Gesicht bekam, weder tagsüber noch abends. Den einen sagte man, er befinde sich auf dem Land, anderen erklärte man, des Lügens müde, er habe ein Atelier gefunden. Nur Rateau kam immer getreulich. Er kletterte auf den Schemel, sein dicker, gutmütiger Schädel ragte über den Fußboden empor. «Wie geht's?» – «Ausgezeichnet.» – «Arbeitest du?» – «Sozusagen.» – «Aber du hast ja keine Leinwand!» – «Ich arbeite trotzdem.» Es war schwierig, dieses Gespräch zwischen

Schemel und Boden in die Länge zu ziehen. Rateau nickte mit dem Kopf, kam wieder herunter, machte sich bei Luise nützlich, indem er eine Sicherung auswechselte oder ein Schloß flickte, und ging dann wieder zum Schemel, um sich, ohne hinaufzusteigen, von seinem Freund zu verabschieden; Jonas antwortete aus der Dunkelheit: «Gehab dich wohl, alter Kamerad.» Eines Abends fügte er seinem Gruß ein «Danke» hinzu. «Warum danke»? – «Weil du mich liebhast.» – «Was du nicht sagst!» bemerkte Rateau und verschwand.

An einem anderen Abend rief Jonas nach Rateau, der ungesäumt herbeieilte. Zum erstenmal brannte die Lampe. Jonas beugte sich mit angstvollem Gesicht aus seinem Schlupfwinkel. «Reich mir eine Leinwand», bat er. – «Was ist los mit dir? Du bist abgemagert, du siehst aus wie ein Gespenst.» – «Ich habe seit ein paar Tagen kaum gegessen. Das hat keine Bedeutung. Ich muß arbeiten.» – «Iß zuerst.» – «Nein, ich habe keinen Hunger.» Rateau brachte ihm eine Leinwand. Als Jonas sich eben wieder in seinen Verschlag zurückziehen wollte, fragte er noch: «Wie geht es ihnen?» – «Wem?» – «Luise und den Kindern.» – «Es geht ihnen gut. Es ginge ihnen besser, wenn du bei ihnen wärest.» – «Ich bin ja bei ihnen. Sag ihnen vor allem, daß ich bei ihnen bin.» Und er verschwand. Rateau ging zu Luise und teilte ihr seine Besorgnisse mit. Sie gestand, daß sie selbst sich schon seit Tagen ängstigte. «Was tun? Ach, wenn ich doch nur an seiner Statt arbeiten könnte!» Todunglücklich kehrte sie sich Rateau zu. «Ich kann nicht leben ohne ihn», sagte sie. Sie hatte wieder ihr Jungmädchengesicht, wie Rateau voll Überraschung feststellte; und er gewahrte, daß sie errötet war.

Die Lampe brannte die ganze Nacht und den ganzen folgenden Vormittag. Wenn Rateau oder Luise kam, antwortete Jonas bloß: «Laß nur, ich arbeite.» Um Mittag verlangte er Petroleum. Die blakende Lampe brannte wieder in strahlender Helligkeit bis zum Abend. Rateau blieb zum Essen bei Luise und den Kindern. Um Mitternacht verabschiedete er sich von Jonas. Er verharrte ein Weilchen abwartend vor dem unverändert erleuchteten Boden, dann entfernte er sich ohne ein Wort. Als Luise am Morgen des zweiten Tages aufstand, brannte die Lampe immer noch.

Ein strahlender Tag brach an, aber Jonas merkte es nicht. Er hatte das Bild der Wand zugekehrt. Erschöpft saß er da und wartete, seine Hände lagen wie eine Opfergabe auf den Knien. Er sagte sich, daß er nun nie mehr arbeiten werde, er war glücklich. Er hörte das Quengeln seiner Kinder, Wasserrauschen, Geschirrklappern, Luisens Stimme. Die großen Scheiben erzitterten, wenn ein Lastwagen auf dem Boulevard vorbeifuhr. Die Welt war noch da, jung und köstlich: Jonas horchte auf den unbekümmerten Lärm des menschlichen Treibens. Er kam aus so weiter Ferne, daß er der in ihm wohnenden jubelnden Kraft nichts anhaben konnte und nichts seiner Kunst und all den Gedanken, die er nicht auszusprechen vermochte, die auf immer schwiegen und ihn doch über alles hinaushoben in eine befreite, erfrischende Luft. Die Kinder tollten durch die Zimmer, das kleine Mädchen lachte, Luise nun ebenfalls, er hatte sie schon so lange nicht mehr lachen hören. Er liebte die Seinen! Wie sehr er sie liebte! Er löschte die Lampe, und da, in der zurückgekehrten Dunkelheit, war da nicht sein Stern, der unverändert leuchtete? Er war es, er erkannte ihn, sein Herz war voll Dankbarkeit, und er schaute ihn noch immer an, als er lautlos zu Boden fiel.

«Nichts Schlimmes», versicherte ein wenig später der Arzt, den man herbeigerufen hatte. «Er arbeitet zuviel. Bis in einer Woche ist er wieder auf dem Damm.» – «Sind Sie ganz sicher, daß er wieder gesund wird?» fragte Luise mit verstörtem Gesicht. – «Ganz sicher.»

Im Zimmer nebenan betrachtete Rateau die Leinwand; sie war völlig weiß. Nur in der Mitte hatte Jonas mit ganz kleinen Buchstaben etwas geschrieben, das man wohl entziffern konnte, ohne indessen sicher zu sein, ob es heißen sollte *«solitaire»* oder *«solidaire»* *.

* Wortspiel: etwa *«einsam – gemeinsam»*.

Der treibende Stein

Schwerfällig beschrieb der Wagen auf der schlammigen Piste aus ziegelfarbenem Trapp einen Bogen. Plötzlich ließen die Scheinwerfer erst auf der einen, dann auf der anderen Seite der Straße eine mit Blech bedeckte Holzbaracke aus der Nacht auftauchen. In der Nähe der zweiten erkannte man rechter Hand im leichten Nebel einen aus groben Balken gefügten Turm. An der Turmspitze nahm ein Metallkabel seinen Anfang, dessen Ausgangspunkt unsichtbar blieb, das aber immer heller aufblitzte, je tiefer es in das Licht der Scheinwerfer gelangte, bis es schließlich hinter der Böschung verschwand, die der Straße ein Ende bereitete.

Der Wagen fuhr langsamer und hielt ein paar Meter von den Baracken entfernt.

Der Mann, der rechts vom Chauffeur ausstieg, hatte Mühe, sich durch den Schlag zu zwängen. Als er sich aufrichtete, schwankte sein mächtiger Körper ein bißchen. Von der Müdigkeit niedergedrückt, stand er schwerfüßig im Schatten neben dem Wagen und schien dem Brummen des gedrosselten Motors zu lauschen. Dann trat er in den Lichtkegel der Scheinwerfer und ging auf die Böschung zu. Oben angelangt, hielt er inne, riesig stand sein Rücken in der Nacht. Nach einer kurzen Weile kehrte er sich um. Das vom Armaturenbrett schwach beleuchtete schwarze Gesicht des Fahrers lächelte. Der Mann machte ein Zeichen; der Chauffeur stellt den Motor ab. Alsbald umfing eine große, kühle Stille Piste und Wald. Da vernahm man das Rauschen des Wassers.

Der Mann betrachtete den Strom zu seinen Füßen, der sich nur durch ein weites, dunkles, mit blitzenden Schuppen gespicktes Ziehen verriet. Eine dichtere, erstarrte Finsternis weit drüben mußte das jenseitige Ufer sein. Wenn man indessen genau hinschaute, gewahrte man auf jenem reglosen Ufer eine gelbliche Flamme, die an eine in der Ferne verlorene Öllampe erinnerte. Der Riese drehte sich dem Wagen zu und nickte. Der Fahrer löschte seine Scheinwerfer, zündete sie wieder an und ließ sie dann in regelmäßigen Abständen blinken. Der Mann auf der Böschung wurde aus dem Dunkel gerissen und wieder verschluckt, und bei jedem Auftauchen wirkte er größer und massiger. Plötzlich erhob sich auf dem anderen Ufer des Stromes eine von einem unsichtbaren Arm geschwenkte Laterne mehrmals in die Luft. Auf ein weiteres Zeichen des Spähenden stellte der Fahrer die Scheinwerfer endgültig ab. Wagen und Mann wurden von der Nacht verschlungen. Nun kein Licht mehr brannte, wurde der Strom beinahe sichtbar, oder zumindest ein paar seiner langen, flüssigen Muskeln, die hier und dort aufleuchteten. Zu beiden Seiten der Straße hob sich die dunkle Masse des Waldes vom Himmel ab und schien ganz nahe. Der leichte Regen, der eine Stunde zuvor die Piste durchweicht hatte, schwebte noch in der warmen Luft und ließ das Schweigen und die Reglosigkeit dieser großen Lichtung inmitten des Urwaldes noch schwerer lasten. Am schwarzen Himmel zitterten dunstige Sterne.

Aber vom jenseitigen Ufer her drang Kettengerassel und gedämpftes Plätschern. Über der Baracke zur Rechten des weiterhin wartenden Mannes spannte sich die Trosse. Ein dumpfes Knirschen begann sie zu durchlaufen, während gleichzeitig weit vernehmbar und doch leise ein Geräusch von durchpflügtem Wasser vom Strom aufstieg. Das Knirschen wurde gleichmäßig, das Rauschen lauter und deutlicher erkennbar, und zur gleichen Zeit wurde auch die Laterne größer. Nun konnte man den gelblichen Dunstkreis, der sie umgab, genau wahrnehmen. Nach und nach weitete sich dieser Hof und verengte sich dann wieder, während die Laterne durch den Dunst schien und eine Art viereckiges Dach aus dürren Palmblättern zu beleuchten begann, das an den vier Ecken von dicken Bambuspfosten gestützt wurde. Dieses einfache Wetterdach, um das herum sich verschwommene Schatten bewegten, trieb langsam dem Ufer entgegen. Als es ungefähr in der Mitte des Stromes angelangt war, sah man im gelben Licht deutlich drei kleine, beinahe schwarze Männer mit nacktem Oberkörper, die kegelförmige Hüte trugen. Unbeweglich standen sie auf ihren leicht gespreizten Beinen und beugten sich ein bißchen vornüber, um das mächtige Ziehen des Stromes auszugleichen, der mit seiner ganzen unsichtbaren Wasserflut gegen die Seite eines großen, derben Floßes drängte, das nun als letztes aus Nacht und Wasser auftauchte. Als die Fähre nähergekommen war, bemerkte der Mann auf der stromabwärts liegenden Seite hinter dem Wetterdach zwei hochgewachsene Neger, die ebenfalls nur breitkrempige Strohhüte und eine Hose aus ungebleichter Leinwand trugen. Nebeneinander stehend, lehnten sie mit ihrem ganzen Gewicht auf Stangen, die langsam am hinteren Ende des Floßes in den Strom eintauchten, während die Schwarzen sich mit der gleichen gemessenen Bewegung bis zur Grenze des Gleichgewichts über das Wasser beugten. Vorne standen unbeweglich und schweigend die drei Mulatten und blickten dem Ufer entgegen, ohne die Augen zu dem Mann zu erheben, der auf sie wartete.

Plötzlich stieß die Fähre gegen das äußerste Ende eines Landungsstegs, der ins Wasser hinausragte und den die von der Erschütterung ins Schaukeln geratene Laterne dem Blick eben erst enthüllt hatte. Die großen Neger hielten inne, ihre Hände blieben über dem Kopf erhoben und umklammerten das Ende der kaum eingetauchten Stangen; ihre Muskeln waren gespannt und von einem unablässigen leisen Zittern durchlaufen, das vom Wasser selbst und seinem Druck herzurühren schien. Die übrigen Fährleute warfen Ketten um die Pfosten des Landungsstegs, sprangen auf die Bretter hinüber und ließen eine Art primitive Zugbrücke herunter, die sich als schiefe Ebene über den vorderen Teil des Floßes legte.

Der Mann kehrte zum Auto zurück und stieg ein, während der Fahrer den Motor anließ. Langsam fuhr der Wagen die Böschung hinauf, streckte seinen Kühler himmelwärts, senkte sich dann dem Strom entgegen und begann die Abfahrt. Von den Bremsen gehalten, rollte er dahin, schlidderte ein wenig im Schlamm, stand still, fuhr weiter. Unter dem Gepolter der wippenden Bretter schob er sich über den Landungssteg, an dessen Ende die Mulatten sich immer noch wortlos zu beiden Seiten aufgestellt hatten, und neigte sich behutsam auf das Floß. Dieses senkte sich tiefer ins Wasser, sobald die Vorderräder es berührten, und tauchte beinahe augenblicklich wieder auf, um das ganze Gewicht des Wagens in Empfang zu nehmen. Dann ließ der Chauffeur sein Fahrzeug nach hinten rollen und brachte es vor dem viereckigen Dach, an dem die Laterne hing, zum Stehen. Sogleich klappten die Mulatten die schiefe Ebene auf den Landungssteg zurück und sprangen miteinander auf die Fähre hinüber, so daß sie sie vom schlammigen Ufer abstießen. Der Strom bäumte sich unter dem Floß und trug es an der Oberfläche des Wassers, wo es, von der hohen, die Trosse entlang über den Himmel gleitenden Stange geführt, ruhig dahintrieb. Die Neger brauchten sich jetzt nicht mehr anzustrengen und holten die Staken ein. Der Mann und der Chauffeur stiegen aus, stellten sich still an den Rand des Floßes und blickten stromaufwärts. Während des Verladens hatte niemand gesprochen, und auch jetzt noch blieb jeder unbeweglich und schweigend an seinem Platz, außer einem der großen Neger, der sich mit grobem Papier eine Zigarette drehte.

Der Mann blickte hinauf zu der Lücke, durch die der Strom aus dem brasilianischen Urwald hervorbrach und auf sie zufloß. An dieser Stelle war er mehrere hundert Meter breit und drängte aufgewühltes, seidenweiches Wasser gegen die Flanke des Floßes, quoll zu beiden Seiten hervor, umspülte es und breitete sich von neuem zu einer einzigen mächtigen Flut, die sanft durch den dunklen Wald dem Meer und der Nacht entgegenzog. Ein schaler Geruch, der vom Wasser oder vom schwammigen Himmel kam, schwebte in der Luft. Man vernahm jetzt das Gurgeln der Grundwellen unter der Fähre und von beiden Ufern her den in langen Zwischenräumen ertönenden Ruf mächtiger Kröten oder seltsame Vogelschreie. Der Riese trat zum Fahrer, einem kleinen, mageren Mann, der an einem der Bambuspfosten lehnte. Er hatte die Fäuste in den Taschen eines ehemals blauen, jetzt von dem Staub, den sie den ganzen Tag geschluckt hatten, mit einer roten Schicht bedeckten Überkleids vergraben. Ein breites Lächeln stand auf dem trotz seiner Jugend verrunzelten Gesicht, während er mit abwesendem Blick zu den erschöpften Sternen schaute, die noch am feuchten Himmel schwammen.

Die Vogelschreie wurden lauter, unbekanntes Kreischen gesellte sich dazu, und beinahe gleichzeitig begann die Trosse zu knirschen. Die Neger tauchten ihre Stangen ein und suchten wie Blinde tastend nach dem Grund. Der Mann kehrte sich dem Ufer zu, das sie eben verlassen hatten. Es war nun seinerseits von Nacht und Wasser aufgesogen, unermeßlich und abweisend wie der Kontinent von Bäumen, der sich dahinter über Tausende von Kilometern erstreckte. Die Handvoll Menschen, die zu dieser Stunde über einen unzähmbaren Strom glitten, schienen jetzt zwischen dem ganz nahen Ozean und diesem Pflanzenmeer verloren. Als das Floß an den anderen Landungssteg stieß, war es, als ob sie nach Tagen schreckerfüllten Dahintreibens mit gekappten Tauen auf einer in Finsternis gehüllten Insel landeten.

An Land waren endlich die Stimmen der Männer zu hören. Der Fahrer hatte sie entlohnt, und in einem Ton, der in der dumpfen Nacht seltsam fröhlich klang, entboten sie dem wieder anfahrenden Wagen auf portugiesisch ihren Gruß.

«Sechzig haben sie gesagt, die Kilometer bis Iguape. Drei Stunden fährst du, und dann ist Schluß. Sokrates ist froh», verkündete der Fahrer.

Der Mann lachte, ein herzliches, kräftiges und warmes Lachen, das zu ihm paßte.

«Ich auch, Sokrates, ich bin auch froh. Die Piste ist mühsam.»

«Zu schwer, Monsieur D'Arrast, du bist zu schwer», und der Fahrer brach in ein unbändiges Gelächter aus.

Der Wagen rollte nun ein bißchen schneller und fuhr inmitten eines weichen, süßlichen Geruchs zwischen hohen Mauern von Bäumen und unentwirrbar verschlungenen Pflanzen dahin. Schwärme von Leuchtkäfern schwirrten unaufhörlich durch das Dunkel des Waldes, und von Zeit zu Zeit flatterte eine Sekunde lang ein rotäugiger Vogel vor der Windschutzscheibe. Zuweilen drang aus der Tiefe der Nacht ein unheimliches Fauchen bis zu ihnen. Dann blickte der Fahrer seinen Begleiter mit drolligem Augenrollen an.

Die Straße wand und schlängelte sich, überquerte kleine Flüsse auf wackeligen Bohlenbrücken. Nach einer Stunde fing der Dunst an, dichter zu werden. Ein feiner, leiser Regen begann zu fallen und zerfraß das Licht der Scheinwerfer.

D'Arrast war trotz des Rüttelns halb eingeschlafen. Er fuhr nicht mehr durch den nassen Wald, sondern wieder auf den Straßen der Serra, denen sie am Morgen nach dem Verlassen von Sáo Paulo gefolgt waren. Allüberall stieg von diesen Erdpisten der rote Staub auf, dessen Geschmack sie noch auf der Zunge hatten und der ringsum, so weit das Auge reichte, den dürftigen Pflanzenwuchs der Steppe überzog. Die schwüle Sonne, die bleichen, zerklüfteten Berge, die ausgehungerten Zebus, denen man auf der Landstraße begegnete und deren einzige Begleitung aus einem müden Schwarm struppiger Urubus bestand, das lange Fahren durch eine rote Wüste . . .

Er zuckte zusammen. Der Wagen stand still. Jetzt befanden sie sich in Japan: Zu beiden Seiten der Straße zierliche Häuser und in den Häusern huschende Kimonos. Der Chauffeur sprach mit einem Japaner, der ein schmutziges Überkleid und einen brasilianischen Strohhut trug. Dann setzte sich das Auto wieder in Bewegung.

«Er hat gesagt: nur vierzig Kilometer.»

«Wo waren wir? In Tokio?»

«Nein, Registro. Bei uns alle Japaner kommen hierher.»

«Warum?»

«Weiß nicht. Sie sind gelb, weißt du, Monsieur D'Arrast.»

Aber nun lichtete sich der Wald ein bißchen, die Straße wurde fahrbarer, doch glitschig. Der Wagen schlidderte über Sand. Durch den Schlag drang ein feuchter, lauer, ein bißchen säuerlicher Hauch.

«Spürst du», sagte der Fahrer genießerisch, «das ist liebes Meer. Bald Iguape.»

«Wenn wir genug Benzin haben», sagte D'Arrast. Und friedlich schlief er wieder ein.

Am frühen Morgen saß D'Arrast aufrecht in seinem Bett und betrachtete voll Verwunderung den Saal, in dem er eben erwacht war. Die hohen Mauern waren bis auf halbe Höhe kürzlich braun getüncht worden. Weiter oben waren sie vor Urzeiten einmal weiß gewesen, aber jetzt überzogen gelbe Schuppen sie bis zur Decke. Zwei Reihen von je sechs Betten standen sich gegenüber. D'Arrast sah nur ein benutztes Bett am Ende seiner Reihe, und dieses Bett war leer. Zu seiner Linken vernahm er jedoch ein Geräusch und wandte den Kopf nach der Tür; dort stand Sokrates, hielt in jeder Hand eine Flasche Mineralwasser und lachte. «Glückliche Erinnerung!» sagte er. D'Arrast rieb sich die Augen. Richtig, das Krankenhaus, in dem der Bürgermeister sie am Vorabend untergebracht hatte, hieß ‹Glückliche Erinnerung›. «Und wie Erinnerung!» fuhr Sokrates fort. «Sie haben mir erzählt, zuerst Krankenhaus bauen, später Wasser bauen. Bis dann glückliche Erinnerung. Nimm das Prickelwasser, um dich zu waschen.» Lachend und singend verschwand er wieder, offenbar keineswegs mitgenommen von dem erdbebenhaften Niesen, das ihn die ganze Nacht geschüttelt hatte, so daß D'Arrast kein Auge hatte schließen können.

D'Arrast war jetzt hellwach. Durch die vergitterten Fenster ihm gegenüber gewahrte er einen kleinen Hof aus roter Erde, durchweicht vom Regen, den man lautlos über einen riesigen

Busch Aloe fließen sah. Eine Frau ging vorbei; sie trug mit ausgestreckten Armen ein gelbes Halstuch ausgebreitet über dem Kopf. D'Arrast legte sich wieder hin, richtete sich jedoch erneut auf und stieg aus dem Bett, das sich unter seinem Gewicht ächzend durchbog. Im gleichen Augenblick trat Sokrates ein. «Jetzt du, Monsieur D'Arrast. Der Bürgermeister wartet draußen.» Aber als er D'Arrasts Ausdruck sah, fügte er hinzu: «Bleib ruhig, er nie eilig.»

Nachdem D'Arrast sich mit Mineralwasser rasiert hatte, trat er hinaus in die Vorhalle. Der Bürgermeister, der die Größe und mit seiner goldumränderten Brille auch das Aussehen eines liebenswürdigen Wiesels besaß, schien in trübsinnige Betrachtung des Regens versunken. Aber ein hinreißendes Lächeln verklärte ihn, sobald er D'Arrasts ansichtig wurde. Er straffte seinen kleingewachsenen Körper, stürzte herbei und versuchte, mit seinen Armen die Brust des ‹Herrn Ingenieurs› zu umschlingen. Im gleichen Augenblick bremste auf der anderen Seite des Hofmäuerchens ein Wagen, geriet im nassen Lehm ins Schleudern und kam zu einem schiefen Stillstand. «Der Richter!» sagte der Bürgermeister. Der Richter trug wie der Bürgermeister einen dunkelblauen Anzug. Aber er war viel jünger oder schien es wenigstens dank seinem ebenmäßigen Wuchs und seinem frischen, erstaunten Jünglingsgesicht. Er kam jetzt durch den Hof auf sie zu, wobei er mit viel Anmut den Pfützen aus dem Wege ging. Ein paar Schritte von D'Arrast entfernt, breitete er bereits die Arme aus und hieß ihn willkommen. Er war stolz, den Herrn Ingenieur begrüßen zu dürfen. Dieser Besuch gereichte ihrer bescheidenen Stadt zur Ehre, und er freute sich über den unschätzbaren Dienst, den der Herr Ingenieur Iguape erweisen würde, indem er den kleinen Damm baute, der den regelmäßigen Überschwemmungen in den tiefer gelegenen Stadtteilen ein Ende bereiten sollte. Den Wassern gebieten, die Ströme bezähmen, ach was für ein edler Beruf, und die armen Leute von Iguape würden ganz bestimmt den Namen des Herrn Ingenieurs nicht vergessen und ihn in vielen Jahren noch in ihren Gebeten erwähnen! Von soviel Liebenswürdigkeit und Beredsamkeit beeindruckt, wagte D'Arrast es nicht mehr, sich zu fragen, was ein Richter wohl mit einem Damm zu tun haben mochte. Überhaupt mußte man sich jetzt, wie der Bürgermeister sagte, in den Klub begeben, wo die Honoratioren den Herrn Ingenieur geziemend zu empfangen wünschten, ehe man die untere Stadt besichtigte. Wer waren die Honoratioren?

«Nun», sagte der Bürgermeister, «ich selber in meiner Eigenschaft als Bürgermeister, Senhor Carvalho, hier zugegen, der Hafenkommandant und ein paar andere, weniger wichtige. Sie werden sich übrigens nicht mit ihnen abgeben müssen, sie sprechen nur Portugiesisch.»

D'Arrast rief Sokrates herbei und teilte ihm mit, er werde ihn am späten Vormittag wieder treffen.

«Sehr gut», sagte Sokrates. «Ich gehe in Park mit Brunnen.»

«Mit Brunnen?»

«Ja, jeder weiß. Hab keine Angst, Monsieur D'Arrast.»

Das Krankenhaus stand, wie D'Arrast im Hinausgehen merkte, am Rand des Waldes, dessen mächtiges Laubwerk beinahe über die Dächer hing. Über die ganze Oberfläche der Bäume fiel ein feiner Wasserschleier, den der dichte Wald lautlos in sich aufsog wie ein riesiger Schwamm. Die Stadt, ungefähr hundert mit verwaschenen Ziegeln gedeckte Häuser, lag zwischen dem Wald und dem Strom, dessen fernes Rauschen bis zum Krankenhaus drang. Der Wagen fuhr zuerst durch aufgeweichte Straßen und gelangte beinahe augenblicklich auf einen rechteckigen, ziemlich großen Platz, dessen roter Lehm zwischen den zahlreichen Lachen Spuren von Autoreifen, Eisenrädern und Hufen bewahrte. Ringsum schlossen niedere, farbig verputzte Häuser den Platz ab, hinter dem man die beiden runden Türme einer blauen und weißen, im Kolonialstil erbauten Kirche gewahrte. Über dieser kahlen Szenerie schwebte ein von der Mündung des Stromes herüberwehender Geruch nach Salz. In der Mitte des Platzes irrten ein paar nasse Gestalten umher. Die Häuser entlang wandelte mit kurzen Schritten und gemessenen Gebärden eine bunt durcheinandergewürfelte Gesellschaft von Gauchos, Japanern, Halbblutindianern und herausgeputzten Notabeln, deren dunkle Anzüge in dieser Umgebung geradezu exotisch wirkten. Ohne Hast traten sie zur Seite, um den Wagen durchzulassen, standen dann still und folgten ihm mit dem Blick. Als das Auto vor einem der Häuser auf dem Platz anhielt, wurde es zum Mittelpunkt eines schweigenden Kreises durchnäßter Gauchos.

Im Klub, einer kleinen Bar im ersten Stock, in der ein Schanktisch aus Bambus und kleine Eisentischchen standen, waren die Honoratioren zahlreich versammelt. Man trank D'Arrast zu Ehren Zuckerrohrschnaps, nachdem der Bürgermeister ihn mit dem Glas in der Hand willkommen geheißen und ihm alles Glück der Welt gewünscht hatte. Aber während D'Arrast trinkend am Fenster stand, trat leicht schwankend ein großer Schnapphahn in Reithose und ledernen Beinschienen zu ihm und redete überstürzt und unverständlich auf ihn ein. Der Ingenieur erfaßte von der ganzen Tirade nur das Wort ‹Paß›. Er zögerte, dann zog er das Dokument hervor, und der andere bemächtigte sich seiner voll Gier. Nachdem der Schnapphahn den Paß durchgeblättert hatte, machte er kein Hehl aus seinem Mißvergnügen. Der Wortschwall setzte von neuem ein, das Büchlein tanzte vor der Nase des Ingenieurs, der den Wütenden ungerührt betrachtete. In diesem Augenblick trat lächelnd der Richter zu ihnen, um sich zu erkundigen, wovon die Rede sei. Der Betrunkene musterte eine kurze Weile das schmächtige Geschöpf, das sich da getraute, ihn zu unterbrechen, dann fuchtelte er, noch bedrohlicher schwankend, mit dem Paß auch vor den Augen des neuen Gesprächspartners herum. D'Arrast setzte sich seelenruhig an ein Tischchen und wartete. Das Gespräch wurde immer erregter, und plötzlich ließ der Richter eine dröhnende Stimme ertönen, die man ihm gar nicht zugetraut hätte. Völlig überraschend begann der Schnapphahn auf einmal mit der Miene eines ertappten Kindes zu krebsen. Nach einem letzten Befehl des Richters lenkte er mit dem Schräggang des bestraften Klassendümmsten seine Schritte zur Tür und verschwand.

Der Richter kam sogleich zu D'Arrast zurück und erklärte ihm mit einer Stimme, die ihren Wohlklang wiedergefunden hatte, dieser ungehobelte Kerl sei der Polizeichef, er habe gewagt, zu behaupten, der Paß sei nicht in Ordnung, und er werde die verdiente Strafe für diesen Verstoß erhalten. Senhor Carvalho richtete sich anschließend an die im Kreis versammelten Honoratioren und schien ihnen eine Frage zu stellen. Nach einer kurzen Diskussion bat der Richter D'Arrast feierlich um Entschuldigung, beschwor ihn, überzeugt zu sein, daß allein die Trunkenheit eine solche Mißachtung der Gefühle der Ehrfurcht und der Dankbarkeit, die die Stadt Iguape ihm in ihrer Gesamtheit schuldete, erklären könne, und forderte ihn schließlich auf, selbst zu entscheiden, was für eine Strafe über dieses jammervolle Subjekt verhängt werden solle. D'Arrast versicherte, er wünsche durchaus keine Bestrafung, der Zwischenfall sei ganz ohne Bedeutung, und er habe es vor allem eilig, an den Strom zu gehen. Da ergriff der Bürgermeister das Wort, um mit viel liebevoller Gemütlichkeit zu beteuern, eine Bestrafung sei wirklich und wahrhaftig unerläßlich, und der Schuldige werde hinter Schloß und Riegel bleiben, bis es ihrem erlauchten Besucher gefalle, über sein Schicksal zu entscheiden. Kein Protest vermochte diese lächelnde Strenge zu beugen, und D'Arrast mußte versprechen, er werde es sich überlegen. Daraufhin wurde beschlossen, die unteren Stadtteile zu besichtigen.

Der Strom breitete sein gelbes Wasser weit über die niedrigen, glitschigen Ufer aus. Sie hatten die Häuser von Iguape hinter sich gelassen und befanden sich zwischen dem Strom und einer hohen, steilen Böschung, an der Hütten aus Strohlehm und Astwerk klebten. Vor ihnen begann am Rand der Böschung wie auf dem anderen Ufer ohne Übergang wieder der Wald. Aber der Durchbruch des Wassers zwischen den Bäumen wurde rasch breiter und verlor sich in einer kaum erkennbaren, mehr grauen denn gelben Linie, die das Meer bezeichnete. Ohne ein Wort ging D'Arrast auf die Böschung zu, auf der die verschiedenen Hochwasser noch frische Spuren hinterlassen hatten. Ein schlammiger Fußweg führte zu den Hütten hinauf. Vor diesen Behausungen drängten sich schweigende Neger und betrachteten die Besucher. Einzelne Paare hielten sich bei der Hand, und zuvorderst, ganz am Rand des Hangs, stand mit aufgeblähten Bäuchen und spindeldürren Schenkeln eine Reihe kleiner Negerlein, die kugelrunde Augen aufsperrten.

Vor den Hütten angelangt, winkte D'Arrast mit einer Handbewegung den Hafenkommandanten herbei, einen dikken, freundlich lachenden Schwarzen in einer weißen Uniform. D'Arrast fragte ihn auf spanisch, ob es wohl möglich wäre, eine der Hütten zu besichtigen. Der Kommandant war dessen gewiß, er fand die Idee sogar ausgezeichnet, und der Herr Ingenieur werde äußerst interessante Dinge zu Gesicht bekommen. Er wandte sich an die Neger und sprach lange auf sie ein, wobei er auf D'Arrast und den Strom wies. Die anderen hörten zu, ohne ein Wort zu erwidern. Als der Kommandant geendet hatte, rührte sich niemand. Von neuem hob er an zu sprechen, und seine Stimme klang ungeduldig. Dann rief er einen der Männer an, doch der schüttelte den Kopf. Da sagte der Kommandant in befehlerischem Ton ein paar kurze Worte. Der Mann löste sich aus der Gruppe, wandte sich D'Arrast zu und wies ihm mit der Hand den Weg. Sein Blick war feindselig. Er war schon ziemlich bejahrt, auf seinem Kopf wuchs kurze, graue Wolle, sein Gesicht war schmal und verwelkt, der Körper indessen noch jung, seine harten, hageren Schultern und seine Muskeln zeichneten sich unter dem zerrissenen Hemd und der Leinwandhose ab. Gefolgt vom Kommandanten und der Menge der Schwarzen gingen sie weiter und erkletterten eine neue, noch abschüssigere Böschung, auf der sich die Hütten aus Erde, Weißblech und Schilf mit so viel Mühe an den Boden klammerten, daß man ihre Basis mit großen Steinen hatte verstärken müssen. Sie begegneten einer Frau, die auf ihrem hoch erhobenen Kopf einen mit Wasser gefüllten Kanister trug und mit ihren bloßen Füßen zuweilen auf dem Weg ausglitt. Dann gelangten sie zu einem kleinen, von drei Hütten eingerahmten Platz. Der Mann ging auf eine der Hütten zu und stieß eine Bambustür auf, deren Angeln aus Lianen bestanden. Dann trat er wortlos zur Seite und schaute den Ingenieur wieder mit dem gleichen ausdruckslosen Blick an. In der Hütte gewahrte D'Arrast zuerst nichts als ein verlöschendes Feuer auf dem Boden genau in der Mitte des Raumes. Dann entdeckte er in einer Ecke im Hintergrund eine kupferne Bettstatt mit einer bloßen, ausgebeulten Untermatratze, in der anderen Ecke einen Tisch, auf dem irdenes Geschirr stand, und zwischen den beiden Möbeln eine Art Gestell, auf dem ein den heiligen Georg darstellender Farbendruck thronte. Daneben nichts als ein Haufen Lumpen rechts vom Eingang und an der Decke ein paar bunte Lendenschurze, die über der Feuerstelle trockneten. D'Arrast atmete reglos den Geruch des Rauchs und des Elends ein, der vom Boden aufstieg und ihm die Kehle zuschnürte. Hinter ihm klatschte der Kommandant in die Hände. Der Ingenieur wandte sich um und sah im Gegenlicht die anmutige Silhouette eines jungen Mädchens, das eben über die Schwelle trat und ihm etwas darbot: er nahm das Glas mit dem dicken Zuckerrohrschnaps und trank es aus. Das junge Mädchen streckte ihm das Tablett entgegen, um das leere Glas wieder in Empfang zu nehmen, und ging mit einer so weichen und lebensvollen Geschmeidigkeit hinaus, daß D'Arrast plötzlich Lust hatte, es zurückzuhalten.

Aber als er hinter ihr ins Freie trat, konnte er sie in der Menge der Neger und der Notabeln, die sich um die Hütte versammelt hatten, nicht mehr ausfindig machen. Er bedankte sich bei dem alten Mann, der sich wortlos verneigte. Dann ging er. Der Kommandant folgte ihm und nahm seine Erklärungen wieder auf, fragte, wann die französische Firma in Rio die Arbeit wohl in Angriff nehmen werde und ob es möglich sei, den Damm vor den großen Regenfällen fertigzustellen. D'Arrast wußte es nicht, und in Tat und Wahrheit waren seine Gedanken anderswo. Er ging im ungreifbaren Regen zum kühlen Strom hinunter und lauschte immer noch auf das mächtige, den Raum erfüllende Rauschen, das er seit seiner Ankunft unaufhörlich vernahm und von dem man nicht zu sagen vermochte, ob es vom Wasser herrührte oder von den Bäumen. Am Ufer stehend, betrachtete er in der Ferne die verschwimmende Linie des Meeres, die Tausende von Kilometern einsamer Wasserfluten, dann Afrika und dann Europa, von wo er kam.

«Herr Kommandant», sagte er, «wovon leben die Leute, die wir eben besucht haben?»

«Sie arbeiten, wenn man ihrer bedarf», sagte der Kommandant. «Wir sind arm.»

«Sind das die Ärmsten?»

«Es sind die Ärmsten.»

Der Richter, der in seinen feinen Schuhen ständig auszugleiten drohte, gesellte sich in diesem Augenblick zu ihnen und versicherte, sie liebten den Herrn Ingenieur bereits, der ihnen Arbeit verschaffen würde. «Und wissen Sie», fügte er hinzu, «sie singen und tanzen jeden Tag.»

Dann fragte er D'Arrast unvermittelt, ob er sich die Bestrafung überlegt habe.

«Welche Bestrafung?»

«Nun, unser Polizeichef.»

«Lassen Sie ihn unbehelligt.»

Der Richter sagte, das sei nicht möglich, Strafe müsse sein. D'Arrast ging bereits Iguape zu.

Im kleinen Brunnen-Park, der im leisen Regen geheimnisvoll und lieblich aussah, wanden sich seltsame Blütentrauben um die Lianen, die zwischen den Pisangen und den Pandanen hingen. Häufchen nasser Steine bezeichneten den Schnittpunkt der Wege, auf denen sich zu dieser Stunde eine bunte Menge erging. Mestizen, Mulatten, ein paar Gauchos schwatzten leise oder spazierten mit dem gleichen langsamen Schritt auf den Bambusalleen dahin bis zur Stelle, wo die Baumgruppen und Büsche dichter und undurchdringlicher wurden. Dort begann ohne Übergang der Wald.

D'Arrast suchte Sokrates in der Menge, als er von ihm in den Rücken gepufft wurde.

«Heute ist das Fest», sagte Sokrates lachend und stützte sich auf D'Arrasts hohe Schultern, um auf und ab zu hüpfen.

«Was für ein Fest?»

«Wie?» wunderte Sokrates sich, während er sich vor D'Arrast aufstellte. «Du weißt nicht? Das Fest vom guten Herr Jesus. Jedes Jahr kommen alle in die Grotte mit dem Hammer.»

Sokrates wies nicht auf eine Grotte, sondern auf eine Gruppe von Menschen, die in einer Ecke des Parks zu warten schienen.

«Siehst du! Eines Tages ist Statue vom guten Herr Jesus vom Meer gekommen, Fluß hinauf. Fischer haben sie gefunden. So schön! So schön! Dann haben sie gewaschen hier in der Grotte. Und jetzt ist gewachsen ein Stein in der Grotte. Jedes Jahr wird Fest gefeiert. Mit dem Hammer schlägst du und schlägst Stücke ab für das gesegnete Glück. Und er treibt immer nach, und du schlägst immer ab. Das ist das Wunder.»

Sie waren zur Grotte gelangt, deren niederen Eingang man über die Wartenden hinweg gewahrte. In der von den flakkernden Kerzenflammen durchzuckten Dunkelheit der Höhle schwang in diesem Augenblick eine kauernde Gestalt einen Hammer. Dann richtete der Mann, ein magerer Gaucho mit einem langen Schnurrbart, sich auf und trat heraus; in seiner allen Blicken dargebotenen Handfläche hielt er ein kleines Stück feuchten Schiefers, über dem er nach ein paar Sekunden behutsam die Hand schloß, ehe er sich entfernte. Dann betrat ein anderer Mann gebückt die Höhle.

D'Arrast wandte sich um. Rings um ihn warteten die Pilger, ohne ihn anzublicken, des Regens, der in dünnen Schleiern von den Bäumen rieselte, nicht achtend. Auch er wartete vor dieser Grotte, im gleichen Regensprühen, und wußte nicht, worauf. In Wahrheit hörte er nicht auf zu warten, seitdem er vor einem Monat in dieses Land gekommen war. Er wartete in der roten Schwüle der feuchten Tage und unter den schmächtigen Sternen der Nacht, trotz der Aufgaben, die seiner harrten, der zu errichtenden Dämme, der zu bauenden Straßen, als wäre die Arbeit, die auszuführen er hierhergekommen war, nur ein Vorwand, der Anlaß zu einer Überraschung oder einer Begegnung, die er sich nicht vorzustellen suchte, die jedoch am anderen Ende der Welt geduldig auf ihn gewartet hatte. Er riß sich zusammen, entfernte sich, ohne daß jemand in dem Grüpplein ihm Beachtung schenkte, und lenkte seine Schritte nach dem Ausgang. Er mußte an den Strom zurück und arbeiten.

Aber am Tor wartete Sokrates auf ihn, vertieft in ein zungenfertiges Gespräch mit einem kleinen, dicken, stämmigen Mann, dessen Haut eher gelb als braun war und dessen völlig kahl geschorener Schädel seine hochgewölbte Stirn noch höher erscheinen ließ. Dafür zierte ein tiefschwarzer, viereckig geschnittener Bart sein breites, glattes Gesicht.

«Der da, eine Kanone!» sagte Sokrates, um vorzustellen. «Morgen macht er die Prozession.»

Der Mann, der einen Matrosenanzug aus grober Serge und unter seiner Bluse ein weiß und blau gestreiftes Leibchen trug, musterte D'Arrast aufmerksam aus seinen schwarzen, ruhigen Augen. Gleichzeitig entblößte er in einem herrlichen Lächeln seine blendend weißen Zähne zwischen seinen vollen, glänzenden Lippen.

«Er spricht Spanisch», sagte Sokrates und fügte gegen den Unbekannten gewendet hinzu: «Erzähl Monsieur D'Arrast.» Dann tänzelte er zu einer anderen Gruppe hinüber. Der Mann hörte auf zu lächeln und betrachtete D'Arrast mit unverhohlener Neugier.

«Nimmt es dich wunder, Kapitän?»

«Ich bin kein Kapitän», sagte D'Arrast.

«Das tut nichts. Du bist ein vornehmer Herr. Sokrates hat es mir gesagt.»

«Ich nicht. Aber mein Großvater war einer. Sein Vater ebenfalls und alle vor ihm. Jetzt gibt es bei uns zulande keine Herren mehr.»

«Ach so!» sagte der Mulatte lachend. «Ich verstehe. Jeder ist ein Herr.»

«Nein, das auch wieder nicht. Es gibt weder Herren noch Untertanen.»

Der andere überlegte, dann fragte er:

«Niemand arbeitet? Niemand leidet?»

«O doch, Millionen Menschen.»

«Dann sind sie die Untertanen.»

«So verstanden, gibt es Untertanen, das stimmt. Aber ihre Herren sind Polizeigewaltige oder Händler.»

Das gutmütige Gesicht des Mulatten verfinsterte sich. Dann brummte er: «Hm! Kaufen und verkaufen, was! So ein Dreck! Und bei der Polizei befehlen die Hunde.»

Unvermittelt brach er in Lachen aus.

«Und du, verkaufst du nichts?»

«Sozusagen nichts. Ich baue Brücken und Straßen.»

«Das ist gut. Und ich bin Schiffskoch. Wenn du willst, koche ich dir unser Leibgericht aus schwarzen Bohnen.»

«Gerne.»

Der Koch trat nahe an D'Arrast heran und faßte ihn beim Arm.

«Hör, was du sagst, gefällt mir. Darum will ich dir auch etwas sagen. Vielleicht gefällt es dir.»

Er zog ihn mit sich, und sie setzten sich nahe beim Eingang auf eine nasse Holzbank zu Füßen einer Bambusgruppe.

«Ich war auf See draußen vor Iguape, auf einem kleinen Petroleumdampfer, der die Häfen der Küste versorgt. An Bord brach Feuer aus. Beileibe nicht durch meine Schuld, ich verstehe meinen Beruf! Nein, das Unglück wollte es so. Wir konnten die Boote zu Wasser lassen. In der Nacht fing das Meer an zu toben, die Wellen überrollten das Boot, und ich ging unter. Als ich wieder auftauchte, stieß ich mit dem Kopf gegen das Boot. Ich trieb ab. Die Nacht war dunkel, das Meer ist groß, und ich schwimme schlecht, ich hatte Angst. Plötzlich sah ich in der Ferne ein Licht, ich erkannte die Kuppel der Jesuskirche von Iguape. Da habe ich dem guten Herrn Jesus versprochen, ich werde in der Prozession einen Stein von fünfzig Kilo auf dem Kopf tragen, wenn er mich rette. Du wirst es mir nicht glauben, aber die Wellen wurden ruhig und mein Herz auch. Ich schwamm ganz still vor mich hin, ich war glücklich, und ich habe die Küste erreicht. Morgen werde ich mein Versprechen einlösen.»

Er schaute D'Arrast mit plötzlichem Argwohn an.

«Du lachst doch nicht etwa?»

«Ich lache nicht. Man muß halten, was man versprochen hat.»

Der andere klopfte ihm auf die Schulter. «Komm jetzt zu meinem Bruder am Strom. Ich will dir Bohnen kochen.»

«Nein», sagte D'Arrast, «ich habe zu tun. Heute abend, wenn du willst.»

«Gut. Aber heute nacht tanzt und betet man in der großen Hütte. Man feiert das Fest des heiligen Georg.»

D'Arrast fragte ihn, ob er auch tanze. Das Gesicht des Kochs wurde auf einmal hart; zum erstenmal wich er seinem Blick aus.

«Nein, nein, ich tanze nicht. Morgen muß ich den Stein tragen. Er ist schwer. Ich gehe heute abend hin, um den Heiligen zu feiern. Und dann will ich mich beizeiten zurückziehen.»

«Dauert das Fest lange?»

«Die ganze Nacht, bis in den Morgen hinein.»

Er blickte D'Arrast mit einer gewissen Verlegenheit an.

«Komm zum Tanz. Und dann nimm mich mit, wenn du weggehst. Sonst bleibe ich und tanze, vielleicht kann ich mich nicht beherrschen.»

«Tanzt du so gern?»

Die Augen des Kochs blitzten gleichsam lüstern.

«O ja, ich tanze gern. Und dann gibt es die Zigarren, die Heiligen, die Frauen. Man vergißt alles und gehorcht nicht mehr.»

«Frauen sind auch dabei? Alle Frauen aus der Stadt?»

«Aus der Stadt nicht, aber aus den Hütten.»

Der Koch lächelte wieder.

«Komm. Dem Kapitän gehorche ich. Und du wirst mir helfen, morgen mein Versprechen einzulösen.»

D'Arrast verspürte eine unbestimmte Gereiztheit. Was hatte er mit diesem unsinnigen Gelübde zu schaffen? Aber er blickte in das schöne, offene Gesicht, das ihm vertrauensvoll zulächelte und dessen braune Haut von Gesundheit und Leben glänzte.

«Ich komme», sagte er. «Jetzt will ich dich ein Stückchen begleiten.»

Ohne zu wissen, warum, sah er wieder die junge Negerin vor sich, die ihm den Willkommenstrank gereicht hatte.

Sie verließen den Park, durchschritten ein paar kotige Straßen und gelangten auf den unebenen Platz, den die geringe Höhe der ihn umgebenden Häuser noch weiter erscheinen ließ. Das Wasser lief nun über den Verputz der Mauern hinunter, obwohl der Regen nicht stärker geworden war. Durch den schwammigen Raum des Himmels drang das Rauschen des Stroms und der Bäume gedämpft bis zu ihnen. Sie gingen im gleichen Schritt, D'Arrast schwerfällig, der Koch federnd. Von Zeit zu Zeit hob der Mulatte den Kopf und lächelte seinem Gefährten zu. Sie schlugen die Richtung zur Kirche ein, die man über den Häusern erblickte, gelangten zum Ende des Platzes, folgten wiederum schlammigen Straßen, in denen es jetzt aufdringlich nach Essen roch. Von Zeit zu Zeit streckte eine Frau, die einen Teller oder ein Küchengerät in der Hand hielt, ein neugieriges Gesicht aus einer Tür und verschwand sogleich wieder. Sie gingen an der Kirche vorbei, durchquerten einen alten Stadtteil mit den gleichen niederen Häusern und standen plötzlich hinter dem Viertel der Hütten, das D'Arrast wiedererkannte, dem Brausen des unsichtbaren Stromes gegenüber.

«Schön. Ich verlasse dich jetzt. Bis heute abend», sagte er.

«Ja, vor der Kirche.»

Aber der Koch hielt D'Arrasts Hand fest. Er zauderte, dann fragte er:

«Und du? Hast du nie um Hilfe gerufen, etwas versprochen?»

«Doch, ein einziges Mal, glaube ich.»

«In einem Schiffbruch?»

«Sozusagen.» Und D'Arrast löste schroff seine Hand. Aber im Augenblick, da er sich auf dem Absatz umdrehen wollte, begegnete er dem Blick des Kochs. Er zögerte und lächelte dann.

«Ich kann es dir ruhig sagen, obwohl es keine Bedeutung hat. Jemand stand im Begriff, zu sterben, durch meine Schuld. Ich glaube, da habe ich gerufen.»

«Hast du etwas versprochen?»

«Nein. Ich hätte es gerne getan.»

«Ist es lange her?»

«Kurz bevor ich hierher kam.»

Der Koch faßte seinen Bart mit beiden Händen. Seine Augen glänzten.

«Du bist ein Kapitän», sagte er. «Mein Haus ist das deine. Und dann wirst du mir helfen, mein Versprechen zu halten, und das ist, als hieltest du es selber. Das wird auch dir helfen.»

D'Arrast lächelte. «Das glaube ich nicht.»

«Du bist stolz, Kapitän.»

«Ich war stolz, jetzt bin ich allein. Aber sag mir bloß, hat dein guter Herr Jesus dir immer geantwortet?»

«Immer? Nein, Kapitän!»

«Na also?»

Der Koch brach in ein frisches, kindliches Lachen aus.

«Nun», sagte er, «es steht ihm frei, oder nicht?»

Im Klub, wo D'Arrast mit den Notabeln zu Mittag speiste, sagte ihm der Bürgermeister, er müsse sich in das Goldene Buch der Stadt eintragen, damit wenigstens ein Zeugnis zurückbleibe von dem großen Ereignis, das sein Kommen bedeutete. Der Richter fand seinerseits zwei oder drei neue Wendungen, um außer den Tugenden und Gaben ihres Gastes auch die Schlichtheit zu preisen, mit der er in ihrer Mitte das edle Land vertrat, dem anzugehören er die Ehre hatte. D'Arrast erwiderte bloß, daß dies seiner Meinung nach gewiß eine Ehre sei, daß er aber auch der Vorteile gedenken wolle, die seiner Firma aus der Vergebung dieses großen Auftrags erwüchsen. Worauf der Richter ob so vieler Bescheidenheit die Hände über dem Kopf zusammenschlug. «Haben Sie sich übrigens überlegt», fragte er, «was wir mit dem Polizeichef machen sollen?» D'Arrast blickte ihn lächelnd an. «Allerdings.» Er würde es als eine persönliche Gunst und ganz und gar außergewöhnliche Huld betrachten, wenn diesem Unbesonnenen in seinem Namen verziehen würde, damit er, D'Arrast, der sich so sehr freute, die schöne Stadt Iguape und ihre hochherzigen Bewohner kennenzulernen, seinen Aufenthalt in einer Atmosphäre von Freundschaft und Eintracht antreten könne. Der Richter nickte aufmerksam und freundlich. Einen Augenblick wog er kennerisch die Formulierung ab, dann wandte er sich an die übrigen Anwesenden, damit sie der traditionellen Großmut der edlen französischen Nation Beifall spenden konnten; darauf kehrte er sich wieder D'Arrast zu und erklärte sich befriedigt. «Wenn die Sache so steht», schloß er, «werden wir heute abend mit dem Polizeichef zum Essen gehen.» D'Arrast sagte jedoch, er sei von Freunden zu dem Tanzfest in den Eingeborenenhütten eingeladen worden. «Natürlich!» sagte der Richter. «Es freut mich, daß Sie hingehen. Sie werden sehen, man muß unser Volk einfach liebhaben.»

Am Abend saßen D'Arrast, der Schiffskoch und sein Bruder um das erloschene Feuer in der Mitte der Hütte, die der Ingenieur am Morgen bereits besucht hatte. Der Bruder schien nicht überrascht, ihn wiederzusehen. Er sprach kaum Spanisch und begnügte sich die meiste Zeit mit einem Kopfnicken. Der Koch dagegen hatte sich von Kathedralen erzählen lassen und sich dann des längeren über die schwarze Bohnensuppe verbreitet. Jetzt war die Nacht beinahe ganz hereingebrochen, und wenn D'Arrast auch den Koch und seinen Bruder noch deutlich sah, vermochte er doch die hinten in der Hütte kauernden Gestalten einer alten Frau und des jungen Mädchens, das ihn wiederum bedient hatte, kaum zu erkennen. Eintönig drang das Rauschen des Stroms zu ihnen empor.

Der Koch stand auf und sagte: «Es ist Zeit.» Sie erhoben sich, aber die Frauen rührten sich nicht. Die Männer gingen allein hinaus. D'Arrast zögerte, dann trat er zu den beiden anderen. Es war nun völlig dunkel, der Regen hatte aufgehört. Der blaßschwarze Himmel schien immer noch flüssig. In seinem durchsichtigen und düsteren Wasser begannen tief am Horizont die Sterne aufzugehen. Gleich darauf erloschen sie wieder und versanken einer nach dem anderen im Strom, als ließe der Himmel seine letzten Lichter tropfenweise fallen. Die schwere Luft roch nach Wasser und Rauch. Man hörte auch das ganz nahe Raunen des riesigen Waldes, in dem sich doch nichts regte. Plötzlich wurde in der Ferne Trommeln und Singen vernehmbar, zuerst gedämpft, dann deutlich, es kam näher und näher und verstummte. Kurz darauf sah man einen Zug Negerinnen auftauchen, die weiße, grobseidene Kleider mit sehr tiefsitzender Taille trugen. Ihnen folgte ein hochgewachsener Neger in einem enganliegenden, mit einer Kette bunter Zähne geschmückten roten Rock, und hinterdrein wälzte sich ein ungeordneter Haufe von Männern in weißen Pyjamas und Musikanten mit Triangeln und breiten, kurzen Trommeln. Der Koch sagte, man müsse sich ihnen anschließen.

Die Hütte, in die sie gelangten, nachdem sie dem Ufer ein paar hundert Meter über die letzten Behausungen hinaus gefolgt waren, bot einen großen, leeren, mit den im Inneren verputzten Wänden verhältnismäßig behaglichen Raum. Der Boden bestand aus gestampfter Erde, das von einem Mittelpfosten gestützte Dach aus Stroh und Schilf, die Mauern waren kahl. Auf einem kleinen, mit Palmblättern verkleideten Altar, der sich hinten in der Hütte befand und dessen Unzahl von Kerzen kaum die Hälfte des Raums erleuchteten, war ein großartiger Farbendruck zu sehen, auf dem der heilige Georg mit Verführermiene einem schnauzbärtigen Drachen auf den Leib rückte. In einer mit Rocaille-Papier ausgeschlagenen Nische unter dem Altar stand zwischen einer Kerze und einem

Wassernapf eine kleine, rotbemalte Tonstatue, die einen gehörnten Gott darstellte. Mit wilder Miene schwang er ein riesiges Messer aus Silberpapier.

Der Koch führte D'Arrast in eine Ecke, wo sie an die Wand geschmiegt nahe bei der Tür stehenblieben. «So können wir fort, ohne zu stören», flüsterte er. Die Hütte war in der Tat vollgepfercht mit Männern und Frauen. Schon fing es an, heiß zu werden. Die Musikanten stellten sich zu beiden Seiten des Altars auf. Die Tänzer und Tänzerinnen teilten sich in zwei konzentrische Kreise, wobei die Männer den inneren bildeten. In der Mitte stand der schwarze Anführer mit dem roten Kittel. D'Arrast lehnte sich an die Wand und verschränkte die Arme.

Aber der Anführer durchbrach den Kreis der Tänzer, kam auf sie zu und sagte mit ernster Miene ein paar Worte zum Koch. «Verschränke die Arme nicht, Kapitän», sagte dieser. «Du zwängst dich ein, du hinderst den Geist des Heiligen, herabzusteigen.» Gefügig ließ D'Arrast die Arme sinken. Mit dem Rücken lehnte er immer noch an der Wand und glich nun mit seinen langen, schweren Gliedern und seinem bereits schweißglänzenden Gesicht selber irgendeinem vertrauenerweckenden tierischen Gott. Der große Neger schaute ihn an und kehrte befriedigt an seinen Platz zurück. Unmittelbar darauf stimmte er schmetternd ein Lied an, das von allen im Chor aufgenommen und von den Trommeln begleitet wurde. Dann begannen die Kreise, sich in entgegengesetzter Richtung zu drehen, in einer Art schwerfälligem, nachdrücklichem Tanz, der eher einem vom doppelten Wiegen der Hüften leicht betonten Am-Ort-Treten glich.

Die Hitze hatte zugenommen. Und doch wurden die Pausen allmählich kürzer, die Unterbrechungen immer seltener, und der Tanz beschleunigte sich. Ohne daß der Rhythmus der anderen sich verlangsamte, ohne selber im Tanzen innezuhalten, durchbrach der Hüne von neuem die Kreise und ging zum Altar. Er kam zurück mit einem Glas Wasser und einer brennenden Kerze, die er in der Mitte der Hütte in die Erde steckte. In zwei konzentrischen Kreisen goß er das Wasser um die Kerze, dann richtete er sich wieder hoch auf und erhob irre Augen zum Dach. Mit angespanntem Körper wartete er reglos. «Der heilige Georg kommt! Schau, schau!» flüsterte der Koch, dessen Augen aus den Höhlen traten.

In der Tat schienen sich nun einige Tänzer in Trance zu befinden, doch war es eine erstarrte Trance, die Hände lagen auf dem Rücken, der Schritt war steif, die Augen starr und blicklos. Andere dagegen tanzten schneller, gerieten in Zukkungen und fingen an, unartikulierte Schreie von sich zu geben. Diese Schreie wurden lauter und lauter, und als sie zu einem einzigen Brüllen verschmolzen, stieß der Anführer, der die Augen immer noch erhoben hielt, selber mit höchster Stimmkraft ein langes, kaum rhythmisiertes Geheul aus, in dem immer die gleichen Worte wiederkehrten. «Siehst du», hauchte der Koch, «er sagt, er sei das Schlachtfeld des Gottes.» Seine veränderte Stimme fiel D'Arrast auf, und er schaute ihn an: der Koch neigte sich mit geballten Fäusten und starren Augen vornüber und stampfte mit den anderen im Takt. Da merkte D'Arrast, daß er selber seit einer Weile, ohne die Füße fortzubewegen, mit seinem ganzen Gewicht tanzte.

Aber auf einmal fingen die Trommeln an zu dröhnen, und nun legte plötzlich der große rote Teufel los. Mit flammenden Augen und wild durch die Luft wirbelnden Armen und Beinen hüpfte er federnd mit angezogenen Knien von einem Bein aufs andere und beschleunigte das Tempo so ungeheuerlich, daß es aussah, als müßte er seine Glieder schließlich ausrenken. Aber im vollen Schwung hielt er auf einmal jäh inne, um inmitten des Trommelgedröhns die Anwesenden mit stolzer und schrecklicher Miene zu mustern. Sogleich tauchte aus einer finsteren Ecke ein Tänzer auf, kniete nieder und reichte dem Besessenen einen kurzen Säbel. Dieser ergriff ihn, während er unaufhörlich wilde Blicke um sich warf, dann schwang er ihn wirbelnd über seinem Kopf. Im gleichen Augenblick entdeckte D'Arrast den Koch inmitten der übrigen Tänzer. Er hatte sein Weggehen nicht bemerkt.

Im rötlich flackernden Licht stieg erstickender Staub vom Boden auf und verdickte die an der Haut klebende Luft. D'Arrast merkte, wie er allmählich müde wurde; das Atmen fiel ihm je länger desto schwerer. Er sah nicht einmal, wie die Tänzer zu den riesigen Zigarren gelangt waren, die sie jetzt zum Tanzen rauchten und deren seltsamer Geruch die Hütte erfüllte und ihm ein bißchen zu Kopfe stieg. Er sah nur den Koch, der an ihm vorbeitanzte und ebenfalls an einer Zigarre sog. «Rauch nicht!» sagte er. Der Koch brummte, tanzte aber unbeirrt im Takt weiter und starrte mit dem Ausdruck eines betäubten Boxers den Mittelpfosten an, während unausgesetzt ein langes Zittern seinen Nacken überlief. Zu seiner Seite bellte ohne Unterlaß eine dicke Negerin, die ihr Tiergesicht fortwährend nach rechts und links drehte. Aber die jungen Negerinnen vor allem gerieten in die furchtbarste Ekstase: ihre Füße klebten am Boden fest, und von ihnen ausgehend durchliefen Zuckungen ihren Körper, die immer heftiger wurden, je näher sie zu den Achseln gelangten. Dann wackelte ihr Kopf von vorne nach hinten und schien buchstäblich vom Rumpf abgetrennt. Zur gleichen Zeit fingen alle an zu brüllen und hörten nicht mehr auf; es war ein gemeinsamer, farbloser Schrei, ohne sichtbares Atmen, ohne Veränderung, als verknoteten sich die Körper mit Muskeln und Nerven zu einem einzigen, erschöpfenden Ton, der endlich in einem jeden von ihnen ein bisher ganz und gar stummes Wesen zu Wort kommen ließ. Und ohne daß der Schrei leiser wurde, fingen die Frauen an, eine nach der anderen umzufallen. Der Anführer kniete bei einer jeden nieder und preßte hastig und krampfartig seine großen Hände mit den braunen Muskeln auf ihre Schläfen. Dann standen sie wankend wieder auf, kehrten zu den Tänzern zurück und fingen von neuem an zu schreien, zuerst schwach, dann immer lauter und schneller, bis sie wiederum hinfielen und neu anfingen, immer wieder, bis das allgemeine Schreien schwächer wurde, sich veränderte und zu einer Art heiserem Bellen herabsank, das sie wie ein Glucksen schüttelte. D'Arrast war erschöpft, seine Muskeln hatten sich verkrampft, er erstickte an seiner eigenen Stummheit und fühlte, wie er schwankte. Die Hitze, der Staub, der Zigarrenrauch, die menschliche Ausdünstung machten das Atmen in dieser Luft unmöglich. Er suchte mit dem Blick den Koch: er war verschwunden. Da ließ D'Arrast sich der Wand entlang zu Boden gleiten, kauerte nieder und kämpfte gegen einen Brechreiz.

Als er die Augen öffnete, war die Luft immer noch gleich stickig, aber der Lärm hatte aufgehört. Einzig die Trommeln wirbelten leise, und zu ihrem Rhythmus stampften in weißliche Stoffe gehüllte Gruppen in allen Ecken der Hütte. In der Mitte des Raums, aus dem Glas und Kerze verschwunden waren, tanzte jetzt eine Anzahl junger Negerinnen in halb hypnotischem Zustand so langsam, daß sie ständig Gefahr liefen, aus dem Takt zu geraten. Mit geschlossenen Augen, doch aufrecht stehend, wiegten sie sich leise auf den Zehenspitzen vorwärts und rückwärts, beinahe ohne sich von der Stelle zu rühren. Zwei unter ihnen waren unförmig dick und trugen einen Bastschleier vor dem Gesicht. Sie umrahmten ein großes, schlankes Mädchen, in dem D'Arrast plötzlich die Tochter seines Gastgebers erkannte. Sie trug ein grünes Kleid, ein vorn aufgeschlagenes Jägerhütchen aus blauer Gaze, das mit einem Federbusch geschmückt war, und hielt in der Hand einen grünen und gelben Bogen mitsamt einem Pfeil, dessen Spitze einen bunten Vogel durchbohrte. Ihr hübscher Kopf war leicht nach hinten geneigt und pendelte langsam über dem feingliedrigen Körper; auf dem schlummernden Gesicht spiegelte sich eine gelassene und unschuldige Schwermut. Wenn die Musik aufhörte, taumelte sie schlaftrunken. Einzig der verstärkte Rhythmus der Trommeln gab ihr eine Art unsichtbare Stütze, um die herum sie ihre weichen Arabesken wand, bis sie wiederum mit der Musik zusammen innehielt, schwankte und einen seltsamen, durchdringenden und doch wohlklingenden Vogelschrei ausstieß.

Gebannt von diesem zögernden Tanz, betrachtete D'Arrast die schwarze Diana, als der Koch vor ihm auftauchte. Sein glattes Gesicht war jetzt aufgelöst, die Güte war aus seinen Augen verschwunden, sie spiegelten nur eine gewisse Gier, die D'Arrast bisher nicht an ihm bemerkt hatte. Ohne Freundlichkeit, als spräche er zu einem gänzlich Fremden, sagte er: «Es ist spät, Kapitän. Sie werden die ganze Nacht tanzen, aber sie wollen nicht, daß du jetzt bleibst.» Mit schwerem Kopf erhob D'Arrast sich und folgte dem Koch, der an der Wand entlang zur Tür ging. Auf der Schwelle trat er beiseite und hielt die Bambustür offen, während D'Arrast hinausging. Der Ingenieur wandte sich um und blickte den Koch an, der sich nicht gerührt hatte. «Komm, gleich mußt du den Stein tragen.»

«Ich bleibe», sagte der Koch abweisend.

«Und dein Versprechen?»

Ohne zu antworten, schob der Koch allmählich die Tür zu, die D'Arrast mit einer Hand offenhielt. So verharrten sie eine Sekunde, dann gab D'Arrast achselzuckend nach und wandte sich zum Gehen.

Die Nacht war erfüllt von belebenden, würzigen Gerüchen. Über dem Wald erglänzten die von unsichtbarem Dunst verhüllten wenigen Sterne des südlichen Himmels in schwachem Licht. Die feuchte Luft war schwül, und doch schien sie von köstlicher Frische, wenn man aus dem Festsaal trat. D'Arrast ging den glitschigen Hang hinauf, erreichte die ersten Hütten, stolperte wie ein Betrunkener auf den löcherigen Wegen. Der ganz nahe Wald grollte leise. Das Rauschen des Stromes wurde lauter, der ganze Kontinent trat aus der Nacht, und Ekel überflutete D'Arrast. Ihm schien, er hätte dieses ganze Land ausspeien mögen, die Traurigkeit seiner weiten Räume, das graugrüne Licht seiner Wälder und das nächtliche Plätschern seiner öden Ströme. Dieses Land war zu groß. Blut und Jahreszeiten verschwammen hier in eins, die Zeit löste sich auf. Das Leben wurde auf der Erdoberfläche gelebt, und wenn man dazugehören wollte, mußte man sich jahrelang zum Schlafen auf den bloßen, schlammigen oder ausgedörrten Boden legen. Drüben in Europa empfand man Scham und Zorn. Hier

Fremdsein oder Einsamkeit inmitten dieser schmachtenden und rasenden Toren, die tanzten, um zu sterben. Aber durch die feuchte, von Pflanzengerüchen erfüllte Nacht drang immer noch der seltsame Schrei des verwundeten Vogels, den die schlummernde Schöne ausgestoßen hatte.

Als D'Arrast nach unruhigem Schlaf mit einer drückenden Migräne erwachte, lastete feuchte Hitze über der Stadt und dem reglosen Wald. Nun wartete er unter dem Vordach des Krankenhauses, schaute seine stehengebliebene Uhr an, wußte nicht, wie spät es war, und wunderte sich über den hellen Tag und das Schweigen, das von der Stadt aufstieg. Der Himmel von beinahe lauterem Blau lag schwer auf den vordersten, verblichenen Dächern. Gelbliche, in der Hitze erstarrte Urubus schliefen auf dem Haus gegenüber dem Hospital. Einer schüttelte sich plötzlich, öffnete den Schnabel, traf offensichtlich Anstalten, aufzufliegen, klatschte zweimal seine staubigen Flügel gegen seinen Körper, erhob sich ein paar Zentimeter über das Dach und sank zurück, um beinahe alsogleich weiterzuschlafen.

Der Ingenieur ging in die Stadt hinunter. Der Hauptplatz lag verödet wie die Straßen, durch die er gekommen war. Auf beiden Ufern des Stromes schwebte ferner Dunst tief über dem Wald. Die Hitze brannte senkrecht herunter, und D'Arrast blickte sich nach einem schutzbietenden, schattigen Winkel um. Da gewahrte er unter dem Vordach eines der Häuser einen kleinen Mann, der ihm zuwinkte. Im Näherkommen erkannte er Sokrates.

«Nun, Monsieur D'Arrast, gefällt dir das Fest?»

D'Arrast sagte, es sei heiß gewesen in der Hütte, und er habe den Himmel und die Nacht lieber.

«Ja», sagte Sokrates, «bei dir gibt es nur Messe. Niemand tanzt.»

Er rieb sich die Hände, hüpfte auf einem Bein, drehte sich um sich selber und lachte, bis er außer Atem war.

«Unmöglich, sie sind unmöglich!»

Dann schaute er D'Arrast voll Neugier an. «Und du, gehst du zur Messe?»

«Nein.»

«Wohin gehst du dann?»

«Nirgendwohin. Ich weiß nicht.»

Sokrates lachte immer noch.

«Unmöglich! Ein vornehmer Herr ohne Kirche, ohne nichts!»

D'Arrast lachte ebenfalls.

«Ja, da siehst du, ich habe meinen Platz nicht gefunden. Da bin ich eben fortgegangen.»

«Bleib bei uns, Monsieur D'Arrast. Ich mag dich.»

«Ich möchte gern, Sokrates, aber ich kann nicht tanzen.»

Ihr Lachen widerhallte im Schweigen der menschenleeren Stadt.

«Ach richtig», sagte Sokrates, «ich vergesse. Der Bürgermeister will dich sehen. Er ißt im Klub Mittag.»

Und ohne ein weiteres Wort machte er sich in Richtung auf das Krankenhaus davon.

«Wohin gehst du?» rief D'Arrast ihm nach.

Sokrates ließ ein Schnarchen ertönen. «Schlafen! Bald die Prozession.» Und beinahe laufend, fing er wieder an zu schnarchen.

Der Bürgermeister wollte D'Arrast bloß einen Ehrenplatz zuweisen, von dem aus er der Prozession beiwohnen konnte. Das setzte er dem Ingenieur auseinander, während er ihn zu einer Schüssel Fleisch und Reis einlud, die wohl dazu angetan war, einem Lahmen wieder auf die Beine zu helfen. Zuerst würden sie sich im Haus des Richters auf einem Balkon gegenüber der Kirche niederlassen, um den Festzug herauskommen zu sehen. Dann wollten sie aufs Bürgermeisteramt gehen; es lag in der Hauptstraße, die zum Kirchplatz führte und durch die die Büßer auf dem Rückweg ziehen würden. Der Richter und der Polizeichef sollten D'Arrast begleiten, denn der Bürgermeister war von Amts wegen verpflichtet, an der Zeremonie teilzunehmen. Der Polizeichef fand sich denn auch im Klubsaal, strich beständig mit einem unermüdlichen Lächeln auf den Lippen um D'Arrast herum und überschüttete ihn mit unverständlichen, aber offensichtlich liebevollen Reden. Als D'Arrast sich verabschiedete, stürzte der Polizeichef als Wegbereiter herbei und hielt ihm alle Türen offen.

In der brütenden Sonne gingen die beiden Männer durch die immer noch leere Stadt zum Haus des Richters. Einzig ihre Schritte widerhallten in der Stille. Aber auf einmal platzte in einer nahen Straße eine Petarde und jagte die Urubus mit den kahlen Hälsen in rauschenden, schwerfälligen Garben von den Dächern auf. Beinahe gleichzeitig knallten in allen Richtungen Dutzende von Petarden, die Türen sprangen auf, und die Leute begannen aus den Häusern zu strömen und die engen Gassen zu füllen.

Der Richter gab seinem Stolz darüber Ausdruck, D'Arrast in seinem unwürdigen Haus empfangen zu dürfen, und führte ihn über eine prächtige, blaugetünchte Barocktreppe in den ersten Stock. Auf dem Flur öffneten sich bei D'Arrasts Vorübergehen verschiedene Türen, dunkle Kinderköpfe tauchten auf und verschwanden gleich wieder unter mühsam beherrschtem Kichern. Der Empfangssalon war ein schöner Raum von ausgewogenen Proportionen; er enthielt nur Korbmöbel und große Vogelkäfige, deren Bewohner ohrenbetäubend kreischten. Der Balkon, auf dem sie sich niederließen, ging auf den kleinen Platz vor der Kirche. Seltsam schweigend und unbeweglich in der Hitze, die in beinahe sichtbaren Strömen vom Himmel floß, begann die Menge ihn nun zu füllen. Einzig ein paar Kinder rannten um den Platz und standen immer wieder jäh still, um die Petarden abzubrennen, die man in rascher Folge knallen hörte. Vom Balkon aus gesehen, wirkte die Kirche mit ihren verputzten Mauern, ihrem Dutzend blaugetünchter Stufen und ihren zwei blauen und weißen Türmen viel kleiner.

Plötzlich erbrauste im Inneren der Kirche die Orgel. Die der Vorhalle zugekehrte Menschenmenge stellte sich an den Längsseiten des Platzes auf. Die Männer entblößten das Haupt, die Frauen knieten nieder. Die gedämpft herübertönende Orgel spielte lange Zeit Märsche. Dann kam ein seltsames Schwirren vom Wald her. Über den Bäumen tauchte als fremder Eindringling in dieser zeitlosen Welt ein winziges Flugzeug mit durchsichtigen Flügeln und zierlichem Rumpf auf, senkte sich ein bißchen auf den Platz hinunter und flog mit schnarrendem Brummen über die zu ihm erhobenen Köpfe hinweg. Dann beschrieb es einen Bogen und entfernte sich in Richtung auf das Meer.

Ein undeutbares Hin und Her im Dunkel der Kirche zog indessen die Aufmerksamkeit wieder auf sich. Die Orgel war von Blechinstrumenten und Trommeln abgelöst worden, die unsichtbar unter dem Vordach blieben. Büßer in schwarzen Chorhemden traten einer nach dem anderen aus der Kirche, ordneten sich auf dem Vorplatz und begannen dann die Stufen hinabzusteigen. Hinter ihnen kamen andere, weißgekleidete Büßer, die rote und blaue Banner trugen, dann eine kleine, zu den Brüderschaften der Marienkinder gehörende Schar als Engel verkleideter Knaben mit braunen, ernsten Gesichtchen und schließlich die in ihren dunklen Anzügen schwitzenden Notabeln, die in einem bunten Schrein das Bildnis des guten Herrn Jesus selber trugen; er hielt ein Schilfrohr in der Hand, und sein blutiges, dornenbedecktes Haupt schwankte über dem Volk dahin, das die zur Kirche hinaufführenden Stufen besetzt hielt.

Als der Schrein unten an der Treppe angekommen war, gab es eine Pause, während der die Büßer versuchten, sich mit einem Anschein von Ordnung aufzustellen. In diesem Augenblick entdeckte D'Arrast den Koch. Er war eben mit nacktem Oberkörper auf den Platz hinausgetreten und trug auf seinem bärtigen Haupt einen gewaltigen, viereckigen Block, der auf einer unmittelbar auf dem Schädel liegenden Korkunterlage ruhte. Mit festem Schritt stieg er die Kirchenstufen hinab und hielt den Stein genau ausgewogen im Bogen seiner kurzen, sehnigen Arme. Sobald er hinter dem Schrein angekommen war, setzte die Prozession sich in Bewegung. Aus der Vorhalle tauchten nun auch die grellfarbene Röcke tragenden Musikanten auf, die mit voller Kraft in bändergeschmückte Blechinstrumente bliesen. Im Takt eines schmissigen Marsches beschleunigten die Büßer ihren Schritt und schlugen eine der Straßen ein, die auf den Platz mündeten. Als nach ihnen auch der Schrein verschwunden war, sah man bloß noch den Koch und die hintersten Musikanten. In ihrem Gefolge geriet nun inmitten der Knallerei die Menge ebenfalls in Bewegung, während das Flugzeug mit lautem Kolbengeschepper zurückkehrte und tief über den Nachzüglern kreiste. D'Arrast hatte nur Augen für den Koch, der jetzt zwischen den Häusern verschwand und dessen Schultern ihm plötzlich vornüber zu sinken schienen. Aber aus dieser Entfernung konnte er es nicht genau erkennen.

Durch die verödeten Straßen, an den geschlossenen Geschäften und verriegelten Türen vorbei, gingen der Richter, der Polizeichef und D'Arrast nun zum Bürgermeisteramt. Je weiter sie sich von der Blasmusik und den Detonationen entfernten, desto eindrücklicher nahm die Stille die Stadt wieder in Besitz, und schon kehrten ein paar Urubus auf die Dächer am Platz zurück, wo sie seit jeher zu hausen schienen. Das Bürgermeisteramt ging auf eine schmale, lange Gasse, die von einem der Außenquartiere zum Kirchplatz führte. Gegenwärtig war sie menschenleer. Vom Balkon aus sah man, so weit das Auge reichte, nur eine holperige Straße, auf der der letzte Regen ein paar Pfützen hinterlassen hatte. Die Sonne stand ein bißchen tiefer, doch zerfraß sie auf der anderen Straßenseite noch immer die blinden Fassaden der Häuser.

Sie warteten lange, so lange, daß D'Arrast vom bloßen Anschauen des Sonnenglasts auf der gegenüberliegenden Mauer wieder von Müdigkeit und Schwindel befallen wurde. Die leere Straße mit den verlassenen Häusern zog ihn an und stieß ihn doch ab. Von neuem hätte er aus diesem Land fliehen mögen; gleichzeitig dachte er an jenen riesigen Stein und sehnte das Ende der Prüfung herbei. Eben wollte er sich aufmachen, um sich nach dem Verbleib der Prozession zu erkundigen, als die Kirchenglocken stürmisch zu läuten begannen.

Im gleichen Augenblick brach zu ihrer Linken, am anderen Ende der Straße, ein Getümmel los, und eine wogende Menge tauchte auf. Aus der Entfernung sah man sie gleichsam am Schrein kleben, Pilger und Büßer durcheinandergemischt, und inmitten der Petarden und des Freudengebrülls näherten sie sich durch die enge Gasse. In Sekundenschnelle füllten sie sie bis zum Rand und trieben in einem unbeschreiblichen Wirrwarr dem Bürgermeisteramt entgegen, die Alten und die Jungen, die Rassen und die Gewänder zu einer einzigen bunten, von Augen und gellenden Mündern bedeckten Masse verschmolzen, aus der wie Lanzen ein Heer von Kerzen herausragte, deren Flamme im heißen Licht des Tages versickerte. Aber als sie ganz nahe waren und die Menge unter dem Balkon an den Mauern hochzuquellen schien, sah D'Arrast, daß der Koch sich nicht darunter befand.

Ohne eine Sekunde zu zögern und ohne sich zu entschuldigen, verließ er den Balkon und das Zimmer, rannte die Treppe hinunter und stand im Getöse der Glocken und der Petarden auf der Straße. Nun mußte er gegen die jubelnde Menge, die Kerzenträger und die empörten Büßer ankämpfen. Aber mit seinem ganzen Gewicht warf er sich gegen die Flut der Menschen und bahnte sich unwiderstehlich einen Weg, und zwar so ungestüm, daß er strauchelte und beinahe zu Boden gestürzt wäre, als er am äußersten Ende der Straße die Menge im Rücken hatte und frei war. Dicht an die glühende Mauer gelehnt, wartete er, bis er wieder zu Atem kam. Dann eilte er weiter. Im gleichen Augenblick bog eine Gruppe von Männern in die Gasse ein. Die vordersten gingen rückwärts, und D'Arrast sah, daß sie den Koch umringten.

Der Koch war sichtlich am Ende seiner Kraft. Er stand immer wieder still, unter den gewaltigen Stein gebeugt, dann lief er ein bißchen mit dem schnellen Schritt der Lastenträger und Kulis, dem eiligen Trippeln des Elends, bei dem der Fuß mit der ganzen Sohle auf dem Boden aufschlägt. Umgeben war er von Büßern, deren Hemden von geschmolzenem Wachs und Staub beschmutzt waren; sie sprachen ihm Mut zu, wenn er stehenblieb. Zu seiner Linken ging oder lief schweigend sein Bruder. Es schien D'Arrast, sie brauchten unendlich lange, um die zwischen ihnen liegende Strecke zurückzulegen. Ungefähr auf seiner Höhe blieb der Koch wiederum stehen und blickte mit erloschenen Augen um sich. Als er D'Arrast sah, kehrte er sich ihm zu, doch scheinbar ohne ihn zu erkennen, und regte sich nicht mehr. Öliger, schmutziger Schweiß bedeckte sein jetzt graues Gesicht, sein Bart stand voll Speichelfäden, brauner, trockener Schaum verklebte seine Lippen. Er versuchte zu lächeln. Obwohl er sich nicht rührte unter seiner Last, zitterte er am ganzen Körper außer in den Schultern, wo die Muskeln sich offenbar in einer Art Krampf verhärtet hatten. Der Bruder, der D'Arrast erkannt hatte, sagte bloß zu ihm: «Er ist schon umgefallen.» Und der plötzlich von irgendwoher aufgetauchte Sokrates flüsterte ihm ins Ohr: «Zuviel Tanzen, Monsieur D'Arrast. Die ganze Nacht. Er ist müde.»

Nun nahm der Koch seinen abgehackten Trab wieder auf, nicht wie einer, der vorankommen will, sondern als ob er vor der Last flöhe, die ihn erdrückte, als ob er hoffte, durch die Bewegung ihr Gewicht zu vermindern. Ohne daß D'Arrast wußte, wie es geschah, fand er sich zur Rechten des Kochs, legte ihm eine leicht gewordene Hand auf den Rücken und ging mit kurzen, eiligen und schwerfälligen Schritten neben ihm her. Am anderen Ende der Straße war der Schrein nicht mehr zu sehen, und die Menge, die jetzt zweifellos den Platz füllte, schien sich zu stauen. Ein paar Sekunden lang verringerte der zwischen seinem Bruder und D'Arrast gehende Koch den Abstand. Bald trennten ihn nur mehr etwa zwanzig Meter von der Gruppe, die sich vor dem Bürgermeisteramt angesammelt hatte, um ihn vorbeikommen zu sehen. Aber von neuem stand er still. D'Arrast ließ seine Hand schwerer auf ihm ruhen. «Vorwärts, Koch», sagte er, «noch ein Stückchen.» Der andere zitterte. Speichel rann wieder aus seinem Mund, während auf seinem ganzen Körper der Schweiß buchstäblich ausbrach. Er wollte tief Atem holen und blieb stecken. Wieder ging er vorwärts, machte drei Schritte, wankte. Und plötzlich rutschte der Stein auf seine Achsel, riß sie auf, glitt weiter vornüber und fiel zu Boden, während der Koch das Gleichgewicht verlor und seitwärts zusammenbrach. Die Männer, die ihm Mut zusprechend vorausgegangen waren, sprangen laut schreiend zurück, einer ergriff die Korkunterlage, während die anderen den Stein aufhoben, um ihn dem Koch von neuem aufzuladen.

D'Arrast stand über ihn gebeugt und reinigte mit der Hand die blut- und staubverschmierte Achsel, während der kleine Mann das Gesicht an die Erde geschmiegt hielt und keuchte. Er hörte nichts, rührte sich nicht mehr. Gierig öffnete sein Mund sich bei jedem Atemzug, als wäre es der letzte. D'Arrast faßte ihn um den Leib und richtete ihn so mühelos auf wie ein Kind. Er hielt ihn aufrecht an sich gedrückt. Seine ganze hohe Gestalt herabneigend, sprach er ihm ins Gesicht, wie um ihm seine Kraft einzuhauchen. Nach einer Weile löste der blutende, verschmutzte Koch sich von ihm, sein Gesicht trug einen verstörten Ausdruck. Schwankend ging er auf den Stein zu, den die anderen ein bißchen anhoben. Aber dann stand er still; er betrachtete den Stein mit leerem Blick und schüttelte den Kopf. Er ließ die Arme sinken und kehrte sich D'Arrast zu. Riesige Tränen liefen lautlos über sein verwüstetes Gesicht. Er wollte sprechen, er sprach, aber sein Mund vermochte die Silben kaum zu bilden. «Ich habe versprochen», sagte er. Und dann: «Ach, Kapitän! Ach, Kapitän!» Und die Tränen erstickten seine Stimme. Hinter ihm tauchte sein Bruder auf und schlang die Arme um ihn, und der Koch ließ sich weinend, besiegt, mit nach hinten geworfenem Kopf gegen ihn fallen.

D'Arrast schaute ihn an und suchte vergeblich nach Worten. Dann kehrte er sich nach der Menge um, die in der Ferne wieder schrie. Plötzlich entriß er die Korkunterlage den Händen, die sie hielten, und ging auf den Stein zu. Er bedeutete den anderen, ihn zu heben, und lud ihn sich beinahe mühelos auf. Unter dem Gewicht des Blocks leicht eingesunken, die Schultern duckend, ein bißchen schwer atmend, blickte er zu Boden und lauschte auf das Schluchzen des Kochs. Dann setzte er sich mit kräftigem Schritt in Bewegung, durchlief ohne Zögern die Strecke, die ihn von der Menge am anderen Ende der Straße trennte, und durchbrach voll Entschiedenheit die ersten Reihen, die zur Seite wichen. Er betrat den Platz inmitten des Gedröhns der Glocken und der Knaller, aber in dem Spalier von Zuschauern, die ihn verwundert betrachteten, wurde es plötzlich still. Mit dem gleichen schwungvollen Schritt ging er weiter, und die Menge öffnete ihm eine Gasse bis zur Kirche. Trotz des Gewichts, das ihm Kopf und Nacken zu zermalmen begann, sah er die Kirche und den Schrein, der ihn auf dem Vorplatz zu erwarten schien. Er hielt auf ihn zu und hatte die Mitte des Platzes bereits hinter sich, als er plötzlich, ohne zu wissen warum, jäh nach links abbog und sich vom Weg, der zur Kirche führte, abwandte, so daß die Pilger gezwungen waren, ihm ins Gesicht zu blicken. Hinter sich hörte er eilige Schritte. Vor sich sah er überall offene Münder. Er verstand nicht, was sie ihm zuriefen, obwohl er das portugiesische Wort, das ihm von allen Seiten entgegentönte, zu erkennen vermeinte. Auf einmal tauchte Sokrates vor ihm auf, rollte entsetzt die Augen, sprach abgerissen auf ihn ein und zeigte in seinem Rücken auf den Weg zur Kirche. «Zur Kirche! Zur Kirche!» Das war das Wort, das Sokrates und die Menge schrien. D'Arrast ging jedoch unbeirrt in der eingeschlagenen Richtung weiter. Und Sokrates trat mit drollig zum Himmel erhobenen Armen beiseite, während die Menge nach und nach verstummte. Als D'Arrast in die nächste Straße einbog, durch die er schon mit dem Koch gegangen war und von der er wußte, daß sie zu den am Strom gelegenen Stadtteilen führte, war der Platz nur mehr ein verworrenes Raunen in seinem Rücken.

Der Stein lastete jetzt schmerzhaft auf seinem Schädel, und er hatte die ganze Kraft seiner starken Arme nötig, um den Druck ein wenig zu vermindern. Seine Schultern verkrampften sich schon, als er die ersten abschüssigen und glitschigen Wege erreichte. Er hielt inne, horchte. Er war allein. Er rückte den Stein auf seiner Korkunterlage zurecht und stieg vorsichtigen, aber immer noch sicheren Schrittes zu den Hütten hinunter. Als er dort anlangte, begann der Atem ihm auszugehen, seine um den Stein geschlungenen Arme zitterten. Er beschleunigte den Schritt und kam endlich auf den kleinen Platz, wo die Hütte des Kochs stand, rannte zu ihr, öffnete die Tür mit einem Fußtritt und schleuderte den Stein mit einem Schwung in die Mitte des Raumes auf das noch glimmende Feuer. Dann richtete er sich zu seiner vollen, plötzlich riesenhaften Größe auf, sog mit verzweifelten Atemzügen den wiedererkannten Geruch der Armut und der Asche in sich ein und lauschte auf die geheime, keuchende Freude, die in ihm aufflutete und die er nicht zu benennen wußte.

Als die Bewohner der Hütte heimkehrten, stand D'Arrast mit geschlossenen Augen aufrecht an der hinteren Wand. In der Mitte des Raums lag an der Stelle des Herdfeuers der Stein halb in Asche und Erde eingegraben. Sie standen auf der Schwelle, ohne einzutreten, und blickten D'Arrast schweigend und gleichsam fragend an. Aber er blieb stumm. Da führte der Bruder den Koch zum Stein, und der Koch ließ sich zu Boden fallen. Der Bruder setzte sich ebenfalls und gab den anderen ein Zeichen. Die alte Frau gesellte sich zu ihnen, dann das junge Mädchen der letzten Nacht, aber niemand blickte D'Arrast an. Schweigend kauerten sie im Kreis um den Stein. Nur das Rauschen des Stroms drang durch die schwüle Luft bis zu ihnen. D'Arrast stand im Dunkeln, horchte, ohne etwas zu sehen, und das Brausen des Wassers erfüllte ihn mit ungestümem Glück. Mit geschlossenen Augen grüßte er freudig seine eigene Kraft, grüßte abermals das Leben, das neu begann. Im gleichen Augenblick knallte ganz in der Nähe eine Petarde. Der Bruder rückte ein wenig vom Koch ab, wandte sich halb nach D'Arrast um und wies, ohne ihn anzublicken, auf den leeren Platz: «Setz dich zu uns.»

Albert Camus

Reisetagebücher

Herausgegeben und mit einer Einführung
von Roger Quilliot
Deutsch von Guido G. Meister
128 Seiten. Gebunden und als
rororo 5842

«Meine Reise nach Amerika hat mich vieles gelehrt, was im einzelnen hier aufzuführen zu umständlich wäre. Es ist ein großes, starkes und in seiner Freiheit diszipliniertes Land, das jedoch von vielen Dingen und vor allem von Europa nicht viel Ahnung hat.»

Albert Camus 1946

«Wir haben Grund, das schmale Buch als ein Erinnerungszeichen zu nehmen, als eine Mahnung an das schlechte Gedächtnis auch der lesenden Menschheit. Es kommt zur rechten Zeit, um uns an einen Autor zu erinnern, dessen Werk zu dem wenigen gehört, auf das wir heute und künftig mit einigem Stolz verweisen können, wenn – wägend und zweifelnd – von unserer Epoche die Rede ist.» *Günter Blöcker*

Frankfurter Allgemeine Zeitung

Albert Camus

Als Taschenbuchausgaben erschienen außerdem:

Die Pest
Roman · Deutsch von Guido G. Meister · rororo Band 15

Der Fremde
Erzählung · Deutsch von Georg Goyert
und Hans Georg Brenner · rororo Band 432

Kleine Prosa
Deutsch von Guido G. Meister · rororo Band 441

Verteidigung der Freiheit
Politische Essays · Deutsch von Guido G. Meister
rororo Band 1096

Der Mensch in der Revolte
Essays · Deutsch von Justus Streller und Georges Schlocker
unter Mitarbeit von François Bondy
Neu bearbeitete Ausgabe · rororo Band 1216

Tagebücher 1935–1951
Deutsch von Guido G. Meister · rororo Band 1474

Fragen der Zeit
Deutsch von Guido G. Meister · rororo Band 4111

Der Mythos von Sisyphos
Ein Versuch über das Absurde
Deutsch von Hans Georg Brenner und Wolfdietrich Rasch
Mit einem kommentierenden Essay von Liselotte Richter
rororo Band 12375

Albert Camus
mit Selbstzeugnissen und Bilddokumenten
dargestellt von Morvan Lebesque
Deutsch von Guido G. Meister
rowohlts bildmonographien 50

Rowohlt

CAMUS
Lesebuch

Unter dem Zeichen der Freiheit

Herausgegeben von Horst Wernicke
252 Seiten. Gebunden

«Niemals dann einwilligen, niemals, daß irgend jemand, ein noch so großer Mensch oder eine noch so mächtige Partei, für euch denkt und euch euer Verhalten vorschreibt.»

Das Lesebuch stellt den ganzen Camus vor: den skeptischen, undogmatischen Aufklärer, den Dichter und Theatermann, den philosophischen und politischen Essayisten.

Rowohlt